李白传

安旗 著

人民文学出版社

图书在版编目(CIP)数据

李白传/安旗著.—北京：人民文学出版社，2018(2025.8重印)
ISBN 978-7-02-013985-9

Ⅰ.①李… Ⅱ.①安… Ⅲ.①传记文学—中国—当代 Ⅳ.①I25

中国版本图书馆CIP数据核字(2018)第246400号

责任编辑　李　俊
装帧设计　刘　远
责任印制　王重艺

出版发行　人民文学出版社
社　　址　北京市朝内大街166号
邮政编码　100705

印　　刷　河北环京美印刷有限公司
经　　销　全国新华书店等

字　　数　183千字
开　　本　890毫米×1290毫米　1/32
印　　张　10.25　插页3
印　　数　182001—185000
版　　次　2019年5月北京第1版
印　　次　2025年8月第25次印刷

书　　号　978-7-02-013985-9
定　　价　40.00元

如有印装质量问题，请与本社图书销售中心调换。电话：010-59905336

目　录

新版前言　　　　　　　　　　　　1
初版前言　　　　　　　　　　　　6

序　幕　　　　　　　　　　　　　1
一　开元少年　　　　　　　　　　6
二　初试锋芒　　　　　　　　　　16
三　仗剑去国，辞亲远游　　　　　24
四　出三峡　　　　　　　　　　　33
五　初游金陵，卧病扬州　　　　　42
六　入赘安陆许氏　　　　　　　　51
七　初入长安（一）　　　　　　　62
八　初入长安（二）　　　　　　　73
九　初入长安（三）　　　　　　　87
十　黄金买醉未能归　　　　　　　100
十一　高冠佩雄剑，长揖韩荆州　　110

十二	北游太原	119
十三	南游江淮	128
十四	移家东鲁	138
十五	再入长安(一)	147
十六	再入长安(二)	156
十七	再入长安(三)	166
十八	被斥去朝	177
十九	两曜相会	188
二十	总为浮云能蔽日,长安不见使人愁	199
二十一	幽州之行	214
二十二	三入长安(一)	223
二十三	三入长安(二)	231
二十四	南下宣城	238
二十五	安史之乱	249
二十六	浔阳冤狱	259
二十七	流放途中	268
二十八	中兴梦	276
二十九	日暮途穷	286
三十	千秋之谜	296
尾声		305

附录

　　古今地名对照简表　　313

新版前言

平生碌碌，乏善可陈。自五十年代末至九十年代初，四十年间唯有著述十余种，而每一种都使我感到遗憾，愧对读者。拙著《李白传》亦是如此。该书于1984年由北京文化艺术出版社出版，初版虽发行十余万册，然未惬我心之处实多。及至我所主编的《李白全集编年注释》[①]于1990年出版后，更感到《李白传》非改不可。恰在此时，发现台湾可筑书房私印本，其"编辑手札"中，称拙著为"有史以来对李白生平作最生动翔实描述的传记著作"云云[②]。此种"不虞之誉"，使我啼笑皆非。遂决心从事修订，且势必改之而后

[①] 《李白全集编年注释》，我任主编及第一编撰人，其余编撰人为薛天纬、阎琦、房日晰。巴蜀书社1990年出版，获1992年全国优秀图书一等奖。（编者按：2015年，该书经修订，改名《李白全集编年笺注》，由中华书局推出新版。）

[②] 《李白传》初版本被私印一事，业经北京中华版权代理总公司交涉，已获解决。该书房负责人来信道歉，并实行了赔偿。

快。自1991年冬至1992年夏,半年有余,始毕其事。

兹将新版本中比较重要的改动略志如下:

一、初版本共分为三十四章。新版本调整为三十章,并增置标题。前有序幕,后有尾声。

二、开元、天宝间著名人物李邕是李白重要交游之一。李白始谒李邕一事以及《上李邕》一诗,初版本置于开元十四年(726),李白二十六岁之时,误。新版本改为开元八年(720),李白二十岁,初游益州(成都)之后,继游渝州(今重庆)之时。当时李邕在渝州刺史任上。

三、李白在开元二十六年及二十七年,即移家东鲁以前,有一次江淮之行。为时近二年,行程近万里。目的仍为寻求出路,仍无结果。先前诸家皆未发现,初版本亦未及之,其后在为李诗编年过程中始知此行始末。今特辟专章以纪其事。

四、李白东鲁寓家之地,历来以为是任城(今山东济宁),误;初版本从旧说,亦误。新版本改为兖州(鲁郡)治城瑕丘(今山东兖州)东门外,泗水金口坝西岸。其余有关地名,如沙丘、南陵、尧祠、石门等亦做相应改动和介绍。

五、天宝元年李白奉诏入朝,历来以为是道士吴筠推荐,误;初版本从旧说,亦误。新版本改为李白挚友元丹丘荐之于玉真公主,玉真公主荐之于玄宗。

新版前言

六、李白入长安，历来以为只有一次，即天宝元年奉诏入朝，误。七十年代学术界提出"两入长安"新说，初版本采用了"两入"说。八十年代又提出"三入长安"新说，新版本改用"三入"说。即除开元十八年初入长安、天宝元年再入长安以外，天宝十二载还有一次长安之行。这是本书最重要的一处增订。

七、李白之死，历来以为是在肃宗宝应元年（762），误；初版本从旧说，亦误。新版本采用新说，改为代宗广德元年（763）。死因历来有二说：一说死于病，一说死于水；死于水又有两种可能：一是醉后落水，一是绝望自沉。皆不可确考。故徘徊于诸说之间，沉吟累年，仍难决定。今姑以惝恍之笔墨出之，谓之"千秋之谜"。

以上改动，均有所据。详见拙编《李白全集编年注释》。此编尽可能地吸收了学术界近十余年来研究李白的新成果。在这些新成果中，我个人亦曾或多或少注入过心血，尤以三入长安问题之探索耗力尤多。有些问题除案头工作外，还做过实地考察。详见拙著《李白研究》。①

正如初版本前言所说，在这本传记中，李白的生平大事均有所本，但同时在情节叙述和细节描写中也运用了文学虚构。新版本亦是如此。

---

① 《李白研究》是我历年所撰有关论文的选集，西北大学出版社1987年出版，台湾水牛出版社1992年再版。

历史人物传记能否运用文学虚构？

在回答这个问题之前，必须首先为文学虚构正名。真正的文学虚构不是胡编乱造，而是有所根据的推测，合乎情理的想象，其目的是为了突出人物的性格，显示人物的生平，以期符合历史的真实。这样的虚构不但是可以的，而且是必要的。否则就不成其为传记，更不成其为传记文学，而只能算是大事记。

这种认识，既是我在实践中的体会，也是先贤杰作的启示。

众所周知，《史记》是"二十四史"中首屈一指的正史。它是司马迁"读万卷书，行万里路"的产物，是以极丰富的历史资料和极广泛的实地考察作为根据的产物。故班固《汉书·司马迁传》赞曰："其文直，其事核，不虚美，不隐恶，故谓之实录。"

但向称"实录"的《史记》，在其记载历史人物的本纪、世家、列传中，特别是一些脍炙人口的场面，无不运用了文学虚构。例如《项羽本纪》中的垓下之战，把事件写得有声有色，历历在目；把人物写得活龙活现，跃然纸上。虽现代影视艺术，恐亦不及。试问：当时在战乱之中，危急之际，项羽悲歌慷慨之状，瞋目叱咤之态，驰骋突围之姿，无颜见江东父老之情……其谁记之？经此一战，项羽全军覆没，八千子弟"无一人还"，其谁传之？百余年后司马迁又从何而知之，若在项羽左右然？若非设身处地，想见当日情景，运用文学虚构及其传神之笔，何能有此千古不朽之作？故后世之人不但不责问太史公,反而心悦诚服,谓之"笔补造化"云。

所以,在历史人物传记中运用文学虚构,实乃势有必然。

虽然如此,文学虚构殊非易事,历史人物传记较之小说尤难。其难在于:既要有根有据,又要绘声绘色;既要不违史实,又要驰骋想象;既要有谨严之史笔,又要有传神之文笔。当实者实之,而又不失于拘泥;当虚者虚之,而又不流于讹滥。虚实结合,相反相成。噫,戛戛乎其难哉!

似此,则我岂敢为李白作传?盖读其诗,伟其志,奇其才,哀其事,情不自禁,势非得已。故虽自知力有未逮,难免雕龙成虫,亦不揣冒昧,斗胆为之。即此新版本亦未尽惬我心,其庶几无大过欤?祈方家、读者鉴之正之。

安　旗

1993年春

初版前言

在那万马齐喑的日子里,在九死一生之余,我开始研究李白。1979年,我写成了《李白纵横探》;1980年,我和薛天纬共同编撰了《李白年谱》;1981年,我又将几年来发表的单篇论文辑成了《李诗新笺》。就在进行这些研究工作的过程中,李白的形象渐渐在我心中活了起来。我如见其影,如闻其声,甚至好像亲眼看到他那些脍炙人口的名篇是怎样产生的。于是,在1982年,我写了《李白传》。

这是一部文学性传记,而不是学术性传记。但其中李白的生平大事都有所本,与李白有关的人物也多系真人。不过,某些情节和细节则不一定实有其事,也就是说运用了文学虚构。我所理解的文学虚构,不是任意编造,而是合理想象。我赖以展开想象的基础,仍然是将近十年来所作的调查研究。

初版前言

  我不敢说书中的主人公恰如其人,我只能说这是我心目中的李白。我心目中的李白是人,不是"仙"。有些人总想把他推向云端,我则努力让他返回大地,还他本来面目。只有真实的李白才能显示出历史的辩证法,给人以启示。最发人深省的是:为什么他失败了而又成功了?

安 旗

1983年7月于西北大学新村

序　幕

唐中宗神龙元年(705),秋高气爽,正是长安人郊游时节。

城东南的乐游原上,曲江池头,一群豪门少年刚排开筵席,准备作竟日之欢。众人正待入座,却见来了一人,年届弱冠,眉宇轩昂,气概非凡。身着豪华猎装,座跨银鞍骏马,就连马后的几个随从穿戴举止也不同一般仆役。此人下得马来,也不和谁招呼,便径自到上首坐定。众人欲待赶他,未敢造次;要不赶他,又气他不过。便有一人高声宣布,要每一个人自报家门,然后依次入座,意在听听这位不速之客究系何人;若非世胄,定要羞辱他一番,叫他知道这班哥儿们的厉害。于是争先恐后报来,个个都是名门望族,世代簪缨,好不得意!待到这位不速之客跟前,他却不慌不忙,但声如洪钟:"高祖——天子;曾祖——天子;祖父——天子;祖母——天子;……本人——临淄郡王李隆基。"他还没有报完,众人早已拜倒在地。

数年以后,临淄郡王李隆基,凭他的胆略、智谋和铁腕,平定了"韦后之乱",把他那妄欲临朝称制竟不惜谋杀亲夫中宗的婶母及其党羽,一举消灭。连他的父亲和长兄也以他有"圣德大勋",而将天子宝座让给了他。他就是唐代第七个皇帝,史称玄宗,俗称明皇。

刚登上大唐天子宝座的李隆基,遵照古礼:"季冬之月,天子乃教田猎,以习五戎。"在骊山之下,渭水之滨,举行了一次大猎。

咚咚的战鼓,声震四野;熊熊的篝火,映红千山。闪光的戈矛,好像严霜遍地;五色的旗帜,如同云霞蔽空。到处张起了天罗地网,四下布满了千军万马。六军将士严阵以待,好像面临一次真正的战争。

四匹龙马驾着御辇,驰出了长安东门,沿着渭水,来到骊山脚下。一路上,銮铃叮当,繁缨招摇。华盖之下,年轻的君王,手持倚天之剑,臂挽落月之弓,神采奕奕,雄姿英发。在雄壮的《秦王破阵乐》中,他巡视了猎场,检阅了六军,然后驰上骊山,亲自指挥了这场大猎。

一声"合围"令下,六军将士人人奋勇,个个登先,赶得飞禽走兽上天无路,入地无门。于是,刀枪并举,弓箭竞发,鹰犬四出,人兽相搏。霎时,只觉得江河波涌,山岳风生,好像河神山灵都在为

序　幕

这次大猎助威。骊山之下,渭水之上,野兽的鲜血好像河水在流淌,飞禽的羽毛如同雪花在飞舞。最后捕获的禽兽多如山积,使太阳中的金乌也大惊失色,使明月中的玉兔也闻风丧胆。于是,六军将士欢呼"万岁"的声音,像一阵阵春雷滚过大地。

就在这次大猎中,正在讲武习戎的皇帝又召见了他早就属意的敢于直谏而又娴于吏治的先朝老臣姚元之。

年届六旬的姚元之从三百里外的同州贬所赶来时,不及休息,马上随驾出猎。在大猎中,皇帝发现元之老而不衰,驰骋如意,龙心大悦。当天夜里,驻跸新丰驿,便向元之咨询天下大事。元之胸有成竹,对答如流,听得年轻的君王忘了疲乏,直到夜深。最后,李隆基一把拉住老臣的手说:"朕急欲励精图治,决意用卿为相。"但是元之没有马上谢恩,却道:"陛下雄才大略,臣知之久矣!然臣有十事启奏陛下,如不可行,臣不敢为相。"皇帝急切地说:"爱卿只管大胆奏来。"姚元之便讲了如下十大条款:

"武后垂拱以来,实行严刑峻法,使人动辄得罪。臣请以仁恕为先,可以吗?"

"朝廷出征吐蕃,兵败青海,耗损国力,莫此为甚。臣请勿倖边功,可以吗?"

"近亲友臣,触犯刑法,皆得逍遥法外。臣请法行自近,可以吗?"

"自古以来,宦官为祸,史不绝书。臣请内侍不得参预朝政,可以吗?"

"皇亲国戚贡献山珍海味、奇玩异宝,无非媚上求宠;近来公卿方镇亦渐效尤,均系民脂民膏。臣请除租赋外,谢绝一切贡献,可以吗?"

"公主、外戚擅权用事,紊乱朝纲。臣请外戚之属不任台省要职,可以吗?"

"先朝亵狎大臣,有亏君臣之严。臣请接之以礼,可以吗?"

"京兆处士韦月将上书,奏武三思潜通宫掖,必为逆乱。本为忠言,不幸被斩。自是以后,言路遂绝。臣请群臣皆得批逆鳞,犯忌讳,可以吗?"

"东西两京滥修佛寺道观,劳民伤财。臣请禁绝一切道佛营造,可以吗?"

"三代以来亡国者多因女祸。王莽篡汉,亦因元后临朝。臣请以此鉴戒为万代法,可以吗?"

姚元之每讲完一条,皇帝都答道:"可以。"最后又斩钉截铁地说:"卿之所奏,正合孤意!"元之于是顿首谢恩。

第二天早朝,李隆基便向满朝文武宣布任姚元之为宰相,同时又宣布了励精图治的决心,并将年号改为开元。

姚元之因避年号之讳,改名姚崇;其后又有宋璟、张说、张九龄、韩休等贤臣,相继为相,共同辅佐开元天子。于是弊端渐除,德政频颁,又兼连年风调雨顺,人民便得以安居乐业,国势亦随之蒸蒸日上。

杜甫《忆昔》诗云:

忆昔开元全盛日,小邑犹藏万家室。稻米流脂粟米白,公私仓廪俱丰实。九州道路无豺虎,远行不劳吉日出。齐纨鲁缟车班班,男耕女桑不相失。……

这就是历史上盛称的"开元之治"。

一　开元少年

"开元之治"如一轮红日从东方冉冉升起。它的金色的光辉照耀着华夏神州的三山五岳,照耀着大唐王朝的各道诸州,甚至连偏僻的剑南道绵州昌明县青莲乡也在一片晨曦之中。

昌明县①是一个四山环绕的小平原,其西北诸峰,林壑尤美,望之蔚然而深秀者,匡山也。从岷山发源的涪江,自北而南,从东边抱着青莲乡;它的支流盘江,则从西边抱着青莲乡。青莲乡就在这山环水抱的平原的中心。

开元初年,青莲乡里来了一位游方道士,打听一个从西域回来的商人,流寓此乡的隐士——李客。乡里人说:"李先生么?盘江

---

① 昌明县,五代以后改为彰明县,解放后与江油县合并,今为四川江油市。

一 开元少年

边上那个大院子就是他家。"

道士打扮的客人一进门,隐士打扮的主人带着惊喜的神情"啊"了半声,便立刻将他领进内室,又小心翼翼地把门窗关好,两人促膝密谈了好一阵。最后,客人说道:"现在好了,你可以出头露面了。"主人却叹息道:"如今我已年逾半百,还出去干什么?就让人们永远把我当作西域回来的商人,流寓此乡的隐士吧。你不也还是身着道装么?"

正在这时,忽听得隔壁传来一个少年的琅琅书声:"北冥有鱼,其名为鲲。鲲之大不知其几千里也。化而为鸟,其名为鹏。鹏之背不知其几千里也。怒而飞,其翼若垂天之云……"分明是《庄子·逍遥游》。书声不但清晰流畅,而且高下有致,疾徐中节,读得有滋有味,有感有情。显然是读书的少年完全沉浸在他所读的古代神话中了。

"这是何人?是你的儿子吗?今年多大了?"

"正是我那孽根祸胎。快满十五了。"

"从这书声听来,这孩子不是很好学吗?"

"好学倒是好学,而且已经写作了几百首诗文。他五岁发蒙识字,十岁读完了《诗》、《书》,以后便再不肯在儒家经典上好好下功夫,只爱杂学旁搜。《楚辞》、《庄子》,他百读不厌,可是对举业却一窍不通。"李客一边说,一边从案上取了一本诗文稿递给客人。

客人随手翻到一首《雨后望月》，便情不自禁地吟咏起来：

四郊阴霭散，开户半蟾生。万里舒霜合，一条江练横。出时山眼白，高后海心明。为惜如团扇，长吟到五更。

然后点点头，并且赞叹道："可谓短羽褵褷,已有凤雏态。"又随手翻到一篇《拟恨赋》，又情不自禁地念了其中两段：

若乃项王虎斗，白日争辉。拔山力尽，盖世心违。闻楚歌之四合，知汉卒之重围。帐中剑舞，泣挫雄威。骓兮不逝，喑噁何归？

昔者屈原既放，迁于湘流。心死旧楚，魂飞长楸。听江风之裊裊，闻岭狖之啾啾。永埋骨于渌水，怨怀王之不收。……

不及念完，就赞叹道："不亚江淹原作！"然后又说，"小小年纪便有如此才学，何愁日后不能高中？"

李客却叹了一口气："唉！他偏偏就是不愿走科举这条路。他说'帖经'全靠死记硬背，算不得学问；'试帖诗'束缚人的性情，难有佳作。所以，'进士'一科，尽管别人趋之若鹜，他却不屑一顾。'明经'、'有道'等科，就更不在他眼里了。"

正在这时,忽又听得院中呼呼风起。客人正奇怪:"刚才还是红日当空,怎么一下就变天了?"李客却笑了一下,走至窗前,推开窗子。客人站起身来,从窗口望出去,原来是一个少年,正在院墙根下几丛竹子附近,练习剑术。只见他齐眉勒着一条大红抹额,身穿一件雪白箭袖,足蹬一双轻便布靴。面如秋月,眉宇高朗。特别是一双眼睛,尽管隔着十来丈远,也使人感到闪闪有光。其身段之矫健,犹如游龙戏海;动作之敏捷,恰似天马行空。剑术虽不高明,但一招一式,却是气概非凡;功力虽欠深厚,但一往一来,却是顾盼神飞。

喜得客人拍着主人的肩头说:"有子如此,足下此生可以无憾了!"李客却说:"我正为他发愁哩!"说着又将窗户关上,转身拉客人坐下,低声说道:"我自从避居此乡,剑术久废。去年整理旧物,忽见我家祖传'龙泉',不觉技痒。但也只敢在月明之夜,人静之时,练上一回。不料被这厮发现,便来纠缠。我不理会,谁知他却躲在那片竹林中偷偷跟我学会了。近年又读了《史记·游侠列传》,一谈起聂政、专诸、朱家、郭解,就佩服得了不得。你说,我怎能不为他发愁?我怕他给我祸上加祸啊!"客人笑道:"所以你说他是孽根祸胎!"接着又说:"当今开元天子,广开贤路,求才如渴。此子既然能文能武,若晓之以大义,广之以见闻,何愁他不走正路?说不定将来出将入相,栋梁之材哩!"李客一听大喜,便握住客人的手说:"那你来得正好!贤弟久跑四外,见多识广,不似我蜗居山乡,孤陋寡闻,正好帮我开导一下这孩子。你就在我这里多住些日子吧。"说完,便又推开窗户向院中喊道:"阿白,阿白,快来!"

李白出生时,他妈妈梦见长庚入怀,因此他爸爸便给他取名白,字太白。其实,他和一般婴儿也没有什么不同,一样地吃喝拉撒,一样地呱呱而啼。尽管看不出有啥异相,他爸爸还是将早已准备好的桑弧蓬矢挂在堂屋的门上,祝愿他儿子志在四方,不要像他这样窝囊一世。

李白到了三岁时,听见大人讲神仙,他就说月亮是神仙的镜子,他还看见神仙照镜子来。听见大人讲月中有白兔捣药,他就问白兔捣药给谁吃?马上又自问自答:"给我吃哩!蜜蜜甜!"说着还要呷呷嘴。妈妈笑他扯谎撂白,奶奶却说:"我带的娃娃从不扯谎撂白。小孩家多半说起风就是雨,长大懂事了,自然就不会这样'神说'了。"

但李白一年一年长大,却"神说"如故,甚至更厉害了。十二岁上,爸爸教他读了司马相如的《子虚赋》,他就看见了千里以外的云梦大泽,那里的山是什么样,水是什么样,土地是什么样,出产的东西是什么样,说得活灵活现。读了《楚辞》和《庄子》以后,他就更"神"了。当他眺望匡山,常常从暮霭中看见:"若有人兮山之阿,披

一 开元少年

薜荔兮带女萝。……"当他漫步江边,又常常从粼粼波光中看见:"帝子降兮北渚,目眇眇兮愁予。……"《离骚》中上天入地的幻想,《庄子》中翱翔宇宙的神话,更使他思接千载,视通万里。以致他妈妈常埋怨他:"阿白呀,你的心到哪里去了?"他爸爸也奇怪:"这孩子为什么总是恍兮惚兮,神不守舍?"却没想到正是他教给儿子的楚辞、汉赋、诸子百家,使儿子爱好幻想的天性大大地发展起来。

远方来客在青莲乡住了一个月,李白几乎每天不离左右。他既不带他的猎狗上匡山赶野鸡,也不约他的伙伴到涪江边去射大雁,更不下盘江去游泳和摸鱼——这些他平日最喜爱的活动,在这个月中,几乎完全忘记了。远方来客山南海北的见闻,特别是开元天子大猎渭滨的盛况,励精图治的雄心,越发使李白的心长上了翅膀,飞到千里万里以外去了。分明是一堵普普通通的墙壁,上面只不过有一些屋漏痕和苔藓,他却可以看上半天,而且看见了京城长安,看见了东都洛阳,甚至看见天子坐在金殿上向他招手。分明是万籁俱寂的山乡之夜,他却听见了《秦王破阵乐》,听见了六军欢呼声,甚至听见千里万里以外有人在呼唤他。

在远方来客即将离开青莲乡的前夕,一连几天不见人影的李白,突然将一篇洋洋洒洒千有余言的《大猎赋》送到他面前。

客人连看了三遍,不由得将其中一些地方密圈密点起来,并且一边圈点,一边吟诵。当他读到"海晏天空,万方来同。虽秦皇与汉武兮,复何足以争雄?……"口中连称:"奇才!奇才!"又说,"他只不过听我讲了一下,竟然就像他亲眼目睹的一般。这大概就是《文心雕龙》所说的'神思'之力吧?"李客看罢,虽然口头上说:"没有什么了不起,不过从扬雄、司马相如辞赋脱胎而来。"但心里却也不能不赞叹:"想象之丰富,辞采之纵横,竟欲凌驾扬、马而上!"

最后,在涪江边上,宾主握别时,客人特地叮咛说:"令郎非池中之物。"李客也不得不承认:"青莲乡对于他是太小了!"

于是,李白开始出游附近一些州县,游了绵州州治所在的巴西,又游了龙州州治所在的江油,还游了剑州一夫当关、万夫莫开的剑门。

开元六年的春天,十八岁的李白,又出游梓州。梓州在绵州东南,坐涪江下水船,不消一日,便可到达。这里并没有通都大邑,也没有名山胜迹,吸引李白来游的,是一个叫赵蕤的人。

赵蕤,字太宾,住在梓州郪县城外的长平山上,人称"赵处士"。他年轻时是一个志在经国济世的人,曾经到过许多地方,还不止一次到东都洛阳去应试。但因屡试不第,便归卧山中,以著书立说自娱。最近,刚完成了他的专谈王霸之学的《长短经》。开元以来,虽然地方推荐,朝廷征召,他却已年过半百,而且多年以来过惯了闲散自在的生活,也就不想出去做官了。于是人们便改称他"赵徵君"。

一　开元少年

李白拜见赵蕤之后，才知道这位老师不但学贯古今，而且好击剑任侠，生活也极其有趣。在他的山居中，养着几乎上千只各种各样的鸟。除了会传信的鸽子，会说话的鹦鹉，会唱歌的画眉，会戏水的鸳鸯，会打架的鹌鹑……他还驯养了几十只白羽、素冠、赤足、长尾的白鹇，而且给每一只都取了名字。他一叫谁的名字，谁就飞到他掌上来啄食。赵蕤的知识非常丰富，不仅前朝后代人物故事谈起来滔滔不绝；而且天文地理，三教九流，以至麻衣神相，他也无不知晓。李白对这位学识渊博的老师敬佩得五体投地，赵蕤对这个负有不羁之才的弟子也十分赏识。赵蕤给李白悉心授以《长短经》，而李白也成了赵蕤驯养奇禽的得力助手。更兼闲时击剑为戏，闷时饮酒开怀，两师徒竟成了忘年之交。

赵蕤的《长短经》共有六十三篇，合为十卷。上自"君德"、"臣行"、"王霸"，下至"是非"、"通变"、"相术"，旁及"出军"、"练士"、"教战"……都是博采诸子百家，结合历代史实，针对近世弊政而发。既是治平之道，又是立身之学。虽然其中并无平步青云的诀窍，但李白从中确实学到不少辞章以外的学问。赵蕤的教学方法也和一般学校不同，不是照本宣科，让学生死记硬背，而是师生共同研讨。每日里师生二人，总是少不了纵谈古今盛衰治乱，品评历代杰出人物。辅佐齐桓公九合诸侯，一匡天下的管仲；使于四方，不辱君命的晏婴；运筹帷幄之中，决胜千里之外的张良；高卧隆中，三顾始出,鞠躬尽瘁,死而后已的诸葛亮;隐居东山,啸傲林泉,起而安天下的谢安;善设奇谋诡计,为世排难解纷,而义不受赏的鲁仲连……更是他们共同仰慕,经常称道的对象。一年下来,这些人的名字和事迹深深印入李白心中,李白越发有了非凡的抱负和盖世的雄心。

怎样才能实现这种雄心和抱负呢?赵蕤又以自己失败的教训现身说法。他对众人趋之若鹜的进士一科,嗤之为"赚人术"。他说:"时人都推重进士一科,谓之'白衣公卿'。意思是说,凡由进士出身,便有位至公卿的前程。其实即使考上了也远非如此,而考进士之艰难,更是一言难尽。你听说过'三十老明经,五十少进士'的话么?三十岁考上明经就算老了,五十岁考上进士还算小呢!多少人负有倜傥不羁之才,都为了考进士而把自己束缚起来,兢兢业业,循规蹈矩,焚膏继晷,兀兀穷年,最后老死在考场之中了事。因此曾有人编了这样两句话:'太宗皇帝真长策,赚得英雄尽白头。'你说这考进士是不是'赚人术'?我就是上了考进士的当,误了一生。"

这一席话听得李白连连称"是",越发坚定了不走科举一途的决心,便向老师请教科举以外的道路。赵蕤说道:"当今开元天子广开才路,诏命五品以上官吏皆可直接向朝廷荐举贤才。一旦得遇伯乐,便是你大展骥足之期。此外还有制举,制举者,天子以待

一 开元少年

非常之才也。一旦名闻京师,便是你平步青云之日。至于如何赢得荐举和制举呢?……"不等老师说完,李白便高声答道:"读万卷书,行万里路。遍干诸侯,历抵卿相。"于是师徒二人相视而笑,便又痛饮一番。

李白在离开梓州郪县长平山这天夜里,做了一个梦。梦见自己变成了一只大鹏,展开遮天蔽日的翅膀,向着无边无际的太空飞去。

二　初试锋芒

开元八年(720),李白二十岁,初游成都。

唐代的成都,不仅是益州的首府,而且是剑南道大都督府所在地。剑南道有三十多个州:北接陇右,南下岭南,西邻吐蕃,东至巴渝。岷江从岷山出来,分为内外二江,流经成都平原,好像腰间的两条玉带;峨眉耸峙在成都正南,拔地而起,好像摆在面前的一座屏风。正如晋代左思《蜀都赋》中描写的那样:"带二江之双流,抗峨眉之重阻……沿途所亘,五千余里。"

成都历史的悠久,仅次于长安。秦惠王灭蜀国,使张仪筑成都城,始置蜀郡。秦孝文王以李冰为太守,凿离堆,平水患,而收灌溉之利,于是蜀地沃野千里,号称"天府"。到了汉文帝时,以文翁为太守,开办学校,普及教育,改变了披发文身等蛮夷之风。文化繁荣,比于齐鲁。自是以后,人才辈出:司马相如以他的才华见赏于

二 初试锋芒

帝王,扬子云以他的渊博留名于青史,严君平以他的数术竟成为神话人物。

蜀中气候温和,四季有不谢之花,八节有常青之草。山峦间松柏葱郁,川原里绿竹掩映,高大的楠木拂云蔽日,挺拔的棕榈摇曳生风。田间的桑柘和麦苗竞秀,城周的芙蓉与朝霞争辉。到了春天,柳色花光,直可和帝京秦川比美;到了夏天,荔枝龙眼,又富有南国风光;秋天里,桂子飘香千里;冬天里,橘柚在枝头挂着金黄的果实。

这里不仅有奇花异果,而且还有珍禽怪兽。娇小的翡翠,灿烂的锦鸡,婉转的画眉,矫捷的猿猴,甚至还有昆明进贡来的孔雀,安南进贡来的犀、象和猩猩。蜀国始祖望帝的精灵化成的杜鹃鸟,到了暮春季节,总是从午夜叫到天明:"快黄快割,快黄快割……"直叫得口中流血,化为满山红艳艳的杜鹃花。

唐代的长安共有一百余坊,成都也有一百余坊。长安有东市和西市,成都也有东市和西市。成都的西市,又叫少城。少城就是小城,是城中之城。这里是商业和手工业荟萃的地区,大街夹着小巷,大铺连着小摊。货物像山峦一样重重叠叠,花样像星星一样数不胜数。这里不仅可以买到本地的土特产,而且还可以买到从长安、洛阳、金陵、扬州、越州、广州等各大城市来的外路货物。市场上熙熙攘攘,摩肩接踵,不仅有西蜀的仕女,还有外地甚至西域来的商人。

蜀中所出的锦缎,质地精良,花样繁多,享誉全国,闻名天下。织造锦缎的作坊叫"锦院",织工聚居的地区叫"锦里",连濯洗锦缎的江水也叫"锦江",甚至整个成都也叫"锦城"。

成都的绮丽风光和名胜古迹,李白神往已久。因此从梓州辞别赵蕤以后,特地绕道来游成都。

当李白行至离成都还有四十里的新都地界,刚好碰上礼部尚书苏颋出任益州大都督府长史,到成都上任,经过这里,正在驿亭中休息。李白一听大喜,他想,苏颋不仅是朝廷大员,敕封许国公,而且是当代文章巨擘,和兵部尚书燕国公张说齐名,人称"燕许大手笔"。今日天赐良机,岂能错过?恰好,《明堂》、《大猎》二赋又缮写现成,带在身边,李白便到驿亭投刺求见,并呈上二赋。不一会,便听得一声:"长史大人有请!"李白进得驿亭,只见中坐一人,手里正拿着他的"行卷"①。虽然紫章金绶,威仪奕奕,但却威而不猛,庄而可亲。李白行礼已毕,站在一旁。苏颋面带笑容,请他坐下,简单地问了李白几句话以后,便转过身去对他的僚属说:"这个青年,很有才气!你们看他下笔不休,洋洋洒洒,千有余言。通过祭明堂,猎渭滨,将我大唐国威,写得有声有色。"然后又转过身来,对

---

① 行卷,唐代士林风习,即将自己诗作写成卷轴,呈送州郡长官或文坛前辈,请求推荐给朝廷。数日后再次呈送,称为"温卷"。

二　初试锋芒

李白说道："可惜你文采可观,而风骨未成。但只要继续努力,将来必成大器,就可以和贵同乡司马相如齐名了。"李白欠身答道："多承前辈的鼓励和教诲。但那司马相如只不过写得一手好文章,汉武帝也不过是以俳优蓄之。晚生不才,窃以为大丈夫志在经国济世,进不能为管、葛,退亦当为鲁连。诗文乃余事耳!"苏颋一听,觉得这个器宇轩昂,意气风发的青年人确实与众不同,越发另眼看待。便对李白说："你既然胸怀大志,更兼才识过人,当今天子励精图治,朝廷正是用人之际,待我到任后,就上表推荐。你且到成都馆驿住下,等候消息。"李白大喜过望,没有想到他这匹千里马刚一迈步就遇到了伯乐。

李白本想请苏颋详细指点一下"风骨"的道理。忽见僚属中走出一人,像是从成都前来迎接苏颋到任的官员,说道："请长史大人进内室休息。"苏颋刚起身进去,李白也正欲告辞,此人却过来将李白叫住,详细地盘问起来。当他发现李白是商人之子,脸上便露出鄙夷神气,说道："我当你是世家子弟,原来是工商贱民。从前连马也不许你们骑,绸缎也不许你们穿。而今朝廷放宽了禁令,你们居然得寸进尺,径直闯到长史大人驾前来了。益州大都督府本是亲王遥领,长史大人实操其权,所管是整个剑南道的军政大事。你怎敢亵渎大驾,企图侥幸?"一顿呵斥好似当头一棒。当李白回过神来,正要和他辩理,早已被当差的一边一个把他架出了驿亭。李白本想破口大骂,又恐这一来反给人以口实:工商贱民,不知礼法。只好把那三丈怒火压了又压,把那一口恶气吞了又吞。心想:"这狗官不知是个干什么的,好没见识!那辅佐周文王的姜尚,不是朝歌的屠户、渭滨的钓叟么?那辅佐殷高宗的傅说,不是在傅岩之野筑墙的工匠么?那辅佐秦始皇的李斯,不是常常牵着黄犬出上蔡东门的猎户么?那帮助越王勾践复国的范蠡,不是商人们供奉的陶朱公么?……这些为帝王师的人都是工商贱民。'王侯将相宁有种乎?'苏颋自然知道这个道理,他一定会为我作主,我又何必跟这狗官一般见识呢?"想到这里,李白对着驿亭的大门,唾了一口,然后翻身上马,挥了一鞭,直奔成都而去。

李白来到成都,正是仲春二月。成都的春天来得特别早,虽才二月,已是百花盛开。李白决定游览一番。

他首先登了散花楼。楼在城的东北隅,是隋代的蜀王杨秀所建,高数十丈,金碧辉煌。登上它的最高一层,极目四望,千里景色尽来眼底。那波光粼粼、蜿蜒如带的,就是流向三峡的江水吧?那云海苍茫中岿然耸峙的,就是峨眉的金顶吧?那火光荧荧、雾气蒸腾的,就是火井和盐井吧?那北去的雁群下面,就是亲爱的匡山吧?再望近处,阡陌交错,溪水纵横,菜花如金,麦秀如翠。真是镶金铺玉,如锦似绣!回望城中,千门万户,比屋边甍,车骑杂沓,仕女如云。……李白在楼上足足流连了半日,虽然觉得赏心悦目,但

二 初试锋芒

心中毕竟有些不快。因此,在《登锦城散花楼》一诗中,既留下了登览的佳兴,也留下了不快的痕迹。

接着李白又去游览了司马相如的抚琴台、扬子云的草玄堂、严君平卖卜处,还去逛了东市和西市。在他最景仰的诸葛亮祠堂更是流连忘返。

光阴荏苒,不觉一月有余,大都督府里却消息杳无。李白去了几次,只见警卫森严,侯门似海,别说长史大人无缘再见,就连府中佐吏也难见上了。

李白本想即返故里,但一转念又去了千里以外的渝州。

正如益州是古时的蜀国,渝州则是古时的巴国。渝州州治巴县是座山城,耸峙在长江和嘉陵江交汇的地方,虽然是个水码头,却远不如成都繁荣。但一位大名鼎鼎的文坛前辈正在渝州刺史任上,这就是李邕。

唐代士人家家案头,必有一部李善所注的《昭明文选》。"《文选》烂,秀才半。"这是当时人们的口头禅。李邕就是李善之子。其人不仅家学渊源,而且有出蓝之誉;不仅学识不凡,而且仗义疏财,广交天下士人。李白不远千里,正是奔他而来。

一到渝州山城,李白便去刺史衙门请求谒见李邕,照例上书,行卷。并将他沿途写的一些学习民间歌谣的新作,置于卷首。满以为他的得意之作必蒙李邕赏识。在所上书中,自然把他的济苍

21

生、安社稷的壮志宏愿,大谈了一通。然后在旅舍中等候佳音。谁知过了十天尚无消息,只好再次"温卷"。又过了几天,却只见到一个小吏。

原来,李邕最擅长的是碑版文字,辞赋也称当行,但很少写诗,对俗歌俚曲尤其不屑一顾。他一展开李白的"行卷",看到置于卷首的《巴女词》:"巴水急如箭,巴船去若飞。十月三千里,郎行几岁归?"便倒了胃口,竟推过一边,赶写他的皇皇大文《修孔子庙堂碑》去了。及至李白"温卷",他才想起此事来,怎奈碑文正写在兴头上,便将李白的事交给一个姓宇文的小吏去办。仓促间吩咐道:"下里巴人之曲,桑间濮上之音,怎能登大雅之堂?还说什么济苍生、安社稷?但念他不远千里而来,好歹打发他一些盘费,让他去吧。"一边说着,一边从曲阜孔庙刚送来的润笔酬金中取出少许,连同李白的"行卷"交给了宇文。

宇文倒是热情地接待了李白,他对李白的俗歌俚曲很感兴趣,对李邕的迂腐之见不以然。但对前者爱莫能助,对后者又不敢违抗,只好委委婉婉把李白安慰了一番。除李邕所送程仪外,他自己又送了李白一个纪念品——渝州特产桃竹书筒。

李白接受了宇文所送的纪念品,并赠诗一首,诗曰:

桃竹书筒绮绣文,良工巧妙称绝群。灵心园映三江月,采

二　初试锋芒

质叠成五色云。中藏宝诀峨眉去,千里提携长忆君。

李白拒绝了李邕所送的程仪,也赠诗一首,诗曰:

大鹏一日同风起,扶摇直上九万里。假令风歇时下来,犹能簸却沧溟水。时人见我恒殊调,闻余大言皆冷笑。宣父犹能畏后生,丈夫未可轻年少。

当宇文怀着忐忑的心情把这首诗呈送给李邕,并准备挨一顿训斥时,不料李邕看了竟说道:"喝!初生之犊不畏虎。我不该随便把他打发了。"但接着又说,"他也把世事看得太简单了,让他去闯闯也好。"

三　仗剑去国,辞亲远游

匡山大明寺。寺外山峦重叠,远处如淡墨轻染,近处如浓墨重皴。寺内殿宇耸峙,回廊曲折。青苔爬上了阶沿,藤萝低拂着栏杆。寺前的古树上常有猿猴攀援啼叫,朝山的香客总不会忘记随身带一把谷米撒给它们。寺后的水池里盛满了岩间渗下的清泉,丹顶白羽的野鹤常到这里来饮水,并啄食和尚们洗钵盂时留下的饭粒。

每当曙光初照,晨钟始鸣,便有一个青年人,手提一柄长剑,来到大殿前的院中练习,直到和尚们做完早课,方才停止。

每当夜色四合,暮鼓三通,大殿西侧的客房窗上便照例透出灯火,随即传出琅琅书声,直到和尚们做完晚课,还不休息。

白日里,很少见他出来,只见他的书僮给他打水,洗砚,磨墨,磨了一次又一次。但他不出来则已,一出来总是和他的书僮带上

三 仗剑去国，辞亲远游

他们心爱的大黑狗，翻山越岭，寻幽探胜。他跑遍了匡山上下，还攀上绝顶去访道求仙。

这就是在匡山读书的李白。

匡山绝顶，因高出诸峰之上，故又有"戴天"之名。李白听说，戴天山有一戴天观，观中有一老神仙，已经百岁有余，登山越涧如履平地，便特地前去拜访。结果，没有见到老神仙，却见到一个小道士。小道士和他年貌相若，有如兄弟，已使他感到亲切；而其风清骨峻，言玄趣逸，更使他心生倾慕。晤谈之下，得知小道士姓元，名林宗，道号丹丘。本是北魏后裔，中原人氏。自幼好道，又好仙游，近慕蜀中道风之盛，辗转来至匡山，见戴天观幽绝人寰，老神仙道行高深，便决心在此修炼一番。从此以后，不是李白到戴天观访丹丘，便是丹丘到大明寺访李白。两人似有三生之缘，一见订交，即成为终身挚友。自然，这是后话。

且说青莲乡里，甚至昌明县里，人们在闲谈中都说李客的儿子是个怪人。已经满过二十岁了，既不娶媳妇，又不考进士；住在匡山上，三年进过两次城，数月才回一趟家——不知他究竟想干啥。有人说，他在成、渝二地干谒不遂，灰了心；有人说，他跟他父亲一样，也想高卧云林，不求禄仕了。

李白刚回故里时，心中确实有些懊丧，甚至颇有出世之心，但也只是一时的情绪；特别是他父亲和他做了一次密谈之后，他的情绪顿时好转。原来他们家是陇西李氏,远祖是汉代的名将李广,近祖是隋唐之际建都酒泉的凉武昭王李暠。后来因为西凉国破家亡,他们这一房逃到边远的碎叶,这才经起商来。李白不等父亲讲完,就兴奋起来:"我朝天子不也是陇西李氏么?原来我们家是宗室!"但是李客却说,谱牒遗失多年,空口无凭,无法申报;并告诫李白别对外人说起,免得落个冒充宗室的罪名。但李白不管三七二十一,只顾想着自己是天枝帝胄,公子王孙,并非工商贱民,那自暴自弃之心便烟消云散,自勉自励之情便油然而生,甚至觉得在成、渝二地遇到的倒霉事,都是"天将降大任于斯人也"的好兆头。

于是,他便遵从苏颋"广之以学"的教诲,搬到匡山大明寺中住下,决心在学业上再下一番工夫。然后,出三峡,泛长江,渡黄河,周览名山大川,遍干天下诸侯。他相信:少则三年五年,多则十年八年,必能遇到能够识拔他这匹千里马的伯乐,把他推荐给开元天子。待他为苍生社稷干一番事业,立下不朽功勋以后,依然回到他亲爱的匡山来,回到这优美的大自然怀抱之中来。

开元十二年的春天,二十四岁的李白,开始了他的万里之行。

二十四岁的李白,出落得一表非凡。个子虽不算高大,但却是昂首天外;身躯虽不算魁伟,但却是潇洒出尘;容貌虽不算俊美,但却是神清气爽;特别是两道高耸的剑眉,一对炯炯射人的虎眼,使他更显得英姿勃勃。腰间佩着一柄三尺龙泉,手中牵着一匹银鞍

三　仗剑去国,辞亲远游

骏马,随身跟着十八岁的丹砂,挑着一副藤制的轻便书箱。

主仆二人走出了青莲乡,走出了昌明县。他们走一走,又回头看看;走一走,又回头看看。峰峦如画的匡山,越来越远,越来越模糊,只剩下黛色一抹,眼看就要从他们视野中消失了。他们不约而同索性停下来,对它凝望了很久。

"公子,你不作首诗么?"

"仗剑去国,辞亲远游,岂能无诗?一路上我早已想好了。"说着,李白就朗诵起来:

晓峰如画碧参差,藤影摇风拂槛垂。野径来多将犬伴,人间归晚带樵随。望云客倚啼猿树,洗钵僧临饲鹤池。莫谓无心恋清境,已将书剑许明时。

"公子,你这首诗的意思是向匡山告别吧?"

"对,题目就叫《别匡山》。"

"莫谓无心恋清境,已将书剑许明时。"李白又特地将最后两句大声对着匡山方向念了一遍。

"匡山啊,再见了!等我们公子'功成名遂身退',再回到你身边来!"书僮也向着匡山方向大声呼唤。

李白不觉笑了起来:"你也学会了个'功成名遂身退'?"

27

"连这也不会,还算是李太白的书僮么?"

"好小子!待我当了宰相,就荐你当侍郎。"

"哪有奴婢当郎官的哟?"

"为什么不可以?就从我们开始。让天下的人都有饭吃,都有衣穿,都有房住;让穷人子弟也读书,也考进士,也当郎官。"

"哈哈,我们的公子又在神说了!"

主仆二人一边说笑,一边沿着通向成都的大路进发。

在朝阳照耀之下,春天的原野五彩缤纷。菜花如金,麦苗似翠,行行柔桑吐出鹅黄的嫩叶,几树桃花红得像燃得正旺的火焰,丛丛竹林抽出的新篁好像绿云缭绕,高高低低的山坡上,芳草萋萋,野花点点,宛如锦绣覆盖。"啊,'澹荡春色,悠扬怀抱。思万里之佳期,忆三春之远道。'"李白骑在马上信口背诵了几句初唐诗人王勃的《春思赋》,觉得这几句恰是他此时此际心情的写照。

李白去蜀途中,重游峨眉,竟在山中盘桓累月。因为他在这里结识了一位高僧,两人有一段缘法。

这位高僧俗姓史,法号怀一,曾经和陈子昂是刎颈之交。当年两人都是胸怀大志,但是时运不济,有志难酬。子昂仕途坎坷,冤死狱中,只活了四十二岁。怀一屡试不第,便出家当了和尚,如今已是七十高龄。

李白早就听说,梓州射洪县的陈子昂,字伯玉,是蜀中人杰。

在武后当政时,以才识见知,初任麟台正字,后迁右拾遗。屡次上书言事,多切中时弊,因此得罪了权贵,不得已而辞官归里。终于未逃脱权贵的魔掌,被迫害致死。有诗文集十卷,李白曾多方搜求,惜未能见。

当李白得知怀一长老是陈子昂故人,便格外敬佩。怀一见李白才器不凡,也颇为赏识,尤其是李白对陈子昂的倾慕之情,更使长老感到欣慰。

一天,怀一长老郑重其事地邀请李白到他方丈室中,说是有要事相商。李白进得室来,看见老和尚正襟危坐,神情肃穆;又见他面前几案上放着一个黄色锦缎包袱。正欲问询,未敢造次,只按着老和尚手势,在几案对面坐下。小沙弥献上茶来,他也只说了一个"请"字。用茶已毕,怀一长老随即命撤去茶具,这才慢慢说道:"我唐自开国以来,诗文承六朝余风,骈丽有余,风骨未振。无补社稷苍生,徒供宫廷行乐之用。吾友伯玉,崛起于蜀中,振名于都下,始挽数百年之颓风,初复风骚之正传。可惜其年不永,其志未竟。……"说到这里,老和尚低下头来,默然良久,深情地抚摸着几案上的锦袱。然后抬起头来,以充满无限期望的眼光看定李白,开始是喃喃自语:"我盼了多年的人终于来了。"继而毅然说道,"继吾友未竟之志,开我唐百代之风,为千秋万世垂训——此事就托付你了。"老和尚一边说着,一边将案上锦袱捧起,交到李白手中。

李白连忙双手接住。解开锦袱一看,原来是《陈拾遗集》十卷。显然是怀一长老将他珍藏多年的亡友遗著赠与李白,并希望李白成为陈子昂的继承人。

李白拜谢已毕,别无客套语,只说了一句话:"晚生定当不负长老厚爱!"而这正是怀一长老期望的一句话。

从此,李白便在山中研读陈子昂诗集。

陈子昂的诗,朴实无华。初读,并不怎么吸引人。但越读越觉得言之有物,意趣高深。《感遇诗》三十八首,或感怀身世,或讽谏朝政,或忧时伤事,或悲天悯人,一种慷慨郁勃之气,使人想见作者的高风亮节和如椽的巨笔。特别是读到《登幽州台歌》:"前不见古人,后不见来者。念天地之悠悠,独怆然而涕下!"李白不禁高声吟唱,击节赞赏:"这才是大丈夫言志抒怀之作啊!"

然后,李白又研读了《观荆玉篇》、《鸳鸯篇》、《修竹篇》,特别是《修竹篇》和诗前的《与东方虬书》:

今文章道弊五百年矣!汉魏风骨,晋宋莫传,然而文献有可征者。仆尝暇时观齐梁间诗,采丽竞繁,而兴寄都绝,每以咏叹,思古人。常恐逶迤颓靡,风雅不作,以耿耿也。

这一段文字引起了李白的深思:"什么是文章之'道'?什么是'风

三 仗剑去国,辞亲远游

骨'?什么是'兴寄'?……"

李白翻来覆去思索的结果,发现《观荆玉篇》并不仅仅是写荆玉,《鸳鸯篇》并不仅仅是写鸳鸯,《修竹篇》也并不仅仅是写修竹。它们都是借这些事物寄托作者的感慨,抒发作者的怀抱,使人读其诗,想见作者高尚的人格和优美的情操。李白又进一步联想到汉魏佳作,也多是如此。不但写景,而且写情;不仅写物,而且写人。不论是写什么事物,志士仁人之心,英雄豪杰之志,总是充溢字里行间,使人振奋,发人深思,启人遐想,自然有一种潜移默化的力量。于是李白明确了:这就是文章古道,这就是诗骚正传,这就是汉魏风骨,这就是陈子昂提倡"兴寄"的用心所在。否则,写山水就是山水,写草木就草木,写虫鱼就是虫鱼,那有什么意思呢?

李白回想起在故里时写的一些沈宋体[①]的少作不觉汗颜,自言自语:"雕虫小技,壮夫不为!"然后一跃而起,提起笔来在一张诗笺上写了几个大字:"将复古道,舍我其谁!"并把它送给了怀一长老。

直到秋天,李白才离开峨眉山。怀一长老一直把他送到山下,青衣江边。

李白从青衣江坐船到嘉州。途中夜里,看见半轮秋月倒映在

---

① 沈宋体:武后朝沈佺期、宋之问二人之诗对仗工整,辞藻华丽,一时甚为流行,影响及于开元。

江中。这倒映在青衣江中的半轮秋月,给他以无限亲切的感觉。好像它知道李白到嘉州以后,便要东下长江,从此远去了,因此一路伴送他。李白也觉得它好像是故乡的化身,峨眉山的化身,怀一长老的化身,陈子昂的化身……"峨眉山的月亮啊,你将永远照耀在我的心头。我要把你的清光带到天涯海角,我要把你的清光洒遍人间……"李白靠在船舷上,久久看着水中的月影,并悄悄和它说话。

李白在嘉州东南的清溪驿,买舟东下。在出发的这天夜里,他多想再看一看"峨眉山月""影入平羌"的景色,可惜天阴欲雨,终未能见。虽然处处有江水,时时有明月,但终不如峨眉山月那样令人难忘。于是李白写下了《峨眉山月歌》:

　　峨眉山月半轮秋,影入平羌江水流。夜发清溪向三峡,思君不见下渝州。

四　出三峡

　　李白经渝州、夔州等地而下三峡。沿途之上，不仅山水佳胜使他处处流连，而且巴人的歌谣也使他时时驻足。因此直到开元十三年春天他才出了三峡。

　　出了三峡，便是荆门。荆门山和虎牙山南北对峙，长江从两山之间流过，真好像是荆州大门。过了荆门，天地忽然开阔了许多，崇山峻岭至此便完全消失了。尽管李白回头望了又望，再也望不见连绵的巴山，只见变化多姿的楚云，在烟水苍茫的江面上飘着。碧绿透明的江水，依然是锦江的颜色，好像是故乡的水在给游子送别。翘首东望，江水遥接天边。那天水相接的地方便是大海吧？那海云升起的地方，会出现人们传说的海市蜃楼吧？……李白就眼前景稍一构思，便吟出《渡荆门送别》一首：

渡远荆门外,来从楚国游。山随平野尽,江入大荒流。月下飞天镜,云生结海楼。仍怜故乡水,万里送行舟。

李白一面欣赏着江上景色,感到心旷神怡;一面怀着依依惜别的心情,离开了故乡,走进了新的天地。一路上,看不尽芳洲碧树,听不尽莺啼雁鸣。渐渐日色向晚,海月东升,远远地望见了城市的灯光。啊!原来是荆州首府——江陵快到了。

荆州,是唐代山南东道首屈一指的大州。州治江陵,不仅是历史名城,一千年前楚国首都郢城所在之地;也是当时的中南重镇,东西南北的交通枢纽。西上巴蜀,东下维扬,北去京洛,南往湘黔,均须由此经过。江陵自唐初就设置了大都督府,其商旅之众多,市井之繁华,不亚于成都。李白到此,自然要流连一些时日。

他和丹砂首先游览了江陵城内城外一些主要街道,然后又游览了楚灵王修建的章华台的遗址和楚国国都郢城的遗址。郢城在纪山之南,故又称纪南城。一路之上,只见近处:紫陌朝天,垂柳夹道,车马往来,行人如织;再望远处:岸芷汀兰,郁郁青青,帆樯出没,水鸟上下。忽听得一阵歌声从江边传来,曲调十分动人,可惜歌词听不清楚。李白便沿着江岸找去,却遍寻不得。向路上人打听,那路人说:"这有什么稀罕!你到酒楼上去,自有唱曲的人。本地的'西曲'是天下闻名的。"

四　出三峡

他们特地找了一家清雅的酒楼,刚一坐定,果然便有两个歌女怀抱琵琶走上前来,一个年方及笄,一个徐娘半老。李白请她们两人都坐下,接过她们递上的节目本子一看,上面列着一长串曲名。李白不及细看,便对二人说道:"你们想唱什么就唱什么吧,尽管拣你们拿手的唱来。"于是二人便调了调弦子,一曲一曲唱了起来。她们先合唱了几段《江陵乐》,又合唱了几段《采叠度》。李白感到这里的"西曲"比巴渝一带的歌谣更为优美,歌词也清新可喜,因此他把这些歌词都一一记了下来。李白又叫年轻的歌女单独唱几支。她开始唱了几段《那呵滩》:

　　江陵三千三,来往那呵滩。上滩登天难,下滩鬼门关。闻欢下扬州,相送江湾头。愿得橹篙折,天意使郎留。……

李白不禁失声叫好,丹砂也跟着叫"好"。那女子低下头来,调了调弦子,又唱了一支《女儿子》:

　　巴东三峡猿鸣悲,夜鸣三声泪沾衣。我欲上蜀蜀水急,行人一去不复归。

还没有听完,李白的眼泪就下来了。

然后李白又叫年纪较大的歌女单独唱了几支。她的声音虽不及少女的清脆圆润,但却深沉厚实,吐字也特别清晰,显得功力远在前者之上。她开始唱了几首短曲,其中《作蚕丝》声词俱佳,李白为之击节赞赏不已,并将其中一首歌词反复咏哦:

春蚕不应老,昼夜常怀丝。何惜微躯尽,缠绵自有时。

然后,连干三杯,并叫丹砂给两位歌女各敬一杯。最后那妇人又唱了一支《西洲曲》:

忆梅下西洲,折梅寄江北。单衫杏子红,双鬓鸦雏色。西洲在何处,两桨桥头度。日暮伯劳飞,风吹乌桕树。树下即门前,门中露翠钿。开门郎不至,出门采红莲。采莲南塘秋,莲花过人头。低头弄莲子,莲子青如水。置莲怀袖中,莲心彻底红。忆郎郎不至,仰首望飞鸿。鸿飞满西洲,望郎上青楼。楼高望不见,尽日阑干头。阑干十二曲,垂首明如玉。卷帘天自高,海水摇空绿。海水梦悠悠,君愁我亦愁。南风知我意,吹梦到西洲。

那妇人从容唱来,如怨如慕,如泣如诉,好像这支曲子就是她自己

四　出三峡

心里的歌。李白听得连酒都忘记喝了。

"民间竟有如此优美的天籁！如此动人的绝妙好词！这一支支曲子都是浑金璞玉啊！……"曲子已经唱完，李白还在沉思。

李白听完曲子以后，又问了两个妇女的身世。年轻的一个是船家女，父亲不幸葬身鱼腹；年长的一个是商人妇，丈夫出外一去不返。两人都无以为生，因此沦落为酒楼歌女。李白听了，又为她们感慨一番，但别无办法，只有加倍给了赏钱，便打发她们走了。临走时，她们再三道谢，李白却说："该我谢你们哩！"两人大惑不解。李白又说："我给你们的是铜钱，你们给我的是黄金。"两人更大惑不解了。最后，两人不约而同地说："但愿听曲的客人都像公子这样就好了。"丹砂送她们下楼时，她们又向丹砂道谢。丹砂说："这几个钱算不得一回事。等我们公子当了宰相，请皇上下一道诏令，彻底解救你们！"两个歌女睁大了眼睛，又是惊，又是喜，又是莫名其妙。

当天夜里，李白便写了几首《荆州歌》。但看来看去总觉得不及歌女所唱的天然美妙，便只选了其中一首保存下来：

> 白帝城边足风波，瞿塘五月谁敢过？荆州麦熟茧成蛾，缲丝忆君头绪多，布谷飞鸣奈妾何！

李白在江陵,除了搜集歌谣外,也去章台走马,又到城南猎雉,还到江湾泛舟,甚至还去看过一次跳神。每到一个地方,他总是什么新鲜事都要尝试尝试,几乎忘记了从事干谒,他也不知道江陵有什么人值得他去拜访。

一天,友人吴指南来告诉李白一个消息:道教大师司马承祯要去朝南岳衡山,正经过此地。李白如果要去拜访,他可以引见。李白在匡山读书时就听道士们谈起过司马承祯。他字子微,自号白云子,一向隐居在天台山玉霄峰,得道家真传,有服饵之术。李白听赵蕤也谈起过司马承祯:他本来也是一个士人,博学能文,对老庄之学,造诣尤深,后来便出了家,成了道门龙凤。武后时,累征不起。睿宗时,召赴京师,深受赏识,封以官爵,固辞,仍然回到天台山中。玄宗即位后,又召赴京师,颇加礼敬,仍不受官爵。李白对此人早有钦慕之心,便在吴指南陪同之下,欣然前往。

司马承祯连日来门庭若市,宾客满座,更兼多是州县官吏,所求无非长生、黄白之术,所谈无非客套虚语。一个二个言语无味,面目可憎。他已是年近古稀之人,早感神疲体倦,便将身子斜靠在几上,双目半闭,运气养神,只是不时将麈尾轻轻拂动,表示他仍在接待宾客。忽听得道童来禀,道兄吴指南引客求见,并呈上名刺,司马承祯一看上面写着:"峨眉布衣李白,字太白。"司马承祯便吩咐"请"。不一会就见吴指南领着一个青年公子走了进来,好像带

四　出三峡

来一股清风。司马承祯不由得抬起身子,睁开眼睛。细看此人风神特异,与众不同。亭亭如孤松独立,飘飘如岸柳迎风。若非王夷甫①转世,必是嵇叔夜②后身。接谈之间更觉此人不仅口齿爽利,如寒泉漱石;而且天资颖悟,识见过人。他既不求长生、黄白之术,又不做世俗客套语,只把那老、庄精义求教。大师稍一示意,他便举一反三。譬如他请教"无为"之义,司马承祯说:"顺其自然。"他便说:"以之养身,便当如日月之运行,草木之荣落,不为违天之事;以之为文,便当如清水芙蓉,长空白云,不事雕琢之技;以之理国,便当顺民之情——民之所好好之,民之所恶恶之——不兴烦苛之政。故曰'无为而治'。"司马承祯连连微笑点头:"妙解如君,始可与言道已矣!"又看定李白说:"君家有仙风道骨,可与神游八极之表。"但又说,"观君眉宇之间英气勃勃,言谈之间不忘苍生社稷,毕竟志在匡济。以你之才识,当此开元盛世,自是鹏程万里。待你事君之道成,荣亲之事毕,再到天台山来找我吧。"李白看着道士的白须,脸上闪过一丝疑问。司马承祯将麈尾一拂,笑道:"岭上白云,松间明月,无往而不相逢。"他立即恍然大悟,说道:"功成,名遂,身退——这正是晚生的素志。"便欣然拜谢而去。

---

① 王夷甫,即王衍,魏晋名士。雅尚玄谈,风神俊逸。时人称其"处众人中,似珠玉在瓦石间"。
② 嵇叔夜,即嵇康,魏晋名士。博学多识,风姿特秀。时人谓其"岩岩如孤松之独立"。

李白回到下处,一连数日,回味着司马承祯对他的指点和赞扬,不禁飘然有凌云之概,于是浮想联翩。他一会儿想起《神异经》中所说的:"昆仑山有大鸟,名曰希有,左翼覆东王公,右翼覆西王母。背上小处无羽,一万九千里。西王母岁登翼上会东王公。"他一会儿又想起《庄子·逍遥游》中所说的鲲鹏。他觉得司马承祯好像是希有鸟,自己则好像是鲲鹏。只有希有鸟能认识鲲鹏,也只有鲲鹏能认识希有鸟。于是李白便开始构思《大鹏遇希有鸟赋》,后来又干脆改为《大鹏赋》。

他恍惚看见北冥天池中的巨鲲,随着大海的春流,迎着初升的朝阳,化为大鹏,飞起在空中。它一开始鼓动翅膀,便使五岳为之震荡,百川为之崩奔。接着它便在广阔的宇宙中翱翔,时而飞在九天之上,时而潜入九渊之下,那更是"簸鸿濛,扇雷霆,斗转而天动,山摇而海倾"。只见它"足系虹霓,目耀日月";只见它"喷气则六合生云,洒羽则千里飞雪"。它一会儿飞向北荒,一会儿又折向南极。烛龙为它照明,霹雳为它开路。三山五岳在它眼中只是一些小小的土块,五湖四海在它眼中只是一些小小的酒杯。古代神话中善钓大鱼的任公子,曾经钓过一条大鱼让全国人吃了一年,见了它也只好束手;夏朝时候有穷氏之君后羿,曾经射落了九个太阳,见了它也不敢弯弓。他们都只有放下钓竿和弓箭,望空惊叹。甚至开天辟地的盘古打开天门一看,也目瞪口呆。日神羲和只有靠

四　出三峡

着扶桑坐壁上观;至于海神、水伯、巨鳌、长鲸之类,更是纷纷逃避,连看也不敢看了。

……

李白写完《大鹏赋》,感到从来未有的痛快。从少年时代以来,一直在心头汹涌,而且越来越强烈的豪情逸兴,现在终于淋漓尽致地抒发出来了。

五　初游金陵，卧病扬州

李白自荆州州治江陵顺江而下，到了岳州州治巴陵。登了岳阳楼，游了洞庭湖。只见那号称八百里的洞庭，含远山，吞长江，浩浩荡荡，横无涯际，便觉诗情汹涌。正待好好写它几首，却不料同行友人吴指南暴病身亡。李白念他故乡路遥，魂魄无主，亲自为他购了棺木，办了丧事，尽了朋友之义，然后才离开了岳州。

继续顺江而下，便是鄂州。州治江夏也是历史名城，有黄鹤楼、鹦鹉洲、赤壁、南浦等胜迹。李白在黄鹤楼头，见大江之上，龟蛇对峙，气象莽苍。遥望汉阳城，烟树如画；俯视鹦鹉洲，碧草如茵。本想题诗一首，却见壁间早已有诗人崔颢的一首七律：昔人已乘黄鹤去，此地空余黄鹤楼。黄鹤一去不复返，白云千载空悠悠。晴川历历汉阳树，芳草萋萋鹦鹉洲。日暮乡关何处是，烟波江上使人愁。李白看了，甘拜下风，说了句"眼前有景道不得，崔颢题诗在

五 初游金陵,卧病扬州

上头",便干脆搁笔。

然后再继续东下,经浔阳、登庐山。盘桓数日,得诗数首。其中一首七绝是在香炉峰瀑布前口占而成:"日照香炉生紫烟,遥看瀑布挂前川。飞流直下三千尺,疑是银河落九天。"

下山登舟,不消三日,过了两岸对峙的天门山,当涂便遥遥在望。这当涂虽是一个小县,却是历史悠久的古邑。相传大禹会诸侯于涂山,便是此地;秦始皇东巡会稽,也是从此处过江;而对岸的和州乌江,便是"力拔山兮气盖世"的项羽兵败绝命之处。

一路上,李白畅游长江,欣访胜迹,得诗盈囊,自不必说。终于在开元十三年秋末,到达了他向往多年的六朝古都——金陵。

这里的风光和成都颇有相似之处,也是风和日丽,树木滋茂,佳气葱郁,川原如绣。但气象却比成都雄伟:莽莽钟山像一条苍龙蟠卧在城东,巍巍石头像一头猛虎雄踞在城西,云蒸霞蔚的玄武湖掩映在城北,莺歌燕舞的秦淮河萦回在城南。回首西望,茫茫九派从遥远的云端向它泻来;翘首东望,汇集了众水的长江又向着大海滚滚而去。真是虎踞龙蟠,帝王之州!从孙吴、东晋到南朝的宋、齐、梁、陈,金陵作为帝都,已有三百年历史。不过它在这三百年中的名字叫建业或建康。金陵是它最早的名字:楚怀王的父亲楚威王在并有江东以后,以其地有王气,埋金以镇之,始置金陵邑。其后虽然名称屡有更改,在唐代版图上,它只不过是江南道润州上元

43

县,后又改为江宁县,但人们总喜欢称它金陵。

李白多想马上就去钟山,爬上那苍龙的脊背,看看它怎样威镇吴京。他多想马上就去石头城,爬上那猛虎的头顶,看看它怎样雄控大江。他多想马上就去秦淮河,到它的游艇画舫中去领略一下迷人的吴歌。他多想马上就去玄武湖,不知它的岸边可还有吴殿的花草,晋宫的绮罗？他更想马上就去追踪南朝诗人谢朓的脚步,探索一下他的名句"余霞散成绮,澄江净如练"产生的秘密。他还想马上就去谢安墩,寻访谢安的遗迹①——这位隐而卧东山,起而安天下的风流人物,在他心目中的地位是数一数二的。

但是他暂时什么地方都不能去,他心里惦记着更重要的事情。

李白从峨眉山下来,特别是出三峡以来,一路上就听说封禅的事。他在渝州就听说,以宰相张说为首的文武百官认为,天下太平,累岁丰稔,四夷内服,大唐王朝已经是治定功成,应该告成功于天地了。于是一而再,再而三,给皇帝上表,请求举行封禅大典。他一出三峡,就看见皇帝的布告,布告的最后写道:"……是以敬承群议,宏此大猷,以光我高祖之丕图,以绍我太宗之鸿业。可以开元十三年十一月十日,式遵故实,有事泰山。……"他到了江陵,又

---

① 谢安,晋名士。隐居东山,累辟不起。性好游乐,常携妓以随。后辅晋,成大功。淝水之战,大破苻秦。使东晋得完,安之力也。谢安墩在城西北,相传谢安与王羲之同登此,悠然有高世之志。

五　初游金陵，卧病扬州

听说，诏命宰相张说，带领礼部官员在集贤书院，参照古礼，刊定仪注了。他到了浔阳，又听说，诏命将作大匠苗晋卿，带领工部官员，到泰山顶上修建祭坛去了。他到了当涂，消息就更多了，也更热闹了。听说封禅大典已经万事齐备，甚至泰山下有个县的县令连棺材都准备好了。别人问他为什么准备这玩意儿，他说："成千上万的人马，说不定死上十个八个的，事前不准备好，临时哪来得及？来不及岂不是要丢乌纱帽么？"他到了金陵，还听说皇帝特地下了一道诏令，命全国各州府县荐举孝弟文武到泰山下观礼。

因此，李白一到金陵就带着他一路上缮写整齐的行卷，去拜访地方官吏和社会名流，暗自庆幸正赶上这大好机会。谁知一连奔走多日，却是"十谒朱门九不开"，都因大典在即，大家忙得不亦乐乎，顾不得接见他，更没有工夫看他的行卷，虽然他把《大鹏赋》摆在行卷的开头。至于前去泰山下观礼的孝悌文武，各州府县的长官们早已心中有数了。

李白站在石头城遗址上望着大江出神。他看见万里长江和它的九条支流，浩浩荡荡，奔腾不息，汩汩滔滔，永不休止。他多想驾起巨舟，扬起白帆，去乘风破浪，大显身手。学那神话中的任公子，以日月为钩，以虹霓为线，钓起一条大鱼来，让全国人民吃他多少年！忽然，他却看见万里长江和它的九条支流上，一下风也平了，浪也静了，再也无风可乘，无浪可破，无鱼可钓了。他这位任公子只好把钓竿收起来。

于是,李白在金陵纵情登览,恣意行乐,分享大唐王朝治定功成的幸福。

不到半年,金陵翰墨场中,都知道有一个西蜀才子李白,才华出众,文思敏捷。

不到半年,金陵游侠儿中,都知道有一个巴山剑客李白,路见不平,拔刀相助。

不到半年,金陵的歌台舞榭中,都知道有一个益州公子李白,风流倜傥,能歌善舞。

不到半年,金陵赌博场中,都知道有一个陇西王孙李白,腰缠万贯,一掷千金。

不到半年,金陵的落魄公子中,都知道有一个峨眉义士李白,疏财仗义,有求必应,堪称当代的鲁仲连。

不到半年,秦淮河上,李白的新诗成了最流行的歌曲,代替了南朝陈后主的亡国之音《玉树后庭花》。

一只画舫过来了,唱的是李白的《白纻辞》:"扬清歌,发皓齿。北方佳人东邻子。且吟白纻停渌水,长袖拂面为君起。寒云夜卷霜海空,胡风吹天飘塞鸿,玉颜满堂乐未终。"

又一只画舫过来了,唱的是李白的《杨叛儿》:"君歌杨叛儿,妾劝新丰酒。何许最关人?乌啼白门柳。乌啼隐杨花,君醉留妾家。博山炉中沉香火,双烟一气凌紫霞。"

再一只画舫过来了,唱的是李白的《长干行》:"妾发初覆额,折花门前剧。郎骑竹马来,绕床弄青梅。同居长干里,两小无嫌猜。十四为君妇,羞颜未尝开。低头向暗壁,千唤不一回。十五始展眉,愿同尘与灰。常存抱柱信,岂上望夫台!……"

画舫游艇在招徕游客时,总是说:"侬家小囡会唱李公子的新词呢!"

到了第二年春天,李白在离开金陵前往扬州之时,给他送行的朋友坐满了江头的酒肆。适值春酒新熟,当垆的吴姬特地从小槽上榨取了几瓶"真珠红",请客人品尝。大家一看,那酒的色泽鲜艳如花,晶莹似玉;喝到口里,又像真珠一样的润滑。真不愧是名满江南的佳酿!大家频频劝酒,纷纷赋诗。抒不尽的离情,道不完的别意。一直欢宴到月出东山,还不肯散去。最后,李白为了酬谢大家的盛情,挥笔写下了《金陵酒肆留别》一诗:

> 风吹柳花满店香,吴姬压酒唤客尝。金陵子弟来相送,欲行不行各尽觞。请君试问东流水,别意与之谁短长?

大家争相传阅,交口称赞。有的说:"好一个'请君试问东流水,别意与之谁短长?'"有的说:"我们写了那么多首都不及你这一首。"

还有的说:"太白之诗好比酒中的'真珠红',也将是誉满江南啊!"

直到皓月当空,大家才伴送李白,出了金陵北门,到了征虏亭,下了去扬州的船。

扬州的名胜古迹虽不如金陵,但它是淮南道大都督府所在地,又是四通八达的交通枢纽,工商之盛远远超过金陵,更是说不尽的繁华,道不尽的富庶。

李白在扬州开始也曾从事干谒,希望早日找到能识拔他这匹千里马的伯乐。怎奈未封泰山之前,州县官吏和地方名流都忙于准备;既封泰山之后,他们又忙于庆祝。李白又是"十谒朱门九不开",仍然只好乐享太平。每日里,不是登高览胜,就是临水逐春;不是东城斗鸡,就是西郊走马;不是开琼筵以坐花,就是飞羽觞而醉月。品茗高谈,时吐粲花之论;当筵赋诗,每多七步之章。酒酣击剑,无非逞倜傥意气;诗成作歌,总是抒风流情怀。闷来时,又不免且呼五白,暂行六博,不计输赢,只图快意。想那古代豪杰,家无石储,犹自一掷千金;大唐士庶,盛世多暇,谁不借此行乐?

李白每日开支已是不小,更兼动辄千儿八百地接济落魄公子,于是不到一年,李白腰间的"万贯"便花得一干二净。而且福无双至,祸不单行,一场大病,更使他困倒在逆旅之中。和他交游的人,看见他钱也光了,人也病了,十之八九便纷纷散去。旅馆老板脸上的春风很快就变成了秋霜,饭店老板的美酒佳肴很快也变成了粗

五 初游金陵，卧病扬州

茶淡饭。眼看主仆二人就要流落街头，幸得扬州州治所在地的江都县衙中有一个当县丞的朋友，李白称他为"孟少府"的人，还来看望他，并派人给他送来一笔钱。旅馆老板一见，脸色才又转了过来。孟少府又帮忙延请名医，广求良药，才使李白的病有了起色。

一天夜里，李白从梦中醒来，看见地下好像洒满了繁霜，再一看原来是明月当空，月光一直照到床前。"啊，大概是中秋了。我离家已经两年了。"李白顿时睡意全无，乡思骤涌。他越看那月亮，越感到亲切：它好像是峨眉山月特地赶到这东海之滨来看他，又好像是蜀中亲人的眼睛在向他注视。他越看那月亮，也越感到惭愧：这两年来，做了些什么呢？繁华的金陵和扬州使他只落得两手空空。……李白想着想着便低下头来，不觉流下两行清泪，口占五绝一首：

床前明月光，疑是地上霜。举头望明月，低头思故乡。

故乡啊，万里外的游子，在这月白风清之夜，要向你吐一吐心曲，诉一诉衷情：

"大唐王朝已经是大功告成了，我的功业却还没有开始。大好光阴一年一年过去了，我却像一片浮云，飘荡在这东海之滨。金陵这个温柔乡，几乎使我迷失了本性；扬州这个销金窟，几乎消磨了我的雄心。我怎能忘却济苍生、安社稷的宏愿？我怎能在这千载难逢的盛世坐享其成？古琴藏在匣里，没有人来赏识它，它再宝贵，又有什么价值呢？长剑挂在壁上，没有人来使用它，它再锋利，又有什么意思呢？我多么希望早日跨入国门，国门却在遥天之外。要不然，我就回到你的怀抱，而你也是隔着云山万重。何况我雄图未展，壮志未酬，怎好落魄还乡？……"

李白在贫病交加的逆旅之中，独自咀嚼着生活的苦果，不知如何是好。只有将心中的愁思和离情，写成五古一首，寄给赵蕤。赵蕤除了复信慰勉以外，又有什么办法呢？

最后，还是孟少府给李白找了一条路子，介绍李白前去安州。

六　入赘安陆许氏

安州和扬州均属淮南道,不过扬州在它的东头,安州则在它的西头。安州州治安陆,虽不及成都的秀丽、金陵的雄伟、扬州的繁华,却也是一个中都督府所在之地。

安陆有一许姓人家,是世代簪缨的名门望族。曾祖许绍是唐高祖的同学,祖父许圉师是唐高宗时的宰相,父亲在唐中宗时也曾当过员外郎。许相爷早已去世,许员外也已辞官归里。员外膝下单生一女,才貌双全,性格也很贤淑,只因门第既高,不免择婿过苛,耽误了姑娘豆蔻年华。眼看女儿已经过了二十五岁,许员外这才到处托人,宁愿降格以求,只图招郎上门。孟少府就因受许家之托,看中了李白,便提起这件亲事。李白本想说:"大丈夫功业未立,何以家为?"但经不住好友再三相劝,加以自己无路可走,只好姑妄听之。何况孟少府又说,安州都督马公是个爱才的人,此去必蒙赏识。于是李白便带上丹砂,离开扬州,前往安州。

李白因对许家亲事心怀犹豫,却绕过安州,去了襄州首府襄阳,拜访他渴慕已久的诗人孟浩然。浩然幽栖之地在襄阳鹿门山,他生逢盛世,并非毫无"临渊羡鱼"之情,但却缺乏"退而结网"之术,所以年近四十,还隐居在山中。他对李白的非凡的才华和不羁的性格也早有所闻,因此两人一见如故。于是连日抵掌谈诗,促膝论文。李白称道浩然是当代的陶渊明,浩然赞扬李白的诗如清水芙蓉。

李白在孟浩然处盘桓有日,孟浩然待他如同兄弟一般。李白便将此期窘况和去安州打算,和盘托出,请求指教。孟浩然沉吟了一会儿,说道:"如今从事干谒,寻求知己,耗费巨万,甚至弄得破产的人,倒不只贤弟你一个。此去安陆入赘许家,倒也是一个办法。许家世代簪缨,安州望族,素有令名。许员外为人宽厚,而且藏书之富,天下少有。你这一来有个安身之处,二来可以在学业上再事深造,三来凭借许家余荫从事干谒也比较有利。"说着便颇有感慨地把他的旧作念了几句:"乡曲无知己,朝端乏杀敌。依谁为扬雄,一荐甘泉赋。"接着又说道,"当今朝廷虽然广开才路,但若毫无凭借,往往不得其门而入。愚兄正是如此,只好终老林下。似贤弟萍踪浪迹,东撞西碰,亦非善策。"李白觉得很有道理,便把那入赘之心,定了一半。

六　入赘安陆许氏

李白终于到了安州首府安陆。没有想到一来安陆就遇到故人元丹丘。原来在他去蜀后第二年,戴天观的老神仙就去世了,丹丘也就离开了那里,又到别处仙游了两年。现在正准备回到河南,想在嵩山中觅一幽栖之地。因与安州都督马公有通家之好,故暂时息迹于此。听说李白意欲谒见马公,丹丘自然乐于引进。这样,李白便成为都督的座上客。

孟少府向许家推荐东床的专函早已到达许员外手中,又加以马都督从中撮合,李白便在开元十五年,他二十七岁头上,入赘许家。

夫人许氏果然才貌双全,性格贤淑,只是身体欠佳。丈人许员外也确实为人宽厚,而且对他属望甚殷,给了女儿大批陪奁,作为栽培女婿之用。但是舅老倌许大郎对他却是一副不理不睬的样子。

孟少府不是说许员外膝下单生一女么？哪来这么个大舅子呢？原来,许大郎是许员外已故胞兄之子。许家虽是世代簪缨,倒是诗书传家,只有许圉师的长子,许员外的胞兄许自然,却是横行不法。有一次他在郊外打猎,践踏了别人的庄稼,人家要他赔偿,两下里争吵起来,他竟将别人一箭射死。虽然未曾抵命,许圉师却因此丢了官职。许大郎没有继承他祖父的好家风,却继承了他父亲的坏德性。他见叔父膝下无子,早有觊觎之心,单等他叔父一

53

死,两房家财便由他一人独吞。堂妹么？一嫁了事。"嫁出门的女,泼出门的水。"许大郎的算盘正打得如意,不料被李白入赘给他搅乱了,因此,李白一来就成了他的眼中钉。

李白自然不屑和他计较,打算过个三年五载,有了出路,就和许氏自立门户。谁知这许大郎不仅冷淡,而且言语之间对李白竟渐渐地含讽带刺起来。李白决定"敬鬼神而远之",便和夫人许氏商量,想找一个清静地方去读书。许氏提起他们家在城西北六十里的北寿山有别业一处,是祖父许圉师的读书堂,只是年久失修,恐怕住不得人,须要修葺一番。李白听说有这样的一个去处,便顾不得等候修葺,收拾了一些简单行李,带上丹砂和一个家人,第二天就搬到北寿山去了。

从安陆出发,骑马只需半天,就到了北寿山。李白一看,山虽不大,却是林木葱郁,峰峦秀出,映霞吐云,曲径通幽。老宰相的读书堂在半山间,虽然破旧,但尚未倾圮,只需稍事收拾就行了。于是李白和他们一齐动手,不到天黑,便大体收拾出来。从此李白便在这里潜心攻读。

李白的岳父和夫人急于望婿成龙,早替他到州县张罗。马都督一则看在许家面子上,二则看在元丹丘情分上,三则觉得李白也确实是个人才,便有了荐举李白的意思。

在一次宴会上,安州的朝野豪彦欢聚一堂,元丹丘也适逢其

六　入赘安陆许氏

会。马公向大家介绍了李白,并请李白以此会为题,当场写一篇序文,以作纪念。李白略事思索,墨刚磨好,他构思已就,提起笔来,霎时便成。马公一看,高兴得连称:"奇才!奇才!"又对坐在他下首的长史李京之说道:"我看好些人的文章都枯燥无味,好像山无烟霞,春无草树。李白的文章却写得来清新流畅,更兼佳句不绝,妙趣横生,真使人百读不厌。"李长史虽然点头称是,但却是皮笑肉不笑,而且瞟了许大郎一眼。许大郎脸色阴沉,一语不发。原来他们两人之间正在进行一桩"买卖"。李长史早就受过许大郎之托,准备荐举他的小舅子。许大郎去年在李长史的生日就送过一领紫貂,最近又借他孙子满周岁送来一个金锁。而这位大舅子的小舅子偏是狗屎做鞭——闻(文)也闻(文)不得,舞(武)也舞(武)不得。李白出现以后,这事就更难办了。李白怎么也没有想到,马都督的赞赏又使他成了李长史的眼中钉。长史虽是副职,却是都督府的实际主事人啊!一天夜里,李白和友人们置酒高会。大家又是清谈浩歌,又是联句赌酒,不觉闹了半夜,酒也喝得多了一些。李白第二天早上才起身回家,骑在马上,还有些昏昏沉沉,又加以这天早上有雾,更觉得迷迷糊糊。他听见前面车轮响声,抬头一看,好像是都督府的主簿魏洽。正待要上前招呼,却听得一声怒喝:"小子不得无礼!"原来他一马冲到了长史大人李京之车前。按规矩,他是应该在十丈远以外就回避让道的。犯了这一条,老百姓轻则当场吃一顿鞭子,重则捉将官里去挨一顿屁股。读书人轻则当场赔礼道歉,重则还要负荆请罪。此事本来可大可小,但李京之偏要小题大做,硬说李白是目无尊长,有意冲撞他的大驾,甚至险将他的车子撞翻云云。当场赔礼道歉不算,还要李白呈递认罪书,听候发落。俗话说:"来在矮檐下,焉敢不低头。"李白只得按捺下平时的气性,写了一篇卑躬屈节的认罪书,用了连篇累牍的诚惶诚恐的词句,这才勉强了事。李长史将这份认罪书,又加上他的批语,一并送到都督案头。马公本来准备荐举李白的事,从此便再无下文。

李白听到李长史高升的消息,又是奇怪,又是庆幸。奇怪的是:这样一个缺德少才的人竟然官运亨通;庆幸的是:此人一去,无异是去了头上一颗灾星。

继任的裴长史,李白早有所闻,是一个才兼文武的人。为人豁达大度,好客爱才,所到之处,宾客成市。公余之暇,不是置酒开宴,招待众宾客,就是领上一些人出去驰马射箭。有些人给他编了一段顺口溜:"车如流水马如梭,裴公门下宾客多。只需裴公一句话,胜似大比登高科。"因此李白对裴长史抱有很大希望。

这年八月初五,是玄宗四十五岁生日。早就有诏令下达,钦定八月初五日为"千秋节",皇帝要在这天"与民同乐",除在京城花萼楼下大宴百官外,并令天下诸州各县宴乐三日。安州都督府和安

六　入赘安陆许氏

陆县衙以及城中公私邸第,从八月初一起,就已扎的扎牌坊,搭的搭戏台;商家纷纷油漆门面,一般庶民百姓也把住宅内外粉刷一番。这"千秋节"竟比过年还要热闹。

李白进城来,看见到处焕然一新,喜气洋洋,一派升平盛世气象,使他精神也为之一爽。更使他高兴的是,一进许家大门,恰遇都督府裴长史送来的请帖,请他在"千秋节"赴宴。在"千秋节"的宴会上,李白的捷才又受到裴长史的赏识。裴长史听说他还懂剑术,便叫他当场表演。

裴长史亲自给他斟了一大杯酒,李白一饮而尽。脱去外面的长袍,露出一身玄色短装,衬着他的白色皮肤,更显得英姿飒爽。他手提家传的龙泉剑,走下台阶,来到庭中站定。左手反握剑柄紧靠臂后,右手握成剑指,两臂向前,平举至胸。举目四顾,好像一道电光扫过众人面前。然后右手将剑接换过,便开始舞将起来。首先一个魁星点斗式的独立反刺,兀立不动,稳如泰山,便显出他功力的深厚。再一个燕子掠水式的仆步横扫,转换自如,干净利落,又显出他剑术的纯熟。然后转身斜带,如风卷荷叶;纵步平刺,如野马跳涧;耸身上指,如白虹贯日;撤步反击,如彗星袭月。只见他左盘右旋,上纵下跳,愈舞愈快,那柄长剑宛如一条白龙在庭中翻滚,几乎不见人影。堂上堂下银光闪闪,寒风飒飒,看得大家都凝神屏息,鸦雀无声。突然,庭中的白龙消失得无影无踪,只见李白剑已入鞘。这时,随着裴长史洪亮的叫好声,堂上堂下响起了一片热烈的掌声。裴长史又亲自给李白斟酒三杯,其他在座宾客也纷纷给李白敬酒。满堂笑逐颜开,只有许大郎变脸变色,如坐针毡。

"千秋节"宴会以后,李白又整理了一份"行卷",亲自送到裴长史府上。这次他特地将三篇大赋放在卷首。裴长史一看大喜,觉得李白实在是个人才,至少在安州这个地方再也找不出第二个。皇帝数下求士之诏,安州还不曾荐举过一个人,现在不荐举李白还荐举谁呢?

偏偏此时李白又有"犯夜"①之事。某日下午,他闲步城郊,偶游佛寺,与一老僧谈玄论道,竟忘了天色已晚。匆匆进城,街鼓早过,到处已经关门闭户。他企图侥幸,硬着头皮往前闯,却在望见家门时被巡夜兵丁挡住。幸好中有一人认出他是宰相家的孙女婿,没有为难他。但他半夜敲门声却惊动了许大郎。许大郎正想在裴长史那里下烂药,便将此事编排起来,说成是李白在外聚赌宿娼;并使人传播开去,一直传到裴长史耳中。于是,荐举之事又无下文。李白几次去都督府都吃了闭门羹:"长史欠安,谢客。"李白只好又回到北寿山中。

远在扬州的孟少府不知就里,只听说李白隐居寿山,已近三

---

① 犯夜,违犯宵禁。唐律:凡于闭门鼓后开门鼓前行者皆为犯夜。

六　入赘安陆许氏

年,竟然毫无出息,因此,特地写了一篇致北寿山的"移文",寄给李白。

"移文"本是用于平行官署之间的文书,致北寿山实是打从李白门前过,转弯抹角地把李白责备了一番:开始是鄙薄北寿山小而无名,不值得人盘桓留恋;继而又责怪北寿山把贤人才士隐藏起来,有负国家。言外之意是奉劝李白不要老钻在山里读书,应该出来多活动活动,早日得个一官半职,既不辜负许老员外殷切的期望,也不枉自他孟某介绍一场。李白也就将汤下面,写了一篇《代寿山答孟少府移文书》。

此书开始用北寿山的口气说,我虽小山,无名无德,但也能"攒霞吸雨,隐居灵仙";也能"产隋侯之明珠,蓄卞氏之光宝"。泰山虽大而有名,但一经封禅,劳民伤财,连草木石头也遭殃,也不见得可贵。继而又用北寿山的口气说,天不秘宝,地不藏珍,贤才不出,乃是王德不广,我有什么罪呢？逸人李白从峨眉山来到我这里,我让他饱享自然之美,永葆青春,有什么不好呢？他虽然身居山中,并未忘掉他的素志,仍然一心想着:"申管、晏之谈,谋帝王之术,奋其智能,愿为辅弼。使寰区大定,海县清一,事君之道成,荣亲之义毕,然后与陶朱、留侯,浮五湖,戏沧洲,不足为难矣。"由此可见,我北寿山并非秘宝之区,乃是养贤之域。

李白借北寿山的嘴,把自己的平生之志和暂时隐居山中的原因表白了一番以后,很想把李长史和许大郎对他不怀好意告诉孟少府。但又不便直书其事,只好仍然借北寿山的嘴说话:虽然有'山精木魅,雄虺猛兽',我也把它们赶得远远的,不让它们来干扰和伤害李白;我又使清风为他扫地,请明月来和他做伴。让他得以专心一意地完成他的"万卷书"的学业,为他日后的"冲天飞"做好准备。我北寿山养贤之心,可算得够诚恳了。孟少府啊,你错怪我北寿山了,也错怪李白了。

那李长史在李白心目中就是一头"猛兽",那许大郎在李白心目中就是一条"雄虺",还有一些在暗处作祟的小人在李白心目中就是"山精木魅"。

李白在安陆接二连三遭人暗算,心中焉能不气?想到自己年过"而立"还在寄人篱下,心中何尝不急?因此他在《答孟少府移文书》之后,接着便致书裴长史。

他在《上裴长史书》中,历述平生,表白心迹。他想最后再试一试,如果还是给他吃闭门羹,他就上京师长安去:"天子既然一再下求士之诏,又特令草泽有文武高才可诣阙自举,以我李白管、乐之志,扬、马之才,还能无路可走么?安州没有我走的路,长安还能没有我走的路么?小小都督府对我闭门不纳,何必介怀?长安的城门大开着哩!王公大臣的府门大开着哩!不鸣则已,一鸣惊人。不飞则已,一飞冲天。此其时矣!"于是李白写下了《上裴长史书》

六 入赘安陆许氏

的最后一段：

> 愿君侯惠以大遇，洞开心颜，终乎前恩，再辱英盼。白必能使精诚洞天，长虹贯日，直度易水，不以为寒。若赫然作威，加以大怒，不许门下，逐之长途。白即膝行于前，再拜而去，西入秦海，一观国风。永辞君侯，黄鹤举矣！何王公大人之门不可以弹长剑乎！

"嘿嘿！哪个王公大人把我怠慢了，我就学战国时孟尝君的门客冯谖那样，弹剑作歌：'长剑归来乎！食无鱼。'他就得给我送来美酒佳肴；'长剑归来乎！出无车。'他就得给我派来高车驷马。哈哈！"李白越想越开心，觉得这最后一段真带劲儿，这样才不辱没自己的身价，文章的气势也才有始有终。

当李白在信皮上写完"上安州裴长史书"几个大字时，晨光已经照上他的窗户。他推开窗子望出去，看见东方天边泛起了朝霞，不一会朝霞就变成万道金光，金光渐渐延伸到他跟前，好像迎接他上天去。

七　初入长安(一)

开元十八年初夏时节,李白从安陆启程,取道襄阳、南阳、内乡、商洛、蓝田,前往长安。一千五百多里路程,加以途中耽搁,整整费了一个月时间。到了长安,已是盛夏。

长安的天空好像特别高朗,万里无云;长安的太阳好像特别明亮,金光灿烂;长安的道路也特别平坦宽广,像箭一样笔直地射向远方。从灞上到长安之间,一色的高大的垂柳形成一条长四十里、宽五十步的林荫大道,用它们的绿荫挡住火辣辣的太阳,用它们的长条迎送着往来的马匹和车辆。沿途都有饭馆、酒店、凉亭、小摊,出售各种饮食和水果,特别是卖甜瓜的,在路旁堆成一座座的小山。卖瓜的小贩,用又弯又长的刀,把一个个甜瓜切开来,大声地叫着:"哎!保熟保甜,不甜不要钱!"那瓜被切成均匀的几块,一字排开,很有排场;再加上小贩起劲的叫卖声,谁也要停下来,花

七 初入长安(一)

上三文五文,吃它一个半个。李白却不顾人困马乏,径直来到城门跟前,却又不立刻进城,反而勒住马缰,停在路旁。啊,他终于看见了长安,他终于来到了长安,这大唐帝国的京城!这赫赫百年的皇都!

城门大开,上首三个金光闪闪的大字——春明门。高高大大的三个门洞,入由左,出由右,行人熙来攘往,却是秩序井然。再往上望,是一带整齐的城堞,城堞后面站着头戴羽盔,身穿金甲,手执长戟的禁军。再往上望,就是巍然耸峙的城楼,它的飞檐山脊和雕梁画栋好像嵌在蓝天上。直看得李白头晕目眩,脖子发酸,方才低下头来。这时,他才感到又饥又渴,便下马,走到一个瓜摊跟前,买了一个瓜,一边吃着,一边和卖瓜的老汉聊开了:

"请问老丈,这春明门是长安最大的城门吧?"

"最大的是正南的明德门,五个门洞。"

"听说长安有十二道城门?那绕城一周有多少路?"

"八十里!骑上马,你一天也游转不过来。咱长安城大着哩!你先住下慢慢看吧!"

李白便向老汉打听旅馆情况。老汉说:"这春明门是长安城的正东门,一条天街直通城西的金光门。二十里长哩!当中正南正北一条大街叫朱雀门大街,也有二十里长。这两条大街交叉的十字口是全城的中心,也是最热闹的地方,旅馆都在那一带。这阵子天色已晚,旅馆怕都住满了,不定找下找不下。到了酉时,街鼓一响,到处坊门一关,就不能随便走动了。犯夜可不是耍的!不如就在这东门里趁早找一家客栈先住下再说。"李白见他说得有理,就起身进城,在东门里的道政坊找了一家小客栈住下了。

第二天天色刚明,又听得一阵隆隆的鼓声。鼓声过后,坊门轧轧地开了,店门也乒乓地开了,人们开始进出,街上的车轮声、马蹄声、小贩叫卖声、行人谈话声……就渐渐多起来。长安城又一个熙熙攘攘的白天开始了。

李白一早就来到朱雀门大街,朱雀门大街正对皇城的朱雀门。皇城坐北朝南,一带赭红的墙垣把它紧紧围住,郁郁葱葱的松柏之中,微露出琉璃瓦的屋顶。李白以为皇帝就住在里面,后来才知道这是三公、六省、九寺、十四卫府所在的地方,也就是朝廷文武官员的衙门。朱雀门前广场上,停着许多彩绘的车辆。广场两边的大槐树下拴着一匹匹骏马,银鞍下还搭着锦障泥。一些官员正在进进出出,有的身着绿袍银带,一看而知是六品、七品;有的身着绯袍金带,一看而知是四品、五品;有的身着紫袍玉带,众人都赶快让路,则显然是三品以上的大员。李白远远站下看着,心里十分敬慕。他多希望将来能进入他们的行列,和他们同心协力辅佐大唐天子,济苍生,安社稷,然后功成身退,名垂青史。

接着,李白又去逛了东市和西市。和成都的东市、西市比较,

七　初入长安（一）

长安的东市、西市不仅规模大十倍，而且货物之多样，更是林林总总，不计其数。特别是南北特产，殊方异物，使人目不暇接。李白虽然也算走了不少地方，但这长安的东西市上却有很多东西是他闻所未闻，见所未见。比如最繁华的西市，除了一般的茶坊、酒肆、饭馆、衣服鞋帽店、绫罗绸缎铺、金银首饰庄，还有波斯人开的珠宝店，据说不仅有蚌珠，还有蛇珠。大宛人开的球店，专供打马球之用；龟兹人开的乐器店，除了胡琴、琵琶，还有筚篥、羯鼓等；高昌人开的葡萄酒店，最著名的有"小槽红"、"夜光杯"；回纥人开的饆饠店，最有名的是"八宝饆饠"。此外，西域人卖胡饼的那就更多了。

李白很想尝一尝"饆饠"，但别人告诉他，现在时当夏令，卖饆饠的，烤羊肉的，牛羊肉泡馍的，差不多都改卖凉面、饸饹、酿皮或瓜果了。李白生性好奇，偏想在夏天尝一尝久闻其名的异味。他找来找去，居然给他找着一家。酒保是一个歪戴着绣花小帽，留着两撇小胡子的胡人；当垆的是一个如花似玉的胡姬。果然生意清淡，因此他们对李白特别热情。酒保用汉话夹着西域话，给李白报了一大串"饆饠"的名称，菜肴的名称，以及葡萄酒的名称。李白听得似懂不懂，不知要啥好，就让他们做主，反正拣他们店里最好的拿来。不一会儿，胡姬就给他端来两大杯酒，一杯"小槽红"，红得发紫；一杯"夜光杯"，闪着金光。李白不等菜来就呷了两口，浓而不腻，芬芳满颊，比他平时喝的米酒爽口多了。接着，酒保端来了几盘菜肴。最后是一大盘"八宝饆饠"端了上来。李白一看,所谓饆饠也者,就是羊肉焖米饭,加各种调料拌匀,最后浇上一撮蜜饯樱桃,还撒了一些葡萄干和杏仁。这种食品本来也可以用筷子吃的,李白偏要学习西域吃法。酒保正给他又说又比,胡姬已给他打了盆水来,让他把手净了。李白让她也把手净了,又让她坐下,然后把饆饠推到胡姬跟前,请胡姬吃给他看。自己则脱去长衫,反在一旁站着。胡姬对他笑笑,也不忸怩,就大大方方地表演起来。只见她伸出右手前三个指头,抓起一撮饆饠,三两下就捏成一个汤团似的东西,用食指和中指托着,用拇指轻轻一弹,就送进了口里。李白便学着试吃,开始不是掉在桌上,就是抹在脸上,逗得胡姬竟笑出声来。渐渐就越来越熟练,接二连三顺利地送进口中。胡姬在柜台后面高兴得鼓掌,连说:"雅克西!雅克西!"李白估计是赞赏的意思,越发得意,竟吃得盏净盘光,而且也大呼:"雅克西!雅克西!"引得酒保和胡姬都大笑。临走,他们把李白送到店门口,李白向他们拱了拱手,又将右手放在胸前,向他们鞠了一个躬。

这一顿饭吃得李白很开心,但周身大汗,得找个清静的地方休息休息,凉快凉快。刚好市场边有一个小茶园,朱藤架下一片荫凉。他拣了个座位,要了一盏有名的"碧涧春",慢慢饮着。

邻座有两个身穿白衣的老汉在闲谈:

"今年二月,皇帝下诏,让朝廷百官每逢休息的日子,尽兴游

七　初入长安（一）

乐。从宰相到员外郎都各赐钱五千,专作游乐之用。斗鸡场、跑马厅的生意更红火了。"

"他们光是看看热闹呢？还是也赌输赢呢？"

"当然也赌输赢,比咱们老百姓排场大多了。拿斗鸡来说,他们不但几千几万地下注,还专门养着斗鸡小儿训练雄鸡呢！"

"长乐坊贾昌那小子真的当上官了？"

"可不是真的？那小子,咱看着他长大的。小时候不好好读书,就好学斗鸡。他也真有几下子！把鸡训练得完全听他指挥。可巧被宫里的太监看见了,把他带进宫去。听说去年千秋节在兴庆宫里表演,比金吾将军指挥羽林军操练还整齐哩！皇上一高兴,就封了个'神鸡童',让他专门训练宫里的斗鸡。他爹的丧事办得好热闹！好多当官的都送了挽联祭幛,所以有人编了几句顺口溜,说是:'生儿不用识文字,斗鸡走马胜读书。'"

李白在一旁听了,简直不能相信。他想起开元初年,皇上纳谏诤,焚珠宝,禁女乐,罢奏祥瑞,亲耕藉田,种种英明措施,虽古之圣君也不过如此。哪会有这等事？

从茶肆出来,李白既想去欣赏闻名已久的西域歌舞,又想去观看公孙大娘舞蹈,还想去各大寺院瞻仰吴道子、李思训等名家的壁画。只恨自己没有分身法,而且天色也不早了,剩下小半天时间,只有在附近街道上逛逛。长安的街道也是很值得一看的。于是李白就在朱雀门大街左右的延寿坊、太平坊、永乐坊、平康坊……信步游转。不管是大街小巷都是方方正正，整齐笔直，如同棋盘格子一般。天街两旁是一色的梧桐，朱雀大街两旁是一色的槐树，各坊小巷是各色杂树，矮矮的墙头爬满薜荔，有些人家院子里还搭着葡萄架，栽着一丛丛竹子。渠水淙淙，流贯全城。芳草处处，碧色满眼。因此虽在盛夏，行人却无烈日曝晒之苦。再加上街头巷尾笙歌阵阵，朱门绣户笑语声声……这长安城真是像神仙住的地方！

当李白从朱雀门大街往回走时，忽听得一阵马蹄声和车轮声，便见行人纷纷躲闪。他以为是什么贵人来了，也连忙靠边。红尘起处，几匹骏马簇拥着一辆锦缎铺垫的软车，飞驰而来。车上坐着一个年方弱冠的少年，头裹赤帻，上加金箍，身穿白罗绣衫，腰束翡翠丝带——打扮得好生标致！只见他仰头朝天，鼻子翘得高高的，好像呼出的气都要冲到半空里去了。"这是谁呢？"李白问路旁一个行人。行人却不言语，等到车马走远了，才说："你看他头上不是长着大红冠子吗？"李白一想："莫非他就是神鸡童贾昌！真个是'生儿不用识文字，斗鸡走马胜读书'么？"但他心里还是不大相信。

直到华灯初上，李白才回到客店里。本来很想马上写几首诗把长安歌颂一番，但刚一构思，一个翘得很高的鼻子老是挡住他的思路。他想既然是歌颂帝京，还是以赋为宜，或用长篇歌行也行。那就等过几天把头等要紧事情办了再说吧。于是他从行箧里找出

七　初入长安（一）

岳父给光禄卿许辅乾写的亲笔信来。

许辅乾是许员外的侄孙，应该算是李白的姻侄。但由于他是长房之后，年龄却比李白还大。光禄卿是给皇帝专管膳食的官员，可惜李白不是山珍海味，因此荐举一事还得转托别人。许辅乾看了他叔爷的来信后，叫李白先搬到家中来，待他忙过了这阵子再说。这阵子，他正忙着筹备千秋节，皇帝四十六岁诞辰的筵席。

在许辅乾家等候干谒的日子，李白又瞻仰了太极宫、大明宫、兴庆宫、曲江池、慈恩寺塔等处胜迹。

太极宫在长安城正面，又称"大内"。它的南门叫承天门。每逢国家大典，如改元、大赦、阅兵、受俘等，皇帝都要登上承天门举行"外朝"。宫内有太极殿，是皇帝接见群臣，处理朝政，举行"中朝"的地方。宫内还有两仪殿，是皇帝召见少数大臣，商谈机密，举行"内朝"的地方。

大明宫在长安城东北，又称"东内"。它的南门叫丹凤门。宫内有含元殿、麟德殿、金銮殿。太宗始建，高宗扩建，比原有的太极宫，更为高大雄伟，富丽堂皇。从高宗以后，皇帝举行"外朝"、"中朝"、"内朝"，就都在大明宫内了。

兴庆宫在大明宫之南，又称"南内"。原是玄宗未登基以前的旧居，后来经过几度扩建而成。开元二年以后，玄宗就经常在这里居住和听政了。兴庆宫虽不如大明宫宏伟，但庭园之盛却有过而无不及。它的勤政务本楼紧靠春明门大街,千秋节"与民同乐"就在这个地方。有一年,还把大把大把地"开元通宝"往下撒哩!

无论是太极宫、大明宫、兴庆宫,李白都只能在它们的宫墙外徘徊,在它们的宫门前远远地站下望望而已。他想总有一天,他会大摇大摆地通过这些禁卫森严的大门,进入到红墙以内,而把贾昌之流赶出去。

曲江池在长安城的东南角上,秦汉时代就已经很有名。玄宗时又加以扩大,并专门开了一条大渠,把渠水引入池内。在原有的芙蓉和杨柳以外,又种了很多奇花异木,更使曲江池成了一个万紫千红的蓬莱胜境。但只有王公贵人可以随时来此行乐,新中的进士在及第以后可以来此游览一日。李白这时也只能在外面溜达溜达。他想:有朝一日,我当了宰相,一定向皇上建言,把这些地方统统开放,做到真正的与民同乐。

慈恩寺塔,俗称大雁塔,在南城里,本是佛教寺院。玄奘法师在这里翻译过他从天竺国取回的佛经,后来也成了达官贵人游赏之地。但门禁不如上述几处地方森严,凡达官贵人不来的日子,倒也通行无阻。李白运气还好,正遇开放,因为这大热天,好些达官贵人都到他们的离宫别馆避暑去了。李白先在寺院里转了一圈,然后来至塔下,看见塔下嵌着许多石碑,上面镌着历届及第进士的姓名。这就是"雁塔题名"。凡是新科进士及第以后,总有三件使

七 初入长安(一)

他们终身难忘的得意事情:一是瞻仰"大内",二是曲江赐宴,三就是雁塔题名。李白看着那一排排进士姓名,心里十分羡慕。但又转念一想:"这算什么?待我将来济苍生,安社稷,功成名就之后,上凌烟阁!"他少年时期所见过的卷子,丹青妙手曹霸所画大唐开国功臣李靖等二十四人在凌烟阁上的图像,一个个英姿飒爽的样子,又在脑子里出现。他恍惚看到那上面第二十五个就是自己。

最后,他登上塔顶。从塔顶的窗户望出去,好像身在九霄云,鸟儿反在下面飞着了。南望终南山,山色苍苍,积雪皑皑,宛如帝京天然屏障;东望骊山,绣岭蜿蜒,紫气缭绕,皇帝正在那里避暑的温泉宫就在那一片紫气祥云之中吧?西望原上,五陵松柏,郁郁葱葱,汉唐列祖列宗的陵墓就在那一片青濛濛的云霭之中吧?北望长安城就在跟前,太极宫、大明宫、兴庆宫三大宫殿群在一望无际的树海之中,闪闪烁烁,或隐或现,正和太阳争辉斗艳。笔直的朱雀门大街,两旁的成百的里坊就像一畦畦整齐的花圃。"啊,这重关复塞,固若金汤的千里京畿!这赫赫扬扬,威震遐迩的大唐王朝!我要为你赴汤蹈火,我要为你肝脑涂地,我要使你永葆青春。请你为我大开闾阖九门,让我展翅腾空!"李白在慈恩寺塔上心血沸腾,孕育着他的《帝京篇》,也许叫《皇都赋》,或者干脆叫《长安颂》。他佩服骆宾王的《帝京篇》,起得那样雄浑:"山河千里国,城阙九重门。不睹皇居壮,安知天子尊。"却不懂为什么结尾却是那样衰飒:

"已矣哉,归去来! 马卿辞蜀多文藻,扬雄仕汉乏良媒。……谁惜长沙傅,独负洛阳才!"大概是武后朝不如现在,而现在是比秦皇、汉武有过而无不及的开元盛世啊!

总之,李白初到长安,目睹帝京文物之盛,心情舒畅,意气昂扬。一心以为,登朝入仕,指日可待。大展宏图,就在不远。

八　初入长安(二)

　　光禄卿许辅乾忙于筹办千秋节的宴会,李白等了半个多月才又见到他。他给李白介绍了几位卿相的情况:开元初年的贤相姚崇、宋璟已经告老致仕。中书令萧嵩主管兵部,户部侍郎宇文融主管财政,显然找他们是不适宜的。左相源乾曜是有名的"署名宰相",一向不管事,找他是无用的。中书侍郎裴光庭,虽兼吏部尚书,但彼此很少来往。只有右相张说比较熟悉,一向又爱推贤进士。三个儿子张均、张垍、张埱都能诗善文,特别是次子张垍,既是驸马,又是从三品卫尉卿,擅长应制诗文,很得皇上宠爱。于是,他们就决定去拜访张说父子。但又等了半个月,许辅乾才抽出工夫来。

　　李白总算跟着许辅乾进了右相府。不巧张说却在病中,但好歹总算盼咐他二儿子张垍接待了李白。

张垍是一位漂亮的贵公子,面如冠玉,唇红齿白,言谈举止,温文尔雅。李白一看,就觉得他实在该当驸马,但他凭什么年纪轻轻就当上了从三品卫尉卿呢?相形之下,李白简直成了乡下佬。

在张垍心目中,李白也确是一个乡下佬。但既是光禄卿许辅乾引来的,又是以推贤进士知名天下的父亲吩咐他接待的,因此对李白倒也客客气气。寒暄已毕,他便一本正经地说道:"当今圣上,求贤如渴;家父爱才,素有令名。兄长之事,小弟自当尽力。"他一边用音乐般的声音对李白说话,一边却考虑怎样打发这乡下佬才好。他想还是先看看李白的"行卷"再说。李白正想对他披肝沥胆,把自己的抱负、学业和诗文从头说起。他却又紧接着说道:"兄长不远千里而来,想必鞍马劳顿,权且休息数日,待小弟拜读大作之后,再登门求教。"说罢便示意家人送客,李白也只好起身告辞。

张垍看了李白诗文以后,觉得此人未可小视。假若让他在长安逗留,东钻西碰,一旦碰见什么人把他荐了上去,便是自己的劲敌。须得好好想个办法,让他自己心甘情愿地离开长安城。"既能堵住他的进身之路,又不碍我家爱士的名声。"张垍盘算已定,便去回拜李白。

李白回到下处,以为又要等好些日子,谁知三天以后,张垍果然登门拜访,并且对李白越发彬彬有礼。据他说,皇上有一个亲妹子,叫玉真公主,信奉道教。皇上在城里给她修了一座玉真观,又

八　初入长安(二)

在终南山楼观台修了一座玉真别馆。那别馆可是个好地方,山清水秀,福地洞天。玉真公主嫌城里烦,常常到那里去住个十天半月;但到了那里,住不了几天,又嫌山居寂寞,要找几个人聊聊,而且爱谈个老、庄,讲个诗文。"李兄,"张垍竟拍着李白的肩膀亲热地说:"假若你到那里去候着,岂不比在城里强?"李白正想说:"推贤进士本是卿相之事,与公主何干?"张垍却好像早看透了他的肺腑,接着说道:"只要我姑一高兴,即日奏知圣上,你就是平步青云。卿相荐举人才却有许多规矩,说不定得让你等个一年半载。"李白一听,自然愿走这条捷径,便按张垍的安排,即日搬去终南山中。临行,张垍又亲自来送他,并附耳叮咛勿为外人道及,显得他对李白特别关照。

李白由两个相府人员陪着,出了长安正西的金光门,沿着渭水一直往西,骑马走了大半天,到了终南镇,又折向南去,便看见宫观林立,紧靠山足。原来这楼观台,不仅是自汉以来的道教胜地,而且是唐代贵人们幽栖之所,玉真别馆就在靠西的一座小山上。上得山来,进得馆中,已是暮色苍茫。李白看不清楚,只觉得确是清幽无比,但除了陪送他来的人外,似乎再未见别人。

第二天早上,李白起身走出房门一看,院中野草丛生,窗户上尘土封积,连门上都牵着蜘蛛网。他又走到厨房一看,地上,案板上,甚至锅台上,都长满了苔藓——这玉真公主别馆竟是一座荒园!他心里好生纳闷,正想找昨天陪送他的两个人来问问,只见他们引了一个庄户人来,对李白说:"请公子多多包涵,我等也不知此地无人看管。近日三餐由这老汉照料,按时送来。待我等回去请示我家公子再行安排。"李白只好且听下回分解,那两个人也就匆匆回城去了。幸有这个田家老汉每天来送饭,李白才有个说话的人。

"老丈尊姓大名?"李白请老汉坐下,一边吃着他送来的小米稀饭和馒头,就着两碟小菜。

老汉欠身答道:"不敢,老汉姓王,庄户人没有大名,你就叫我王老汉行了。"

"王老丈,这个地方为啥没人住?是最近才没人,还是好久就没人了?"

"好些时就没人了。"

"玉真公主啥时来过?"

"这玉真观修了好几年了,公主只在刚修好头两年来过两次,以后再没来过。"

"这大热天,她为啥不来这儿避暑呢?"

"华山比这里更好嘛!公主在华山还有地方,想是到华山去了。"

李白一怔,好一阵子没动筷子。老汉看他吃得不香,便抱歉地

八　初入长安（二）

说:"庄户人家没啥好吃喝,咱这样就算好日子了。"李白却没有听见。

一连几天,李白独自一人在房里踱来踱去,只觉得日长如年。他决定找点事来混着,便把随身带着的自己亲笔手抄的古乐府温习了一遍又一遍,又把破了的地方补了一番又一番,还不见张垍那里有消息来。他在房里找来找去,居然发现一箱子东西,上面都是些道教书籍和应制诗文,下面却有几本碑帖,还有纸墨笔砚。"还是练练字吧!"李白把它们都搬了出来,挑了一本神龙年间拓的"兰亭",欣赏了一阵便临写起来。

> 永和九年,岁在癸丑,暮春之初,会于会稽山阴之兰亭,修禊事也。

"这才是真正的神龙本! 北寿山中那两本恐怕都是假的,一本太瘦硬,一本又太痴肥。这本肥瘦适中,恰到好处。……他张垍真的不知道这玉真公主别馆是这样的荒凉么? ……管它的,在这里清清静静练练字也好。"

> 群贤毕至,少长咸集。此地有崇山峻岭,茂林修竹;又有清流急湍,映带左右。

"不但书法好,文章也好,真是右军的神来之笔!……他张垍不知道玉真公主上华山去了么?……王老汉是听谁说的?但愿不是真的。……哦,写到哪里了?这下面应该是:

　　引以为流觞曲水,列坐其次,虽无丝竹管弦之盛,一觞一咏,亦足以畅叙幽情。

"听说曲江池每逢三月上巳日,贵人们也去那里洗濯,以保一年清吉平安,也有流觞曲水,也要咏诗作序。但他们哪能写出这样的好文章来,……城里三天五天不来人,十天半月总会有人来的。说不定忽然下来一批人收拾、打扫、筹办膳食,那就是玉真公主快来了。

一本"兰亭",写了一半,思想不但收不拢来,反而跑了开去。他好容易把思想收回来,找到了"是日也,天朗气清,惠风和畅……"一行,却感到兴味索然,便起身到院中舞了一回剑。

除了读书、练字、舞剑以外,他有时也到山前的楼观台去转转,看看老子给关令尹传经授道的地方。又到山下终南镇打过几回酒,还买了一些卤牛肉回来,拉王老汉坐下一块喝几杯。半个月过去,他以为张垍该派人来了,天却下起雨来。

这雨一下就是半月,时而小,时而大,山上山下泥泞不堪。张

八　初入长安(二)

坫那里的人来不成,玉真公主更不会来了。这玉真别馆竟成了愁城一座!白日里已是难耐,翻翻旧书,喝喝寡酒,看着门窗上的蜘蛛织网出神,望着灰濛濛的天空发呆;夜里更是辗转反侧,难以入睡。偏偏那阶下的蟋蟀越到夜深,越是叫得响,叫得急,叫得人心烦,好像故意和愁人做对。越是心烦,越是睡不着,越是睡不着,越是思前想后。他想起他的故乡,他亲爱的匡山,他的《别匡山》一诗:"莫谓无心恋清境,已将书剑许明时。"他想起他二十四岁那年,仗剑去国,辞亲远游。他想起这些年遍干诸侯,却多次没有结果。他想起他来长安之前《游安州玉女汤》中的诗句:"可以奉巡幸,奈何隔穷偏。独随朝宗水,赴海输微涓。"这帝京长安确是像一片大海,金碧辉煌的大海,花红柳绿的大海,但这个大海却似乎容不得他这涓滴之水。他从少年时代起就无限崇敬的"圣主",他的雄心壮志赖以实现的"明君",虽已近在咫尺,却仍然是远隔天边。于是《楚辞》中一些段落、词句便纷至沓来:

>君之堂兮千里远,君之门兮九重阕。……思美人兮,擥涕而延伫。媒绝路阻兮,言不可结而诒。……

这些段落、词句在李白脑子里翻腾上下,使他越发没有睡意。啊,真像害了相思病一样。于是一连串的汉魏六朝人的诗句,又在脑子里出现:"长相思,久相忆"。"长相思"……,"长相思"……忽然,便冒出一句:"长相思,在长安。"紧接着又冒出两句:"络纬秋啼金井阑,微霜凄凄簟色寒。"李白便一翻身爬起来,重新点燃灯,略一思索,便接着写下去:"孤灯不明思欲绝,卷帷望月空长叹。美人如花隔云端。上有青冥之高天,下有渌水之波澜。天长路远魂飞苦,梦魂不到关山难。"他放下笔来,从头念了一遍、两遍、三遍,忽然又抓起笔在结尾处加上两句:"长相思,摧心肝!"然后把笔一丢,重又上床躺下,直到凌晨方才朦胧睡去。

睡了不大一会儿,却做了一个梦。梦见他返回长安,正在朱雀门大街上行走,忽见张垍迎面走来。他连忙上前去招呼,张垍却掉头不顾而去。他想去抓住他问个青红皂白,却总是抓不住。他想大声叫喊:"你为什么让我在终南山里坐冷板凳?"却怎么也叫不出声音来。最后他用尽平生之力大叫一声:"你为什么……?"却把自己惊醒了。这些日子里,他勉强压抑下去的猜疑,终于在这个梦里暴露出来。

等呀,盼呀;盼呀,等呀。天气终于晴了,长安方面还是没有人来。半个月的霖雨已把夏天送走了,一早一晚都得披夹衣了,待下去还有什么指望呢?但李白还不敢贸然回长安,恐怕在最后失掉和玉真公主见面的机会。他决定打发王老汉的儿子先送个信给张垍问问再说。但又觉得有些话不好直说,写首诗吧,情与景倒是现成的,而且他已酝酿了好些日子,于是提起笔来便写:

八　初入长安(二)

秋坐金张馆,繁阴昼不开。空烟迷雨色,萧飒望中来。翳翳昏垫苦,沉沉忧恨催。清秋何以慰,白酒盈吾杯。吟咏思管乐,此人已成灰。独酌聊自勉,谁贵经纶才? 弹剑谢公子,无鱼良可哀!

诗的前面描写了别馆苦雨之景,诗的后面抒发了怀才不遇之情,"吟咏"二句对张说已有微辞,"弹剑"二句对张垍更明显表示不满。这一首本来也就可以了,李白却一发而不可收,又写了第二首,最后还借《南史》刘穆之的故事,又把张垍讽刺了一下。刘穆之是一个"丹徒布衣",家里贫穷,却好酒食,常到老婆江氏娘家打秋风。江氏兄弟有一次大宴宾客,嫌他丢人现眼,叫他别去,他偏偏大摇大摆去了。酒醉饭饱以后,还要嚼嚼槟榔。江氏兄弟就挖苦他说:"槟榔是消食的,你那么饿痨,还要槟榔干什么?"后来,刘穆之当了官,就叫他老婆把江氏兄弟找来,老婆怕得直哀告。刘穆之说:"怕什么? 我要请他们吃饭呢!"结果,他真的把江氏兄弟好好招待了一次,最后还叫厨子用黄金盘盛了一斛槟榔,请江氏兄弟食用。江氏兄弟自然惭愧得无地自容。诗中用这个故事的意思,显然是说:"将来有朝一日,我也要这样'报答'你张垍的。"李白写完以后,题为《玉真公主别馆苦雨赠卫尉张卿二首》,打发王老汉儿子送到长安城长乐坊张说丞相府中。

李白一直等到九月,眼看完全无望,不得不将他的鹔鹴裘给终南镇上的酒肆作抵押,换得几百文,一半偿了酒债,一半付了王老汉的饭钱和牲口草料钱,然后懊丧地回到长安。

许辅乾总算不看僧面看佛面,没有给他吃闭门羹,却吩咐下人打发他一些盘费,让他自个回去。李白估计是那两首诗冒犯了张说父子,弄得许辅乾也不愿留他了。

既然事已至此,他只好离开光禄卿的府第,仍然找了一家小客栈住下。主人送的盘费,他却原封不动地留在客房的桌子上了。

在长安的牲口市场一个比较冷落的角落上,一棵老柳树下拴着一匹马。相马经上说:"马头为王,欲得方。"——这匹马的头恰是方方正正,气宇轩昂。"目为丞相,欲得明。"——这匹马的双眼,恰是又大又亮,好像明星闪耀。"脊为将军,欲得强。"——这匹马的脊梁,恰是又平又直,好像青铜铸成。"胸为城郭,欲得张。"——这匹马的胸脯,恰是又宽大又突出,好像一座雄伟的城郭。"四下为令,欲得长。"——这匹马的四条腿,恰是又挺又长,好像石雕玉削。你看它!头一昂,龙游天门;尾一摆,风生风阙;口一张,红光闪闪;眼一瞥,紫焰灼灼。这匹马要不是千里马,也是千里马的胚子。

马的后面,远远地站着一人,大概是马的主人吧。只见他和马

八 初入长安(二)

一样气宇轩昂,却微带愁容;只见他和马一样目光闪闪,却有些羞涩;只见他和马一样,如石雕玉削,却有些颓丧。大概因为这匹马既没有红缨络头,又没有锦幛盖背,马鬃既没有经过修剪梳理,马尾又没有挽成螺髻,像别的马那样;所以站了半天,竟没有人来一顾。马的主人已经显得有些不耐烦了,在树下踱来踱去。这时,却过来一个人,把马看了又看,然后又把马的主人看了又看。看了好一阵,才走向前来和他说话。

"请问仁兄,你这匹马可是要出让?什么价?"

"你看值什么价?我没卖过……"

"我也看你不像是卖马的人。"

"那你就给五千吧!"卖主羞涩地说。

"远不止值这个数目。"买主出人意料地说。

"那你就给七八千吧!"卖主更羞涩地说。

"还不止。"买主更出人意料地说,"这是匹千里马,可惜没有调度得好,否则能值三万。"

"你仁兄既然识得这匹马,我也就不拘多少。"卖主也出人意料地说。

于是两人相视而笑,互道姓名来历:"在下蜀人李白。""小弟吴郡陆调。"这样李白便和陆调认识了。原来这陆调和李白一样,也是誓将书剑许明时,也是还没有找到进身之阶。不过他在长安有一个叔父是家资巨万的富商,供给他用度,因此手头比较宽裕。两人谈得投机,便一同来到酒楼上,畅叙平生,互赠诗文。陆调说:"你们李家,既是天枝帝胄,在京城本家很多嘛!"李白说:"谱牒久失,无从联系,竟不知本家中有何人在京。"陆调说:"邠州长史李粲和我叔父有些来往。他很好客,三日一小宴,五日一大宴,一年到头,需要好多山珍海味,都是托我叔父的货庄代办。亲不亲,都姓李,你何不投奔他试试看。"李白正想说没有盘费,陆调已慨然解囊相赠,劝他把马留着。

李白便去了长安西北的邠州。邠州长史李粲果然好客,热情地接待了李白,因为他大宴宾客的筵席上正需要一位才华出众、即席挥毫的文人。李白在那里住了两个月,确是三日一小宴,五日一大宴,不过他只能叨居末座,奉陪别人饮酒赋诗,听歌观舞。他想,虽然有吃有喝,总不是个长法,何况主人近日对他已不似初来之时。便写了一首诗《邠歌行》送给李粲,诗中抒写了自己羁旅窘况,飘零情怀,希望加以提携,帮助找个出路:"……忆昨去家此为客,荷花初红柳条碧。中宵出饮三百杯,明朝归揖二千石。宁知流寓变光辉,胡霜萧飒绕客衣。寒灰寂寞凭谁暖,落叶飘扬何处归?……"虽然说得连自己也觉得十分寒伧,但也顾不得了,何况本来也是实情。谁知这首诗不但没有得到李粲的同情,反而惹得主人不耐烦起来:"我不过是太平年间,闲暇无事,让你陪着玩玩,谁管你'凭谁暖'、'何处归'?"他本想把李白随便打发了,又恐有损

八 初入长安(二)

他好客的令誉。忽然想起坊州司马王嵩,也需要这么一个"帮闲"的角儿,不如荐他到那里去,岂不是一举两得?

李白只有拿上李粲的书信前往坊州。

坊州在长安正北二百里的黄帝陵下,王司马是州里主管军事的官员。海晏河清,长史尚且歌舞达旦,司马更是要偃武修文了。因此李白的到来,他也是热情欢迎,并介绍李白和从长安来做客的阎正字相识,让他们陪着他登高饮酒,对雪赋诗。值此隆冬岁暮,华筵当前,对着山上的积雪,怎么能没有诗呢?于是王司马首先写了一首诗,阎正字马上奉和一首,李白自然也就来了一首《酬王司马阎正字对雪见赠》。诗的末尾,他又忍不住透露出希望王司马荐举的意思:"主人苍生望,假我青云翼。风水如见资,投竿佐皇极。"主人一见,以为他不过是想多要几个盘费罢了,便按当时规矩加倍赠与。李白本待谢绝,岂奈阮囊羞涩;欲待收下,又觉得自己已落到"文丐"地步。不免感慨一番,又写了一首《留别王司马嵩》:"鲁连卖谈笑,岂是顾千金?……西来何所为,孤剑托知音。鸟爱碧山远,鱼游沧海深。呼鹰过上蔡,卖畚向嵩岑。"表示自己到长安以来以及出游邠、坊,是为了寻求知音,由荐举入朝,辅佐明主,然后功成身退。既然知音不遇,自己也就准备像李斯[①]微贱时一样,以打

[①] 李斯,战国末楚上蔡人。尝牵黄犬,臂苍鹰,出上蔡东门,行猎。后入秦,佐始皇统一天下,为丞相。

猎为生;或者像王猛①少年时那样,以卖畚箕为业——回安陆去了。

开元十九年早春,李白冒着春雪回到了长安。

---

① 王猛,东晋十六国时人。少时以卖畚箕为业,有大志。后见知于前秦苻坚,一岁五迁,权倾内外,卒使苻秦富强,为北方十六国之霸。

九　初入长安(三)

长安城的上元节,条条大街,灯火通明。朱雀大街两旁的树上还挂着各式各样的灯,好像银河降到长安城里。朱雀门前的广场上,搭了一座鳌山。这是一座用五颜六色的彩绸糊成的假山,山上有一棵数丈高的灯树,山的上上下下,前前后后,挂满了成百上千的花灯。山下是一座大露台,台上用绿色的彩绸糊成碧波汪洋的海面。男女伶人扮成鼋鼍蛟龙,鱼鳖虾蟹,在碧波中翻滚舞蹈。到了午夜时分,突然钟鼓齐鸣,笙管交错,奏起了一曲曲的乐歌,鳌山上那棵灯树上便喷出五光十色的焰火来,焰火过处还展现出一幅巨大的黄幡,上写:"开元神文圣武皇帝万岁万岁万万岁。"

似乎全城的男女老幼都涌上了街头,朱雀门广场上更是人山人海。幸好东市还有斗鸡,西市还有赛马,青年人中什九都被吸引到这两处去了。幸好"西内"、"东内"还有专供皇家欣赏的西域歌舞,达官贵人都到那两处去了。否则,大街上更是水泄不通。

在这万人空巷之夜,在一个小客栈里却有一个旅客,独自对着孤灯,喝着寡酒。尽管旅舍内外,人声鼎沸,他却充耳不闻。

"走啊,走啊,到朱雀门去看鳌山啊!"

"听说,今晚上要放宫女们出来看灯呢!咱到宫城门外去候着。"

"今天夜里是'金吾不禁',玩个通宵也不用担心'犯夜'。"

旅舍里几乎都走空了,只有一个客人兀自不动。然而他脑子里却也像大街上的人流一样波涛滚滚。

"回去吧,有何面目见人?当初又说过那样的大话:'何王公大人之门,不可以弹长剑乎?'不回去吧,留在长安又怎办?长安居大不易啊!"

"张垍是不会见我的了,许辅乾那里也不能再去,去了只会自取其辱。"

"陆调么?萍水相逢,我怎好再去向他求助!"

大街上传来一阵阵鞭炮声、锣鼓声、隐隐如春雷的人声。

"好个热闹的长安城啊!但是长安虽好,我却没有福分。长安的天那么高,我为什么感到气闷?长安的地那样宽,我为什么感到狭窄?长安的大道那么平,我为什么走起来磕磕绊绊?长安的宫殿千门万户,我为什么不得其门而入?……"

九　初入长安(三)

壶中的酒已喝干了,桌上的灯也快灭了,出去逛的人都已陆陆续续地回店了。这个古怪的旅客反而站起身来,走了出去。

时过夜半,街上的人已稀稀拉拉,树上的灯也灭了,有的已掉在地上。这个喝得半醉的人却摇摇晃晃走向城市的中心。朱雀门前的鳌山已经熏歇烬灭,光沉响绝,只剩下一堆可怕的残骸。广场的地上铺满了垃圾,还有被人挤落了的鞋子。满目狼藉,一片荒凉,什么看的也没有了,只有天上一轮偏西的圆月,在他头上洒下寒冷侵人的光辉。他却在广场上徘徊,徘徊,好像在寻找什么东西。是的,他在寻找,他在寻找他失去了的《帝京篇》、《皇都赋》、《长安颂》……他多希望能把它们找回来。他呆呆地望着朱雀门楼,望了好久好久。……突然,他疾步向它走去,几乎是冲到它跟前,伸出拳头在门上猛击,又用头在门上碰撞,同时发出悲愤的呼号:"开——门——来!""开——门——来!……"在这空旷的广场上,在这高大的宫阙下,在这厚约径尺的大门前,他的力量和声音显得是那么微弱,连守皇城的羽林军都没听见,他们大概都醉倒在城门里边了。

从此,长安城的斗鸡场和赛马场里便多了一个赌徒。

由于出入斗鸡走马之场,李白结识了长安里坊中的斗鸡徒。他们给他讲"神鸡童"贾昌发迹的故事:"只要被宦官发现你有斗鸡的天才,只要皇上高兴,赏你个头衔,你马上就能平步青云。读什么经史,写什么诗文,屁事不顶!"他们告诉他斗鸡的秘诀:"只要把狐狸油熬成膏子抹一点在鸡冠上,再把一条带锯齿的铁片缚在鸡足上,对方的鸡一闻着狐狸的气味就不战而逃,即使敢于迎战,也必在搏斗中被锯片杀伤。保你每斗必胜!"

由于出入斗鸡走马之场,李白又结识了长安的游侠儿。他们向李白展示他们的吴钩,不仅雪样明亮,锋利无比,而且药水炼过,见血封喉。他们脱下衣服,露出一身的花纹,向李白大讲他们的"英雄"事迹,如何托身权贵,胡作非为。

由于出入斗鸡走马之场,李白又结识了驻守皇城北门——玄武门的羽林军。这驻守玄武门的羽林军是天子的劲旅,皇家的亲兵。上自大将军,下至小头目,都是宗室贵戚子弟。他们向李白夸耀他们的龙马、金鞍、玉剑、珠袍,夸耀他们执戟"东内"的威风,夸耀他们从军临洮的战绩,夸耀皇上对他们的宠信。他们对李白说:"你看凌烟阁上的画像中,有一个是书生么?"

李白觉得斗鸡徒所说的虽然是捷径,但以斗鸡事万乘未免太下作,实在有违平生之志。游侠生涯虽然也使他有些神往,但依附豪门,仗势欺人,也有悖古人扶危济困之义。如能在羽林军供职,倒不失为正道,至少在目前是可走之路。于是他便和羽林军中人倾心交往,还写了一首《白马篇》送给他们。

一天,羽林军的一个校尉,斗鸡获胜,大请其客,把李白灌得酩

九　初入长安(三)

酊大醉。等他醒过来,发现自己躺在旅舍里,价值千万金的宝剑和骏马全没有了,钱也被洗劫个精光。"这是怎么一回事呢?"李白好久回不过神来,只有去找陆调。陆调说:"你怎么敢和他们交往?……你这宝剑和马是找不回来的了。你去找,恐怕还会找出更大的祸事来。"李白不听,一则这两样东西丢得他太心痛,二则是他咽不下这口气,三则他也不相信这长安城里清平世界,朗朗乾坤,竟有这等事!李白便每日里到马市和赛马场去找,一连多日,犹如大海捞针一般。

一天,李白在街上忽然碰见一人,好生面熟。"这不是那天在酒楼上灌我酒的校尉吗?但怎么穿的是便衣呢?"李白想上前去问问,又恐怕冒失,于是远远跟着他,看他上哪儿去。到了玄武门附近,他好像发现李白在跟踪,便折向西,直往城西北角走去。越走越荒凉,只见周太庙的遗址,汉灵台的废墟……李白见不是去处,正想回身,却听得唿哨一声,从一片废墟中钻出几个人向他走来,霎时就把他围住了。

李白说:"你们想干什么?"

"你小子想干什么?"他们反而质问李白。

"嘿嘿,你小子吃了老虎心、豹子胆,竟敢到太岁头上动土来了!"他们奚落李白。

"今天爷们儿要教训教训你,让你知道这长安城是谁的地方,免得你再来胡骚情。"他们恐吓李白。

"趴下,趴下,给咱磕几个响头再说。""叫他从咱胯下钻过去。""还是揍他一顿痛快。""咱吴钩是吃素的么?"他们乱吼乱叫一气,好像一群恶狗。

李白兀立不动,气得他一双虎眼几乎要冒出火,嘴唇几乎要咬出血:"只恨我手无寸铁……"

他们中间忽然走出一个人来,摆了摆手,众人便静了下来,看来是他们的头头。他走近李白,带着笑,歪着头,把李白仔细端详了一番,然后说道:"我替你向兄弟们讲讲情,饶了你。"李白以为他是好人,正想脱身了事。谁知那人又说道:"那你该怎样酬谢我呢?听说你和那伴啰店的雌儿相好?"李白说:"哪有此事?只不过去喝过两次酒。"那人说:"我不管你去过几次,只要你把她引出来,让给你哥儿们玩玩,我就把这个羽林军校尉让给你。混得好,不消几年就是五品郎将……"李白不等他说完,劈面就是一拳。众人叫道:"这小子讨死哩!"于是,蜂拥而上。但李白眼明手快,纵跳如飞,他们一下也降他不住。忽从远处一座小山似的古冢后面又出来一伙骑马的。只听为首一人命令道:"弄走,弄走!弄到城外去慢慢收拾。"李白再也厮打不过,终于被他们揪翻在地。正要被他们拖上马背时,忽见一彪人马,风驰电掣般赶来。为首一人,手持"宪"字旗号。李白一看,原来是陆调搬了御史台的纠察队来了。

九　初入长安(三)

李白以为要把这伙流氓带走,谁知纠察队也只把他们驱散了事。手持"宪"字旗的人给那校尉打了一个手势,那伙人才唿哨而去。

回到城里,李白和陆调谈起来,才知道是有一个年方弱冠的后生给陆调报的信。仓促中未曾问他姓名,只记得是巴蜀口音,看样子好像也是游侠中人。李白说:"若非贤弟和这位义士相救,愚兄此番性命休矣!"陆调说:"我当初就劝告你来,奈何兄长不知长安城中这伙人的厉害。你别看他们只是一伙小流氓,小流氓可有大后台。敲诈勒索商人,诱卖良家妇女,甚至杀人越货,他们什么事也干得了出来。作了案,躲进那些离宫别馆、深宅大院,你到哪里去查?案子大了,干脆换上军装到边塞上去混上一年半载,立上点军功回来,在羽林军里补上个名字,拿着长戟,在皇宫门口一站,你就是能认出他来,又把他奈何!他们换上军装就是羽林,换上便衣就是游侠,而他们又都是斗鸡徒,不仅赌鸡、赌狗、赌马,而且赌命。但是,贵戚喜欢他们,王侯用得着他们,宦官拿他们当宝贝贡献给皇上。……"陆调说的声音越来越低,李白听得嘴巴越张越大,惊愕得半天说不出话来。

经过这一次北门之厄,李白决心要离开长安了。想起这一年来的遭遇,既感到十分气愤,又感到大感不解:"说什么'广开才路',路在哪里?笔直平坦的大道只在张垍等人的足下,只在贾昌之流的足下,只在"五陵豪"足下,我却是寸步难行!怪不得鲍照大写其'行路难'。但鲍照生在乱世,自然遭遇不幸,我可是生逢盛世呀,为什么也这样倒霉呢?……哦,王勃说得好,'屈贾谊于长沙,非无圣主;窜梁鸿于海曲,岂乏明时!'原来圣主治下的盛世明时也有'行路难'啊!"于是李白写下了他的《行路难》:

> 大道如青天,我独不得出。羞逐长安社中儿,赤鸡白狗赌梨栗。弹剑作歌奏苦声,曳裾王门不称情。淮阴市井笑韩信,汉朝公卿忌贾生。君不见,昔时燕家重郭隗,拥篲折节无嫌猜;剧辛乐毅感恩分,输肝剖胆效英才。昭王白骨萦蔓草,谁人更扫黄金台?行路难,归去来!

李白写了《行路难》,仍然悲愤难平。一天夜里,又觉得脑海里波涛翻腾,肚里七拱八翘,好生难受。好像睡着了,又好像并没有睡着。忽听得胸中隐隐有声,好像是低低的闷雷:"我要出去!我要出去!"李白问:"你是谁?"闷雷似的声音回答说:"我是愤怒,是你心中的不平之气,是你多年所受的屈辱积累下来的,特别是你在长安受人捉弄和欺侮时所产生的。让我出去,否则你会爆炸!"李白还来不及回答,又有一个声音冒出来,好像是闪电和霹雳:"我要出去!我要出去!"李白问:"你是谁?"闪电和霹雳似的声音回答说:"我是惊愕,是你心中的一连串的疑问,是你几年来大大小小的失望所积累

九　初入长安（三）

下来的,特别是你来长安后从幻想的高空跌落下来时所产生的。让我出去,否则你会发狂!"李白还来不及回答,又有一个声音冒出来,好像秋雨似的声音回答说:"我是悲哀,是你心中报国无路的眼泪,是你每一次对着孤灯饮酒时积累下来的,是你用浪游和狂放掩盖起来的。让我出去,否则你会抑郁成病!"还有一些模模糊糊的听不清的声音混搅在一起。最后它们一致地呼喊,像大海的浪潮。李白说:"我不是曾经让你们出来过吗?在上元节之夜的酒后,在斗鸡场的角逐中,在赛马场的奔驰中,在北门内的厮打中。……"声音们一致向他嘲笑:"那算什么?那算什么?你应该有你自己的方式。"李白说:"我不是写了《行路难》吗?"声音们又一致地表示不满:"你那首《行路难》篇什短小,怎能容纳我们?"李白说:"那我再多写几首……"声音们竟然愤怒了:"你再多写几首又怎样?你不能老跟在鲍照后面亦步亦趋,你应该有你自己的《行路难》。"李白说:"那我该怎么办呢?"声音们提醒他:"你难道忘记了《诗》、《骚》比兴的传统?你难道不懂得《文赋》所谓:'虽离方而遁圆,期穷形以尽相'的秘密?"李白还想问个究竟,却好像有一只手在他额上拍了三下:"念兹在兹,自然触发。"随即一切声音悄然而逝。李白侧耳再听,只听见远远传来鸡鸣,窗户上也露出了晨曦。

李白在陆调为他饯别的筵席上认识了王炎。王炎是陆调的同乡,也是旅居长安,无所遇合,准备去蜀中漫游。亲不亲,同病人,因此两人一见如故。李白说:"长安尚且无路,蜀中岂有坦途。"王炎说:"我就是不知道何处有路,想去请教严君平。"李白就讲起他在武侯祠求签的事,说道:"诸葛灵签,尚且不灵,严君平又怎能知道如今的世事啊!"席间,王炎请李白介绍了蜀中的风土人情,并请李白写点诗文留作纪念,李白便即席挥笔写了一篇《剑阁赋》:"咸阳之南,直望五千余里,见云峰之崔嵬。"起得倒蛮有气势,但既是赠别之作,就应该有几句祝平安、壮行色的话,怎奈心中没有那种情绪,还没写到十句便结束了。王炎看了说:"李兄何其惜墨如金乃尔!"李白看看最后两句:"若明月出于剑阁兮,与君两乡对酒而相忆。"也觉得文气未完,但他要是再写下去,便会引起自己的牢骚来,那就不伦不类了,只好说:"言不尽意,就这样吧。"王炎又请他再写一首诗,他满饮三杯,又即席口占一首:

见说蚕丛路,崎岖不易行。山从人面起,云傍马头生。芳树笼秦栈,春流绕蜀城。升沉应已定,不必问君平。

最后几句显然是借他人眼前的酒杯,浇自己胸中之块垒。

陆调深恐谈来谈去触动李白的愁肠,便说:"叫几个歌女唱几支曲子来佐酒吧。"王炎说:"歌女佐酒,扫人清兴,不如让小弟试弹一曲,向兄等领教。"李白马上鼓掌欢迎,并说:"我正想听支古琴

九　初入长安(三)

曲,洗洗心中烦嚣。"王炎便叫书僮捧来随身携带的古琴,脱去琴衣,支稳琴身,调好琴弦。只见他正襟危坐,凝神屏息,便动手弹了起来。这支曲子与众不同,一开始便起得很陡,好像奇峰拔地而起,壁立千仞,下临万丈深渊。然后是一段游丝般的声音,若断若续,回环往来,好像悬崖绝壁间的一条羊肠小径,时隐时现,蜿蜒上下。忽然又听得一阵繁弦促节,似急雷震霆,如乱峰纵横。随即又转变为迂缓低沉,间或有几声清脆的叮咚,使人如入幽谷,如聆寒泉。接着是反反复复的凄凄切切、呼号奋发之声,像波涛夜惊,风雨骤至,又像龙吟虎啸,鸟悲猿啼。然后轻拢慢捻,长抹短挑,好像惊魂甫定后的阵阵喘吁叹息,最后慢慢归于沉寂。

琴声已经沉寂了好一会,李白才如从梦中醒来,问王炎道:"这支曲子叫什么名字?"王炎说:"《古蜀道难》。"李白说:"好一支古乐府曲子,可惜还没有配得上它的词。阴铿等人的几首都太简陋了。"陆调和王炎都说:"李兄何不给它配一首。"李白说:"回头试试看吧。"

在离开长安的头天夜里,李白本想早些安寝,明晨好早些上路。但哪里能够入睡?他便试给《古蜀道难》琴曲配词,藉以消忧解闷。当他沉思中一方面背诵阴铿等人的诗句,一方面回味王炎的琴声时,古蜀道的巉岩畏途越来越清晰地出现在他的眼前;同时,宽广笔直的长安大道也出现在他的眼前。一会儿是古蜀道,一会儿又是长安大道；一会儿是长安大道，一会儿又是古蜀道。……突然两者合而为一。龙楼凤阁变成了层峦叠嶂，桃红柳绿变成了枯藤老树，莺歌燕语变成了虎啸猿啼，承天门、朱雀门、丹凤门，变成了一夫当关，万夫莫开的剑门。……多日来，潜藏在心头的种种难写之景，蕴积在胸中的种种难言之情，那些在他胸中翻腾的东西，一下便都找到了它们的形象，争先恐后，从他笔下涌出：

噫吁嚱，危乎高哉！蜀道之难，难于上青天！蚕丛及鱼凫，开国何茫然。尔来四万八千岁，不与秦塞通人烟。西当太白有鸟道，可以横绝峨眉巅。地崩山摧壮士死，然后天梯石栈相钩连。上有六龙回日之高标，下有冲波逆折之回川。黄鹤之飞尚不得过，猿猱欲度愁攀援。青泥何盘盘，百步九折萦岩峦。扪参历井仰胁息，以手抚膺坐长叹。问君西游何时还？畏途巉岩不可攀。但见悲鸟号古木，雄飞雌从绕林间，又闻子规啼夜月，愁空山。蜀道之难，难于上青天！使人听此凋朱颜。连峰去天不盈尺，枯松倒挂倚绝壁。飞湍瀑流争喧豗，砯崖转石万壑雷。其险也若此，嗟尔远道之人胡为乎来哉！剑阁峥嵘而崔嵬，一夫当关，万夫莫开。所守或匪亲，化为狼与豺。朝避猛虎，夕避长蛇。磨牙吮血，杀人如麻。锦城虽云乐，不如早还

九　初入长安(三)

家。蜀道之难,难于上青天!侧身西望长咨嗟!①

乌丝栏间笔墨狼藉,李白脸上涕泗纵横,一挥而就,写成了他的《蜀道难》。

"啊,蜀道难!蜀道难!何年何月,蜀道才能变成坦途呢?哪朝哪代,才能结束报国无路的悲剧呢?五百年以后吧?一千年以后吧?……"李白站在渭水流入黄河处,站在风陵渡的峭岸上,望着滔滔流水,望着莽莽原野,望着苍苍天空,感慨着,思索着,梦想着。

---

① 《蜀道难》一诗,前人众说纷纭,愚意未敢苟同。窃以为,此系李白一入长安干谒失败后之作,借蜀道之艰险,喻世途之坎坷,抒胸中之愤懑。其说详见拙著《李白研究》。

十　黄金买醉未能归

黄河,洪波滚滚,赤浪滔滔,流向东方。

一叶扁舟在波浪中颠簸着,起伏着,顺流而下。

一行大雁,自南而北,横过大河上空。咿哑的鸣声,引得船上的一个旅客探出头来。接着他走出船舱,伫立船头,久久地观看大雁,一直到它们没入苍莽的原野,才低下头来,发出一声长叹。

大雁都回去了,李白却有家难归。

一年前,《上安州裴长史书》末尾的得意之笔——"何王公大人之门,不可以弹长剑乎?"——这时好似一柄利剑刺着他的心。他怕看见妻子的眼泪,他怕听见丈人的叹息,他更受不了许大郎的言语和脸色,他只好在外游荡。

十　黄金买醉未能归

梁园①,又称梁苑,汉代梁孝王修建的园林宫殿,将近一千年过去了,已经只剩下一片败瓦颓垣,古木涸池。

就在这一片荒凉的遗址上,一个孤独的旅客在徘徊。

他仿佛看见昔日这园中的高大的平台上,梁孝王正在大宴宾客。

他仿佛看见司马相如、枚乘正在即席吟咏,得意地朗诵着他们的诗文。

他仿佛看见台下的碧绿的水池旁边,伶人们正在清歌妙舞。

……

他正想走到他们中间去,忽然,这一切又都消失,只见一轮明月当空,照着一片废墟。

他只有回到城里的酒楼上,借酒浇愁,借诗遣怀。

李白离开长安以后,从黄河浮舟而下,来到这河南道梁宋一带访古,已经两个多月了。这两个多月中,一直郁郁寡欢,失望和悲哀沉重地压在心头。他多想把它们一下吐出来!

阮籍的咏怀诗突然出现在他的脑际,他便拍着栏干吟诵起来:"徘徊蓬池上,还顾望大梁。渌水扬洪波,旷野莽茫茫。……羁旅无俦匹,俯仰怀哀伤。"吟着吟着,他恍惚觉得眼前一片洪波浩荡:

---

① 梁园,或梁苑,在河南道宋州州治宋城,即今商丘。

"啊,我的故乡在哪里?我的前途又在哪里?……"阮籍的诗非但不能为他消忧解闷,反而使他更加感慨。

正感慨间,突然又转念一想:"人生在世,何必老这样悲悲切切?还是及时行乐吧。"于是随手拈起盘子里盛着的新鲜的杨梅,蘸着雪白的吴盐,就着酒,连饮数杯。不一会,梁苑的荒凉景象又出现在他眼前:"啊,梁孝王的宫阙已经不复存在了,司马相如们也不等我就去了,到哪里去找他们呢?司马相如未遇汉武帝时,还有梁孝王赏识他。我呢?连梁孝王这样的人也找不到。"一想到自己无处可去,又不禁泪下沾衣。只好过着黄金买醉的生活,聊以消磨光阴。

最后,又只好自己安慰自己:"我现在不过三十才出头,且学谢安归卧东山,待时而起,再实现我济苍生、安社稷的理想,也还不晚吧!"

于是李白便写下了《梁园吟》一诗:

我浮黄河去京阙,挂席欲进波连山。天长水阔厌远涉,访古始及平台间。平台为客忧思多,对酒遂作《梁园歌》。却忆蓬池阮公咏,因吟"渌水扬洪波"。洪波浩荡迷旧国,路远西归安可得?人生达命岂暇愁,且饮美酒登高楼。平头奴子摇大扇,五月不热疑清秋。玉盘杨梅为君设,吴盐如花皎白雪。持

十　黄金买醉未能归

盐把酒但饮之,莫学夷齐事高洁。昔人豪贵信陵君,今人耕种信陵坟。荒城虚照碧山月,古木尽入苍梧云。梁王宫阙今安在?枚马先归不相待。舞影歌声散渌池,空余汴水东流海!沉吟此事泪满衣,黄金买醉未能归。连呼五白行六博,分曹赌酒酣驰晖。歌且谣,意方远。东山高卧时起来,欲济苍生未应晚。

嵩山,高大巍峨,峻极于天。因地处东岳泰山、西岳华山、北岳恒山、南岳衡山之中,故称中岳。嵩山号称三十六峰,东面的主峰为太室,西面的主峰为少室,合称"二室"。所以名"室"者,以其下多石室,传说室中有石床素书,为仙人所居。嵩山的古迹仙踪也远在诸岳之上。据说,夏禹的儿子启出生时,刚一下地,他的母亲就变成了一个巨石,至今还在嵩山下,人称启母石。又据说,周穆王时的甫侯和申伯,周王朝的栋梁之臣,就是嵩山神灵降生。又据说,周灵王的太子,爱吹笙作凤鸣的王子乔,就是在嵩山仙人接引之下,跨鹤而去。又据说嵩岳庙前有汉柏,大者七人合抱,次者六人合抱,又次者五人合抱,汉武帝曾封为"三将军"。又据说,还有达摩面壁处,玉女捣帛处,鬼谷子学仙处,张天师得符处……嵩山可谓峰峰皆古迹,处处多仙踪。

李白遍游三十六峰,尽访嵩山胜迹。吹笙跨鹤而去的王子乔最使他神往,但是已经时隔千余年,到哪里去寻觅王子乔呢?他听说,有一个女道士,人称焦炼师,是齐梁时人,已经两百多岁了,看起来却只像五六十岁的样子。住在少室山下的石室中,不食五谷,唯餐石髓。身轻体健,行走如飞,千里之遥,朝发夕至。于是他便在嵩山中到处访求这位当代的活神仙。但他在嵩山中找了好些日子,只看见山月好像是她的晓镜,只听见松风好像是她的琴声。一年开三次花的贝多树,落了又开了,他最终没有找到这位活神仙的踪迹。他只好写了《赠嵩山焦炼师》一诗留给她,在诗的最后表示了甘愿跟她修道学仙的心情。

在嵩山最高处,可以望见颍水自西而东,再折向东南,流向千里以外。元丹丘新卜的别业"颍阳山居",就在嵩山足下,颍水岸上。其地北依马岭,连峰嵩丘,南瞻鹿台,北极汝海,云岩掩映,颇有佳致。李白到了元丹丘处,看了故人的幽栖之所,心里非常羡慕,真想和他一起隐居,于是接连写了几首诗送给丹丘。丹丘又特地请李白将其中一首五律《题元丹丘山居》写成一个大幅横披,请工匠装裱了,悬挂在他山居的草堂壁上:

故人栖东山,自爱丘壑美。青春卧空林,白日犹不起。松风清襟袖,石潭洗心耳。羡君无纷喧,高枕碧霞里。

十　黄金买醉未能归

龙门,传说是大禹疏导洪水留下的遗迹。耸峙在洛阳西南的一座大山,好像被巨斧劈开成两半,两边的悬岩峭壁形成一道高大的门阙,伊水从中流过,北入黄河。因此,龙门又名伊阙。

龙门的冬天,寒冷而又荒凉。游客都走光了,连最著名的奉先寺也空寂无人,只有寺僧。李白因贪看摩崖石刻滞留了下来。数不清的石龛,看不完的佛像,从魏晋南北朝直到当代。一处比一处精美,一个比一个高大。其中大卢舍那佛更是高大无比,壮丽绝伦。李白几乎每天到他跟前瞻仰徘徊,甚至顶礼膜拜。"啊,光明普照的卢舍那,妙相庄严的卢舍那,摄人心魂的卢舍那,你大慈大悲,如日如月,可看见我的孤独和寂寞?可了解我的愤懑和悲哀?你的似有似无的笑容,意味深长的笑容,是笑我凡心太重呢,还是在给我以安慰和启迪?……"卢舍那佛亲切地俯视着他,却始终无语,似乎有意让李白自己去参悟。李白却去醉乡中求解脱。

中夜酒醒,再也不能入睡。他索性起来点燃灯,在空旷的客堂里踱步。偌大一个客堂还使他感到气闷,他索性又推开窗子。窗外是冰天雪地。伊水变成了冰河,在暗夜中闪闪发光。两岸的峭壁披上了白色的铠甲,背衬着黑暗的天穹,清晰可辨。阵阵寒气扑进窗来,冻得他瑟瑟发抖,更感到衣履的单薄和境遇的凄凉。夏天,在梁园用狂饮浇灭了的火焰,又在心头燃烧。秋天,在嵩山让松风吹走了的凡心,又回到体内:"想那殷代傅说,本是一个泥工,

105

殷高宗发现了他的才能，他一下就当了宰相。想那李斯也本是一个猎人，秦始皇发现了他的才能，他也一下就当了宰相。自己这些年遍干诸侯，历抵卿相，却一直未遇。当此天寒岁暮还漂流在外，在这荒凉的佛寺中对着冰雪独自惆怅。啊，别人都有冬尽春来的日子，我却一直在苦寒之中。"于是他便把那悲不遇的古乐府《梁甫吟》高声吟诵起来。忽又转念一想："想那朝歌屠叟姜尚，到八十岁才遇周文王；想那高阳酒徒郦食其，也是落魄多年才遇汉高祖。自己不过三十出头，来日方长，又何必自苦乃尔！何况当今毕竟是大唐盛世，皇帝毕竟是一代英主，怎会让人才长期埋没？只不过是我的时机未到罢了！时机一至，直上青云，自然有路。我还是稍安勿躁吧！"

于是，李白在开元二十年冬天的龙门奉先寺壁上，留下了《梁甫吟》一诗：

长啸梁甫吟，何时见阳春？君不见，朝歌屠叟辞棘津，八十西来钓渭滨。宁羞白发照清水，逢时壮气思经纶。广张三千六百钓，风期暗与文王亲。大贤虎变愚不测，当年颇似寻常人。君不见，高阳酒徒起草中，长揖山东隆准公。入门不拜骋雄辩，两女辍洗来趋风。东下齐城七十二，指挥楚汉如旋蓬。狂客落魄尚如此，何况壮士当群雄！……梁甫吟，声正悲。张

十　黄金买醉未能归

公两龙剑,神物合有时。风云感会起屠钓,大人岘屼当安之!

洛阳,大唐皇朝的东都。它的城郭宫殿,它的坊里阡陌,它的柳色花光,它的熙攘繁华,都和长安相似。只不过长安城是由朱雀大街分为东西两半,洛阳城是由一条洛水分为南北两半。

洛水上最大的一座桥名为天津桥,桥头有一酒楼叫做洛阳酒家。老板绰号董糟丘,虽是商人,倒也不俗,好与名士交往,名士们常来此楼置酒高会。李白在斗鸡、走马、击剑、任侠之余也常到此买醉,并在此结交了一批朋友,其中与元演最称莫逆。元演是元丹丘的本家兄弟,一个安乐公子,富贵闲人,对李白十分倾慕,多次慷慨解囊,不惜一掷千金。因此李白虽然阮囊羞涩,却能在洛阳纵情游乐,度过了一段"黄金白璧买歌笑,一醉累月轻王侯"的狂放生活。

洛阳的春夜,热闹的天津桥上,一辆辆油壁香车过去了,一队队银鞍宝马也过去了。天津桥下,一艘艘商船靠岸了,一只只画舫停泊了。嘈杂的市声渐渐沉寂下去,一轮明月升上了高空。在万籁俱寂之中,不知谁家的玉笛暗暗地吹奏起来,随着春风飘扬在洛水两岸。时远时近,时隐时显。原来是一支《折杨柳》,一阕凄凉的古乐府。它的悠扬宛转的声音,抒发着剪不断、理还乱的离情别绪,好像一片云烟,好像一串精灵,飘过龙楼凤阙,龙楼凤阙重门紧闭;飘过九衢十街,九衢十街已经无人;飘过千家万户,千家万户已经入睡;飘过天津桥头的客舍,一个不眠的旅客正在对月长叹。笛声便逗留不去,绕着客舍回旋,回旋……一下钻进了他的心里,然后带着他的心飞回故乡匡山足下,看见他爸头发已经白了,看见他妈在倚门遥望。笛声又带着他的心飞到安陆许家,看见他妻子在灯下垂泪,看见他岳父面带愁容。最后笛声又带着他的心飞回洛阳旅舍窗下,化为一首七绝,从这个旅客口中吟出。于是李白写下了他的《春夜洛城闻笛》一诗:

谁家玉笛暗飞声,散入春风满洛城。此夜曲中闻折柳,何人不起故园情?

他既想念匡山足下的故园,更想念北寿山下的故园。北寿山下的安陆,有他"朝共琅玕之绮食,夜同鸳鸯之锦衾"的许氏夫人。于是他又接连写了几首情深意长的寄内诗;后来还假借许氏的口吻写了一首缠绵悱恻的"自代内赠":

美人在时花满堂,美人去后留空床。①床中绣被卷不寝,

---

① 古代诗歌中之美人、佳人,既可指女性,亦可指男性。

十　黄金买醉未能归

至今三载闻余香。香亦竟不灭,人亦竟不来。相思黄叶落,白露湿青苔。

从开元十八年春,离开安陆,李白在外游荡已经有三个年头。虽然无颜回家,毕竟相思情切,因而有了归心。但元演却又拉上他到随州去访道,偏偏随州刺史又好客,这样一来二去,直到开元二十年岁暮,李白才回到安陆家中。

十一　高冠佩雄剑，长揖韩荆州

在离家三年里，李白虽然写了不少寄内诗，但由于他萍踪浪迹，家中无法给他去信，因此消息隔膜。回来以后，才知家中发生了不小变故。

许员外已于上年去世，许氏也忧伤成病，幸得有丫鬟碧桃和书童丹砂里外照料，否则不知成何光景。丹砂向李白讲了许大郎许多不仁不义之事，最后还说："这条毒蛇不止一次咒骂你死在外边了；北寿山的地方，他也霸占了；还打主意要卖我哩！"

果然，不等丧服满期，许大郎就闹着要分家。他把那又好又近的负郭田全部霸占，只把那又孬又远的几处山田分给李白夫妇。李白夫妇不愿为这些事吵架闹仗打官司，好歹多少都不计较，只带着许氏的陪奁和许员外的藏书，迁居县西的白兆山桃花岩。十几个仆婢中，也只带走了碧桃和丹砂，并让他们俩成了亲，代管一切

十一　高冠佩雄剑，长揖韩荆州

家事。

白兆山在安陆县西三十里。虽然它和北寿山一样小而无名，但也是天地之美，造化之奇。两道山梁夹着一条山沟，西头上还有一个山峰，像屏风似的挡着——桃花岩就在这三山环抱之中。山梁上杂树遮天，山沟里芳草遍地，岩壁上爬满了藤萝，好像春天的烟雾——桃花岩就在这重重翠微之中。虽然没有高堂华轩，但却有幽斋石室。虽然没有美酒佳肴，但却有园蔬黄粱。虽然日子过得寂寞，倒也清闲自在，再不受气。李白倦游归来，正需要这样一个地方，使身心得到些休息。每日里，在绿萝缭绕的石室中，读几卷书；用新鲜园蔬弄几个小菜，喝几壶酒；有时爬上坡去，望望山景；有时和对面山上下来的樵夫野老拉一阵闲话；有时也到附近寺院里去访道谈玄。附近有个隐士叫卢子顺的，弹得一手好琴，常来和李白对酌，喝到半酣之际，便弹上几曲。卢子顺弹起《悲风操》时，李白就觉得好像听见万壑松涛；卢子顺弹起《绿水曲》时，李白就觉得好像看见千顷碧波——整个身心顿时清爽异常。喝得醉了，就在院中大石头上一躺，把那天地当成衾枕。这时也顾不得讲礼了，便对客人说道："我想睡一会，你回去吧，明天再抱上琴来。"

在这种山居野处的生活中，李白悠然自得，好像真要打算终老林下。但是，当他看见春天来了，草木欣欣向荣，落花飞散在林间，白云飘落在山头，鸟儿栖息在树上，他不禁又产生"彼物皆有托，吾生独无依"的感慨。当他听完卢子顺的琴声,不禁又联想起伯牙和钟子期的故事,而发出"钟期久已没,世人无知音"的叹息。然后,自己又替自己排遣:"处世若大梦,胡为劳其生。"索性再饮几壶,再不然就高歌几曲,对着那东升的皓月。

搬到桃花岩后,许氏的身体比过去好多了。第二年生下一女,取名平阳。孩子的出世给李白的生活带来一些新的乐趣,也给李白的思想带来一次新的波动。他想到自己已经做父亲了,还一点出息都没有,且不说济苍生、安社稷,就连仰事父母,俯畜妻子的责任也未能担负起来。俗话说:坐吃山空。何况只有薄田数处,丰年还算小康之家,荒年就将入不敷出。妻子的陪奁又能贴补几年呢?孩子到了三个月上,小嘴一咧一咧地对着他笑,他感到又心疼又惭愧。

从卢子顺的闲谈中,他听说朝廷设置了十道采访使,荆州大都督府长史韩朝宗兼任山南东道采访使,道治所设在襄阳,已于三月到任。韩朝宗的令名,他耳闻已久:"生不愿封万户侯,但愿一识韩荆州。"在当时的士子中,可谓有口皆碑,一致称道他推贤进士的美德。"如今这位韩荆州和安州近在咫尺,孟浩然又和他有旧,何不去拜访他一下?也许使我颖脱而出的,就是这个人吧?"李白主意已定,便又出游襄阳。

李白到了襄阳,先去找孟浩然。他们已经几年不见了。开元

十一 高冠佩雄剑,长揖韩荆州

十七年暮春,两人在江夏分手以后,孟浩然游罢江东,即去长安;而当李白游长安时,孟浩然已回到襄阳。两人一前一后,刚好错过。但结果都是一样,一事无成。孟浩然谈起来,倒是一笑置之;而李白谈起来,犹自愤愤不平。接着李白便将这几年来所写的诗给孟浩然看了。《长相思》、《行路难》、《蜀道难》、《梁园吟》、《梁甫吟》……这一批诗歌得到孟浩然很高的评价,他认为这些诗远宗风骚,近法乐府,熔铸建安,驱遣六朝,而又自出新意,自铸伟辞——李白已经走出一条自己的道路。但是李白却说:"太上有立德,其次有立功,其次有立言——诗文毕竟是末事。何况当此盛世,我又恰值盛年,正是大丈夫建立功业的时候。诗文是少不了要写的,但我不能只在笔砚间讨生活。"于是李白便把自己想求韩朝宗荐举的事情对孟浩然讲了。孟浩然说:"我和韩朝宗交情也并不深。前几年襄阳人士为他父亲、已故襄阳太守韩思复立德政碑时,我曾参与其事,替他们撰过碑文而已。但你要去见他,倒也不难。后天的宴会,你就代我出席可也。……"

襄阳城中山公楼上,宾客满座。

这山公楼是晋时征南将军山简的遗迹。山简,字季伦,是"竹林七贤"之一山涛的儿子。放诞不羁,一如其父。镇守襄阳时,日以饮酒为乐,常常喝得酩酊大醉,反戴着帽子,倒骑着马回去。引得沿途儿童们拍手笑他,并编成歌谣来唱他。这山公楼便是山简所建,虽已三百年,但几经修葺,尚完好无恙。开窗远望,碧峰屏列,那便是岘山,上有纪念晋时太守羊祜德政的堕泪碑;清流环绕,那便是汉水,自西北而东南流入长江。古城风物,都来眼底。襄州形胜,尽入斯楼。因此山公楼便成了襄阳人士登临雅集的胜地。

新来襄阳的荆州长史兼山南东道采访使韩朝宗,正在这里宴集当地人士。群贤毕至,少长咸集,朝野豪彦,济济一堂。日色向午,才听得楼下一声高唱:"韩大人驾到!"众人忙整衣冠,肃立恭候。楼梯响处,前呼后拥,上来一人,绯袍金带,年约四十岁。比起苏颋来,官阶虽较低,年纪也较轻,但气派却大得多,使人望而生畏。他上得楼来,径至上首坐定,好像这山公楼仍是他采访使衙门一般。左右执事便来引导众人上前参见,众人也就纷纷跪拜,韩朝宗只是欠身答礼。当众人差不多已拜见完毕,却见一人头戴高冠,腰佩长剑,昂首阔步走了过来,对着韩朝宗,竟不跪拜,只是举起双手深深一揖。韩朝宗刚把眉毛一扬,左右执事已上前叱问:"为何不拜?"只听这人从容答道:"昔者,高阳酒徒郦食其,长揖汉高祖;今者峨眉布衣李白,长揖唐诸侯。况今日乃胜地雅集,并非衙署公干,我以布衣进见使君,正该长揖不拜。"左右又欲上前加以呵斥,韩朝宗却将手一挥,示意左右退下。然后望着李白微微一笑,便请大家入座。众人都惊异地看了看李白,然后低声议论了一番。有的说"倨傲",有的说"怪诞",有的说"难得韩大人雅量"……只有一

十一　高冠佩雄剑，长揖韩荆州

人自言自语说道："布衣本可不拜，僚属才非拜不可。如今大家见官就拜，不拜的人反倒显得'倨傲'、'怪诞'了。"于是在入席的时候，这人就坐在李白旁边。"请问大名？""襄阳县丞李皓。""啊，原来是少府族兄，失敬！失敬！"李白特地站起来施了一礼，才又坐下。李皓觉得李白既不倨傲，也不怪诞，倒是很容易亲近的人。

山公楼宴会以后，李白便写了一封《与韩荆州书》。

韩朝宗看了李白的书信后，派人把孟浩然请了去，对孟浩然说："令友李白才气确实不小，但是才大难用啊！"说着便把《与韩荆州书》递给孟浩然："你看，岂但我山南东道采访使衙门池塘太小，恐怕大唐天子的龙池也不够他回身呢！"孟浩然一看，信中赞扬了韩朝宗举贤任能，又表白了自己的雄心和才智，写得气势磅礴，辞采纵横。作为文章，确实使人不能不叹为观止；但作为求荐书，却未免飞扬跋扈，而且有些地方简直咄咄逼人：

……所以龙盘凤逸之士，皆欲收名定价于君侯。愿君侯不以富贵而骄之，寒贱而忽之。则三千宾中有毛遂，使白得颖脱而出，即其人焉！

……幸愿开张心颜，不以长揖见拒。必若接之以高宴，纵之以清谈，请日试万言，倚马可待。今天下以君侯为文章之司命，人物之权衡，一经品题，便作佳士。而君侯何惜阶前盈尺之地,不使白扬眉吐气,激昂青云耶?……

孟浩然看了,心里也不由得暗暗埋怨李白:"老弟啊老弟,你不求人就罢了;既有求于人,怎么能这样锋芒毕露呢?"只好对韩朝宗说:"此人确实有些不中绳墨,望君侯不要见怪。"韩朝宗说:"我倒不见怪他。只是要我向朝廷推荐他,我韩某可没有那样的胆量;要把他留在我这里,我这里的职位无非是主簿、参军,恐怕他又不愿'为五斗米折腰'。还是请他别处高就吧。"

孟浩然回来,将韩朝宗的意思婉转地告诉了李白。李白大感沮丧,没有想到他那样得意的文章,换来如此不得意的结果。孟浩然只好又劝解一番,特地将他在长安时,从王维那里听到的"七不堪"——官场中种种清规戒律,繁文缛礼,一一讲给李白听了。最后说道:"何况仕途之上,岂止'七不堪',恐怕还有'七不测'哩!与其像李斯那样,临刑时对他儿子叹息:'吾欲与汝牵黄犬出上蔡东门,不可得矣!'还不如散淡终身。退后一步自然宽。干谒无门,对我们这种人未始不是好事。"一席肺腑之言,语重心长,劝得李白无话可说,但心里总是不平。

在离开襄阳的前夕,李白在山公楼,友人们为他饯别的筵席上,喝得酩酊大醉。

对着岘山山头的夕阳,他恍惚觉得自己就是当年的山简,耳际

还听到街头小孩们的歌声和笑声。远望汉水碧绿如染,他又恍惚觉得一江春水恰似新熟的葡萄酒。突然,他狂呼大叫,醉话连篇:

"换大杯来吧!把那鸬鹚杓拿来,把那鹦鹉杯拿来!让我一天喝它三百杯,喝它一百年!……"

"你们不看见吗?岘山上的堕泪碑,已经剥落了,已经长满青苔了,羊祜的美名已成历史陈迹了!我既不为它掉泪,我也不为它伤心。盛名之下,其实难副。石碑犹且如此,口碑可想而知。……"

"哈哈,月亮上来了!多美的月亮,多好的清风,不用花一个钱,谁都可以享受。达官贵人可以享受,平民百姓也可以享受。与其到头来在咸阳市上感叹黄犬,不如在花前月下痛饮狂歌了此一生。……"

"换更大的杯子来!鸬鹚杓、鹦鹉杯也太小了!拿舒州杓、力士铛来!……啊,舒州杓,啊,力士铛,我李白要和你们同生共死,同死共生!……"

"朝廷广开才路的恩泽在哪里?诸侯推贤进士的德政在哪里?都成了空话,使人徒增悲愤罢了!"

李白终于把一腔失望和悲愤,倾泻在山公楼头,最后化为《襄阳歌》一诗,只不过运用了比兴手法,将太露骨的牢骚化作了意味深长的结语:"襄王云雨今安在?江水东流猿夜声。"

为了排忧解闷,李白向李皓借了一点钱,出游江夏。

到了江夏,心头的愤懑,依然余波未息。每一提笔,总是情不自禁地流露在笔端、纸上,在送别酬赠的诗文中,一再借他人酒杯,浇自己块垒。在《送张祖监丞之东都序》中,竟大半是发自己怀才不遇的牢骚:

吁嗟哉!仆书室坐愁,亦已久矣!每思欲遐登蓬莱,极目四海,手弄白日,顶摩青穹,挥斥幽愤,不可得也!今金骨未变,玉颜已缁,何尝不扪松伤心,抚鹤叹息?误学书剑,薄游人间。紫微九重,碧山万里。有才无命,甘于后时。刘表不用于祢衡,暂来江夏;贺循喜逢于张翰,且乐船中……

显然他是用三国时候的狂士祢衡来比自己,又用昏庸暗弱的荆州牧刘表暗指韩朝宗。主人和客人看到这里,脸上都露出尴尬的神色。没有想到本意是请李白来点缀一下芳樽华筵,他却写出如此大煞风景的文字。

酒阑人散,各奔东西。别人赴京的赴京,回衙的回衙,归山的归山,远游的远游。李白却徘徊路歧,无处可去,最后还是只有回家抱孩子。

十二　北游太原

　　李白在家正感到百无聊赖,友人元演派人送了封信来,邀他同游太原。

　　元演的父亲任太原府尹,负责镇守北方边塞;元演本人在河南亳州(谯郡)挂了个录事参军的名儿,成年四季到处转悠,恨不得让李白常年和他在一起。他要去太原省亲,也来找李白做伴儿。李白正想出游,苦于没有一大笔闲钱,疏财仗义的元演既邀他同去,来往旅费就不必操心了。他马上收拾起程,到洛阳和元演相会。

　　到了洛阳,已是五月,正是北游好天气。朋友二人渡过黄河,翻过太行山,经过泽州、潞州,走了半个月,才到了太原府。太原府既是边塞重镇,又是唐高祖的发祥地,因此在开元十一年升为北都。虽然不及东都洛阳繁华,但却另有一番风光。使李白感到和内地显著不同的,首先是骆驼特别多,南去的大都驮着皮毛,北来的大都驮着粮食和军用物资;再就是夏天不热,秋天特别早;风土人情分外古朴。太原人对他们说:"你们来得正好,黄风天刚过去,现在到处和内地一样,也是青枝绿叶。但一到八月,草木就开始枯黄了。不过秋天可是打猎的好季节。"

元演的父亲是一员驻守塞垣多年的将领。虽已年逾半百,但精神矍铄。爱子的到来使他非常高兴,爱屋及乌,对李白也很热情。他虽是桓桓虎臣,但却雅好文士,听说李白的诗和文章写得好,更是待如上宾,而且留他住了多日。"行来北京岁月深,感君贵义轻黄金。琼杯绮食青玉案,使我醉饱无归心。"——李白多年以后回忆起来还很感谢主人的盛情。

在太原期间,李白和元演游览了所有的名胜古迹。城西南的晋祠,更是他们常去的地方。晋祠是周初唐叔虞的祠庙。武王死,成王立。成王和他弟弟小虞在一起游戏,拾了一片梧桐叶,给他弟弟说:"这是玉珪,封你为侯。"史臣便请择日行封。成王说:"我是开玩笑。"史臣说:"天子无戏言。"遂封虞于唐,号唐叔虞。其子迁居晋水之旁,故又称晋侯,叔虞的祠庙亦因之称晋祠。在那里,唐叔虞的遗迹没有什么可看的,桐叶封弟的故事也没有多大意思。游客们欣赏的是那里的碧水清潭,歌台舞榭。"时时出向城西曲,晋祠流水如碧玉。浮舟弄水箫鼓鸣,微波龙鳞莎草绿。""翠娥婵娟初月辉,美人更唱舞罗衣。清风吹歌入空去,歌曲自绕行云飞。"——

十二　北游太原

李白多年以后还不忘在太原时的赏心乐事。

除了登临、游览以外,李白又屡陪玳瑁之筵,数挥麒麟之笔,刚为太原主簿李舒写了一篇送人应举赴京的序文,又被河东名士郭季鹰邀去做客,赋诗。在酒筵歌席之间,李白又以他的粲花之论,倚马之才,获得众人的惊奇和赞赏。元演父子更觉得李白的到来,简直是为边城生色,为北都增辉,而感到格外高兴。

但李白却感到寂寞。特别是在他三十五岁生日这天,从镜子里突然发现了几根白发,他不由得又愁上心来:"人生七十古来稀。此生已过去一半了,头上也始见二毛了,我的功业在哪里呢?尽管主人待我很厚,毕竟是寄人篱下,终非长久之计。"于是他突然想回内地,但一想,回内地又怎么样呢?这些年碰的钉子还少了吗?于是他又想留在太原幕府中。谁知和元演一深谈起来,才知这位府尹也有他的苦衷。由于朝廷缺乏安边上策,连年屡事征伐。将士们成年累月,枕戈待旦,冒白刃,被流矢,甚至甲胄之间生满虮虱,周身上下遍布伤疤。但是朝廷赏罚不明,劳逸不均,守边的老守边,在朝的老在朝。最后元演说道:"家父来此已经十年了,头发已经白了,看来要老死在这边塞上了。所以替我在内地弄了个差事,其实我哪里是当官儿的料?"加之元演劝他说:"吾兄来日方长,何必来此边远之地。这边塞上都是那些实在无路可走的亡命之徒才来。"李白觉得自己还不是无路可走的亡命之徒,也就把留在太原幕府的念头打消了。

在太原期间,李白又北游代州,至雁门,登长城,遥望塞外,缅怀苏武、李陵及王昭君等人和事,有诗多首,可惜都遗失了。

直到次年初秋,李白才辞别了元演父子。临行之时,府尹馈赠甚丰,既送了一领价值千金的狐裘,又送了一匹有名的"五花马",还送了一大笔盘费。竟使李白觉得自己毕竟还是有些出息,至少这次可以体体面面地回家。

回到洛阳,巧遇元丹丘从蜀中访道回来,两人晤谈甚欢。丹丘邀李白到他颍阳山居盘桓,李白却准备早些回安陆去。分手第二天,已回到颍阳的丹丘又派人送了信来,还附来南阳岑勋一首诗,诗中说是渴慕已久,机会难得,已置酒相待,请李白务必到颍阳山居一行。洛阳到颍阳不过百里之遥,朝发夕至,李白便到了元丹丘处。

颍阳山居,李白已是再次来游。和岑勋虽是初次会面,但早已从丹丘口中得知其人,身出名门,高蹈不仕。三位朋友一同登上山居背后的马岭,遥望黄河,蜿蜒东来,好像自天而降,在夕阳下,格外分明。洛阳也如在眼底,晚烟萦绕的树丛中闪着点点金光,大概就是它的宫殿。他们正指顾徘徊间,渐渐一切都在暮色笼罩之中。当他们回到山居时,月亮已出来了。李白便干脆叫把酒肴摆在院中。他们一边开怀畅饮,一边高谈阔论。谈到太原之行,李白兴高采烈地吹一通边塞风光,夸一阵太原的好酒;谈到长安之行,

十二　北游太原

　　李白愤愤不平地发一通牢骚,骂一阵张垍等人;谈到自己的前途,李白一会感慨自己头上已出现几茎白发,一会又自慰自解,大器晚成,来日方长;最后谈到写诗,岑勋求和,李白马上就写了一首《酬岑勋见寻,就元丹丘对酒相待,以诗见招》。

　　月亮更高了,也更明亮了,在山头上洒下一片清辉。酒已喝得不少,李白反拿起壶自己斟起来,而且也给元、岑二人斟上,好像他是主人似的。元丹丘怕他喝醉了,故意说:"我可没钱打酒了。"李白说:"既然请我来喝酒,又不让我喝个痛快,那可不行! 再打酒来。没钱吗? 把我的马和皮袍拿去换酒吧!"显然已经带了酒意,但他偏不承认醉。仍然连声叫小童拿酒。岑勋说:"你说你没醉,那你就再写一首诗看看。"元丹丘说:"好,而且要你最擅长的歌行。写出来,再给你喝三壶;写不出来,就请你梦见周公去吧!"李白说:"月白风清,如此良夜,谁愿去睡觉啊!"忽然又说:"我给你们跳个舞吧!"说着便跳起他从长安学来的胡舞"浑脱"来。又挥手,又顿足,又打旋,嘴里还学着羯鼓的点子,自己给自己打着拍子,从院子这头跳到院子那头。大家看得笑个不亦乐乎,连小童也跑来看热闹。正跳得酣畅,他忽然叫道:"丹丘子,拿笔写吧,诗有了!"于是一抬头便冲口而出。

　　君不见,黄河之水天上来,奔流到海不复回!

元、岑二人一听大声叫好,丹丘赶快抓起席上的纸笔书写。李白一把抹去帽子,又是两句:

君不见,高堂明镜悲白发,朝如青丝暮成雪!

元、岑二人一听:酒入愁肠,恐怕要化为悲秋调了。谁知李白抓起酒壶,满满斟了一杯,一饮而尽,接着念道:

人生得意须尽欢,莫使金樽空对月。

月光照着他的脸,分明又挂着笑容。岑勋正惊讶他转换之奇,又听他一口气往下念,如同宿构一般:

天生我材必有用,千金散尽还复来。烹羊宰牛且为乐,会须一饮三百杯。

丹丘笑着说:"山居寒舍,哪有如此阔绰的筵席?"岑勋笑着说:"写诗不妨气派一点。"只听李白叫道:"岑夫子,丹丘生,"同时给他们两人杯中斟上酒:

十二　北游太原

将①进酒,君莫停。与君歌一曲,请君为我倾耳听。

元丹丘说:"听着哩!"岑勋说:"贤弟有何见教?"李白作诗竟和对人说话一般:

钟鼓馔玉不足贵,但愿长醉不复醒。

元丹丘边写边想:"不是正高兴着吗?怎么一下又说出这样颓唐的话来?"

古来圣贤皆寂寞,唯有饮者留其名。

岑勋笑着问道:"不知语出何典?"李白把虎眼一瞪答道:"语出我典!若字字句句都要有来历,那六经都是杜撰。"丹丘巴不得他们闲扯几句,自己好歇一歇手。谁知李白又接着念下去,说他没典,他就用起典来了:

---

① 将,音锵,请也。

李　白　传

　　陈王昔时宴平乐,斗酒十千恣欢谑。

岑勋一听,知道他用的是曹植《名都篇》:"归来宴平乐,美酒斗十千。"便说:"你我布衣,怎能比陈思王!"李白说:"想那曹植,本有经国之才,怎奈被弃置不用,只有靠喝酒打发日子,我辈亦如此也!拿他比我们,有何不可?"元丹丘说:"诗才逸兴比得,阿堵物可比不得。"李白便又脱口而出:

　　主人何为言少钱?径须沽取对君酌。五花马,千金裘,呼儿将出换美酒,与尔同销万古愁。

岑勋正在奇怪:分明是借酒浇愁,却又如此旷达、豪迈,令人心胸开阔,真是不可思议。只听得李白一边大喊:"拿酒来。"一边踉跄几步就跌倒在元丹丘的药圃里。他们才知道诗已经结束,而李白也确实醉了。

　　第二天李白一起来就匆匆告辞而去,丹丘这才想起昨夜的诗还没有题目,连忙打发小童赶下山去。小童回来说,李白已经上马扬鞭,只听他说了个:"请喝酒。"马就跑开了。丹丘说:"哦,题目就在诗中。"岑勋也说:"就是《将进酒》。"

　　岑勋和丹丘谈起李白这首诗来,都一致感到这首诗非悲、非

十二　北游太原

喜,非哀,非乐;又觉得亦悲,亦喜,亦哀,亦乐。岑勋说:"使人如入诸葛孔明八阵图,方以为正,忽又是奇,方以为奇,忽又是正。奇正变幻,不可端倪。不知太白诗法何以如此高妙?"元丹丘说:"此诗之成,你我眼见。脱口而出,何曾考虑诗法?信手拈来,哪里顾得布阵?"岑勋说:"那就是天生的了?"元丹丘说:"但他早年之作也并非如此。据我看来,此兄生逢盛世,怀抱不羁之才,感情既富,见闻又广,其胸中自有无限喜怒哀乐。哀乐之极,啼笑无端;啼笑之极,言语无端,所以涌出这种疯疯癫癫的诗来。此乃太白半生经历酿成的五味酒啊!"说毕,两人大笑一阵,又为李白叹息一番。

李白回到家中,平阳已经三岁了。李白一把抱起她来,竟把她吓哭了。妈妈闻声出来说道:"月儿,这是爸爸呀!"李白赶快把他在洛阳买的一副小银镯子掏出来给女儿戴上,又把在洛阳买的衣料抖开来给夫人欣赏,然后把母女俩一齐抱了起来。

十三　南游江淮

　　当北斗星的斗柄指向东方,大地上又是一年春降。幽谷里兰丛抽蕊,小河中绿波荡漾。试登高望远,见萋萋芳草,像整齐的绒毯铺向远方。

　　我的心旌摇摇,像春风飘飘。我理想的美人啊,到哪里去寻找?我盼望的佳期啊,为何还是这样杳杳?

　　我曾经在长江边上准备把芬芳的瑶草捧献;我曾经在汉水湾里编织过美丽的花环。我曾经在岘山之北把那里的游女追求;我曾经在洞庭之南洒下相思的眼泪点点斑斑。我曾经在淇水上把远方的伊人想念;我曾经朝朝暮暮伫立在阳台之下,梦想神女下凡。可是春天已快过完了,我的美梦还没有实现。我的眼呀快穿,我的心呀缭乱,我的惆怅呀无限!

　　河水啊,你为什么流得这样慌?春天啊,你为什么去得这

十三　南游江淮

样忙？白发啊,你为什么这样早就出现在我头上？我恨不能用一根长绳抛上天去,拴住那向西飞奔的太阳！①

……

开元二十六年春,三十八岁的李白站在白兆山桃花岩的最高处,心潮澎湃,文思汹涌。回到岩下石室,他的书斋中,提笔一挥而就,写成了他的《惜余春赋》。

第二个孩子——儿子伯禽——的出世,又给李白带来一番欢喜:"哈哈,无官一身轻,有子万事足！"同时,也又给李白带来一番烦恼:"唉唉,儿女成双,年近不惑,前途依然杳茫,八字未见一撇。怎么办呢？"唯有借诗酒消愁。他写了一首《短歌行》,又写了一首《长歌行》；写了一首《愁阳春赋》,又写了一首《惜余春赋》……首首都是感叹青春将逝而功业未立。再不然就抱着酒壶,一壶,一壶,又一壶,直喝到酩酊大醉。酒醒以后,面对妻子儿女,自己越发感到惭愧。

"难道我就这样了此一生？"于是李白拍案而起,决心要进行一次"万里征"。他要出游江淮,要把淮南道和江南道几十个州——大唐帝国的腹心地带——都跑个遍,不信找不到一个伯乐,不信找

---

① 李白《惜余春赋》译意。此赋运用比兴手法,以旷男求偶之情,写君臣遇合之梦。

不到一条通天的路。

他先到南阳去访崔宗之。宗之是已故宰相崔日用的儿子,时任礼部郎中,官居从五品,因丁忧之故,闲居家中。二人早在几年前就已相识,并互相赠诗,各表倾慕之情。李白称宗之:"崔公生民秀,缅邈青云姿。制作参造化,托讽含神祇。"宗之称李白:"袖有匕首剑,怀中茂陵书。双眸光照人,词赋凌《子虚》。"李白此次来访,是想和宗之谈谈他的万里之行,希望得到他的资助。但是"饱汉不知饿汉饥",宗之却邀请李白去他家的嵩阳别业盘桓。

李白只好去颍阳山居找他的挚友元丹丘,向丹丘谈了他的计划和他的苦恼,最后说道:"我与你虽非骨肉,但情同手足,殊身同心,誓老云海。但我功未成而身先退,实不甘心。待我这一趟跑了回来,若仍无结果,我也就只有认命了。"丹丘深知李白,对他的万里之行既不鼓励,也不劝阻,只尽力之所及,资助了李白一笔盘费。丹丘的资助自然远远不够,其余的就要靠李白自己走着瞧了。好在开元年间府库丰盈,朱门官邸有的是浪酒闲茶。凭着李白不大不小的名气和倚马可待的捷才,给这个县令、县丞写首诗,给那个刺史、长史作篇序,按规矩,他们就会留他住个十天半月,临行还会送个千儿八百盘费。这一则表示诸侯们礼贤好士之风,二则官员们在宴饮行乐之际,除了歌女舞妓之外,也需要个把骚人墨客添一点雅兴。所以并非腰缠万贯的李白也敢于作万里之行。

十三 南游江淮

李白辞别元丹丘后,东南行至陈州。这陈州是陈王曹植的封地,可是李白并未遇到像曹植那样的贤王,却结交了一个叫侯十一的落魄公子。因意气相投,便频频做东邀侯同游,只图快意一时。不到半月,两人便都靠啃烧饼度日。李白一边啃烧饼,一边讲孔子在陈绝粮的故事:"圣人犹且如此,我辈受点穷困算什么?"最后,李白解下身边宝剑送进当铺,换了点钱,还分给侯十一一半,然后各奔东西。

李白行至宋州,宋城县令是他的故人,招待他住了好些日子。但当李白谈起报国壮志来,这位县令却爱莫能助。"且不说我这七品芝麻官无权向朝廷推荐非常之士,就算我是五品刺史、六品长史也无能为力呀!朝廷近年来重武轻文了,谁要能到边塞上去攻城略地,斩将搴旗,就不愁功名富贵。否则任你才高八斗,学富五车,也难有出头之日。"王县令一席话给李白泼了一大盆冷水,但李白仍是半信半疑:"曾几何时,世事已经变成这样了么?"他不管三七二十一,决定仍然走下去。

李白便又折向东南,经徐州而至泗州。这泗州有个下邳县,下邳城外有个圯桥,就是张良遇见黄石公的地方。李白来到圯桥上,缅怀先贤,钦慕不已。他多么希望也能遇见黄石公一类的奇人,授他以秘籍,助他成其大业。但他在圯桥上站了半天,只见桥下流水,到哪里去找黄石公呢?

李白继续南下到了楚州。这楚州就是汉代的淮阴郡，一代名将韩信的故乡。李白早在十余年前落魄长安时，就曾自比韩信。而今来到淮阴市上，虽未受人胯下之辱，却遇到一个"漂母"用了一壶酒和一只鸡招待他。这就使李白越发感到自己像当年的韩信。但是项王在哪里呢？汉王又在哪里呢？

　　李白虽未遇到刘、项之类的人物，却在楚州的一个小县安宜，得到一位贤县令的极热情的接待，把他留下住了三个多月，从头年冬天到次年春天。但是除此之外，一个小县的县令还能为他做什么呢？

　　当李白南下扬州时，已是开元二十七年初夏了。扬州是他十年前旧游之地，虽然仍是青山隐隐，绿水悠悠，遍地园林，满耳笙歌，但社会风气却大不一样了。只见一群群少年游侠，穿绸挂缎，趾高气扬。白日行猎，黑夜聚赌。三千五千，只不过是他们的一夕酒资。十万八万，也可能是他们的几次赌注。州县里待他们如上宾，王侯们和他们交朋友。因为他们今天是内地的游侠，明天就是边塞上的将军，说不定还可能紫袍玉带朝见天子呢！

　　李白重游金陵也是如此。州县里虽然接待了他，但和接待那些游侠截然不同。人家住的是头等宾馆，他住的是三等客舍。人家吃的是上等伙食，鸡鸭鱼肉都吃厌了；他吃的是普通饭菜，有点荤腥也是点缀。至于请求荐举就不用提了。

十三　南游江淮

　　李白听说有一个本家从侄李良在杭州当刺史,便不远千里前去投奔。满以为这一次不但用度不愁,而且荐举之事也有了指望。结果,李良让他跟着游了一次天竺寺,他便写了一首诗。李良一看题目《与从侄杭州刺史良游天竺寺》,便大不自在。虽然当面不好发作,但过后却对他左右说:"此人太不知高低。谁是他从侄?只不过都姓李罢了。打发他几个钱,叫他走吧!"第二天,刺史便带上两个歌妓游会稽去了。

　　李白返至金陵,然后就溯江而上。行至当涂县境,已是夜深。船只停泊在牛渚矶下,一轮秋月,高挂天空。李白伫立船头,前思后想。离家已经一年有余,竟然一无所获,不觉仰天长叹。忽见牛渚矶高峙江岸,陡然想起这里正是晋代镇西将军谢尚识拔袁宏的地方。袁宏,小字虎,少时家贫,为人驾船运货,夜泊矶下。恰好谢尚月夜泛江,听见货船中有人高声吟咏,诗意新颖,情致非凡,便派人去打听,原来是袁宏在朗诵他自作的《咏史诗》。谢尚马上请他过船相见,大加赞赏,并用为佐吏。从此袁宏声誉鹊起,后遂成为一代名士。"我也能高咏呀,我的诗也不在袁宏之下呀,为什么我就遇不上谢将军呢?"于是李白口占《夜泊牛渚怀古》五律一首:

　　　　牛渚西江夜,青天无片云。登舟望秋月,空忆谢将军。余亦能高咏,斯人不可闻。明朝挂帆席,枫叶落纷纷。

李白继续溯江西上,直至荆州。荆州主人虽然好客,也是留他多住了些日子,多送了些盘费,至于他怀才不遇的愁肠,有志难申的苦心,别人却充耳不闻。

秋深岁晚,李白正欲北返安陆,却在洞庭湖畔古称巴陵郡的岳州遇见了王昌龄。

王昌龄比李白年长十来岁。当李白刚离开蜀中时,昌龄已考上进士,踏上仕途,并有了"诗家夫子"之称,特别是他的七绝更是脍炙人口。李白浪迹长安时,就听见过歌女们唱他的《闺怨》:"闺中少妇不知愁,春日凝妆上翠楼。忽见陌头杨柳色,悔教夫婿觅封侯。"李白买醉洛阳时,又听见士人们传诵他的《出塞》:"秦时明月汉时关,万里长征人未还。但使龙城飞将在,不教胡马度阴山。"王昌龄也早已听人传诵过李白的《蜀道难》、《将进酒》等乐府诗篇。二人相闻已久,只是缘悭一面。这次在黄鹤楼中不期而遇,虽是初次相见,却如故人重逢。抵掌促膝,互诉衷情,李白才知昌龄是在贬谪途中。

原来,昌龄虽然早已登科入仕,却多年沉沦下僚。进士及第后,授河南汜水县尉。这九品县尉之职只比衙役稍强,每日里拜迎长官,恭候差遣,有时免不了还要鞭挞黎庶。这样的差事,昌龄实在干不下去,便去考上了博学宏词科,进了秘书省,当了校书郎。

十三　南游江淮

这校书郎虽然也仍是九品，每日里也不过校对一些等因奉此的文书，但名义上却比县尉好听得多，时人称之为"折桂枝"、"坐芸阁"、"登蓬山"云云。昌龄开头倒也高兴了一阵子，待干了几年以后，才知道这秘书省实际上是养老院。即使熬到头发胡子白完，封了顶，当了三品秘书监，也不过像老诗人贺知章那样，闲散以终。正在盛年而又心怀壮志的昌龄岂甘如此虚度一生？何况又有几人能到贺监那样的地位？多数人进了秘书省就是当一辈子书鱼了事。昌龄正对校书郎之职感到厌倦，不料朝中发生了一起骇人听闻的事。监察御史周子谅上书弹劾宰相李林甫引荐的牛仙客，只知唯唯诺诺，不是副相之才，竟然触怒了龙颜，几乎当场被打死在朝堂之上。张九龄仅仅因为是周子谅的荐举人，竟被罢去了宰相之职。从此以后，李林甫一人大权独揽，谄上骄下。朝中众官皆求容身保位，无复直言。昌龄虽然官居末品，却是心忧天下。眼见朝政日非，自己的前途也越发黯淡，内心苦闷，与日俱增，便不免时时到街头买醉。一次因宿酒未醒，误了当值。此事贺监本已从轻处理，李林甫却以昌龄位卑名高，故意轻罪重判，贬谪岭南。

李白听到朝中发生的事，固然感到惊讶，对昌龄的遭遇也愤愤不平；他自己十余年遍干诸侯，历抵卿相，一直毫无结果，也是满肚子苦水。但是开元之治在他心里激起的热情难以冷却，他的君臣遇合之梦也太深沉了。尽管这次江淮之行，耗时两年，行程数千，一路行来耳闻目睹,确实是:"衣冠半是征战士,穷儒浪作林泉民。"但他仍不灰心,仍不"认命",反而有了新主意:"朝廷重武轻文么?我可不是白首穷经的鲁儒生,而是胸有韬略的楚壮士——韩信。朝廷奖励边功么?我自有安边的上上策。《孙子兵法》说得好:'百战百胜,非善之善者也;不战而屈人之兵,善之善者也!'所以古代名将李牧、李广都是持重安边,讲究不战而胜,四夷自然不敢入侵。哪像现在一些邀功之徒,轻启边衅,滥事征伐,结果适得其反。今天的捷报就是明天的祸根。这样下去,国事堪忧啊!"于是李白有了给朝廷上书的念头。因此当昌龄劝他到河南叶县石门山中去隐居时,他哪里听得进去,反而在酬答诗中写道:"耻学琅邪人,龙蟠事躬耕。欲献济时策,建功及春荣。"连高卧隆中的诸葛亮都不愿学了,等不及了。

昌龄见劝他不醒,自己是有罪之身,也就不敢再往下深说。只好在分手时写了一首《巴陵送李十二》,留给李白自己去体会:

  摇曳巴陵洲渚分,清江传语便风闻。山长不见秋城色,日暮蒹葭空水云。

李白虽然性格豪爽,毕竟粗中有细,何况他自己是惯用比兴的诗人。他仔细玩味了这首小诗,充分体会了诗中的深意。"秋城",

语出刘歆《甘泉宫赋》："轶陵阴之地室,过阳谷之秋城。"代指长安。"蒹葭",《诗·秦风》篇名,其首章云:"蒹葭苍苍,白露为霜。所谓伊人,在水一方。溯洄从之,道阻且长。溯游从之,宛在水中央。"似此,则昌龄诗的后两句显然是:山长水阔,不见长安;暮色苍茫,空有水云。其言外之意自然就是:伊人难觅了!李白一想:"是啊,开元十三年我去蜀出峡,可谓'溯游从之';此次江淮之行,可谓'溯洄从之'。但我几乎跑遍了中国,何曾见到伊人?……难道我终将不能与她遇合么?"

李白虽然仍有些怀疑昌龄过分悲观,但总算有了些戒心,未敢贸然去给朝廷上书。

十四　移家东鲁

李白岁暮回到家中,才知许氏已病了多日。他连忙问了病情,看了医生处方。许氏显然是产后虚损,更兼操劳过度,所以吃药总不见效。孩子们也是黄皮寡瘦,显然是营养不良。李白愧悔交加:他惭愧上不能报效国家,下不能封妻荫子,更后悔长期在外漂流,未能稍尽人夫、人父之责。第二天他便向友人借了一些钱来,决心给母子们补养补养。他认为"药补不如食补",每日里不是炖鸡,便是炖鸭;不是烹牛,便是宰羊;烧狗肉更是他亲自动手。他和孩子们倒是吃得不亦乐乎,而许氏却是虚极不受补,不但未见好转,反而日渐沉重。拖了半年,竟至不起。许氏的死自然使李白悲痛不已,但更使他抱恨无穷:她为他茹苦含辛十年,他却使她白白指望一世。

许氏病故以后,安陆再没有什么使李白留恋的,他便把几十亩

十四　移家东鲁

山地卖了,带上五岁的女儿,两岁的儿子,还有丹砂和碧桃,迁往东鲁。

东鲁即兖州,古称鲁郡,下辖瑕丘、曲阜、任城等十一个县,州(郡)治在瑕丘。鲁境七百余里,北有泰岱巍峨,南有巨浸汪洋,更有汶、泗诸水流贯东西,自古为膏腴之地,由来是礼仪之乡。

李白之所以移家东鲁,首先是因为他有一个远房叔父在任城当县令,还有两三个远房兄弟在瑕丘等县当佐吏。诸人虽非至亲骨肉,总算是陇西李氏之族,好歹有个挨靠。

李白之所以移家东鲁,还因为他打算跟裴将军学剑术,由此博取功名。此时裴将军正在丁忧期中,闲居东鲁。金吾将军裴旻,开元前期曾随信安王西征吐蕃,北伐奚胡,屡建军功,颇蒙恩宠,尤以剑术著称于世,与吴道子的绘画、张旭的草书,并称"三绝"。李白慕名已久,惜无缘相见。当他北游太原,南游江淮以后,眼见"衣冠半是征战士",深感"穷儒浪作林泉民";又耳闻朝廷有诏,于德行、文学之外,颇重"军谋将略"、"绝艺奇技",于是便有了弃文就武之心。心想自己在剑术方面本有相当基础,跟上裴旻再事深造,必有出息,说不定也可以见赏于天子。主意已定,他便致书裴旻,首述仰慕之情,次叙干谒之意,最后写道:"愿出将军门下。"

李白到东鲁后,顾不得安顿家小,让他们暂时寄住任城六叔家中,自己便去拜访裴旻。

李白来得正巧,恰逢吴道子也在裴旻处做客。吴道子是应老友裴旻的邀请,来为亡灵修建功德,作一幅壁画。

吴道子说:"我多时不作画了。今日作画须请你先舞一趟剑,为我壮壮心魄。"裴旻说:"我也多时不舞剑了。为了助你神思,我就抛砖引玉吧。"于是裴旻命人在庭前摆开酒席,在粉壁前放好笔墨,并命门人弟子都来观看,又特地请李白入座,显然把他当做客人。酒过三巡,裴旻起身离席,脱去外衣,换上戎装,走至院中,翻身上马。先在院子里骑着马跑了几圈,然后唰的一声抽出剑来,在马上挥舞开了。一开始就如闪电旋风,令人目不暇瞬;加上骏马驰骋如飞,更如急雷震霆,令人惊心动魄。

裴旻忽然将马带住,然后将宝剑往空中一掷,只见那柄剑好像一道电光腾起,竟不知去向。大家正仰面朝天寻觅,裴旻却拿剑鞘一招,那柄剑又像一条白蛇似的蹿将下来,飕的一声,钻入剑鞘之中。围观的人都激动得战栗不已,半天才回过神来。

裴旻回到席上,李白刚给他斟上酒,却见吴道子起身离席,抓起笔来,走向粉壁,两个侍者赶快捧着墨海跟了上去。吴道子一抬手,他的笔也和裴旻的剑一样,势凌风雨,气做烟霞。接二连三的铁画银钩便出现在粉壁上,霎时铁画银钩变成了人物的须发、眉目、手足、衣服。那须发好像在飘动,那眉目好像在顾盼,那手足好像在指画,那衣带好像被一阵微风吹起。转眼之间,粉壁上便出现

十四　移家东鲁

了一群人物,一个个栩栩如生,呼之欲出。围观的人看得也是凝神屏息,如醉如痴。

李白亲眼看了这两项绝艺奇技之后。更是心悦诚服,决心以剑术名家,然后由此出身。但裴旻虽然热情款待,却一直不说传授剑术的话。李白几次提起,裴旻都拿话岔开了。李白心中纳闷,怀疑裴旻看不起他。但裴旻的侄子裴仲堪却分明对他很好,李白也很赏识仲堪。其人倜傥不羁,任侠仗义,崛起海岱之间,常为人排难解纷。故二人相识不久便推心置腹,李白才知道裴旻的苦衷。据裴仲堪说,他叔父不仅精于剑术,而且深于兵法,本是一位智勇过人的将领。从前镇守边塞,曾立下不少战功。但为主将所忌,屈居人下,有志难伸。因此未到五十岁,就解甲归田。几年前蒙皇帝在东都召见,看了他的表演,赏赐了不少东西。回来以后,他越发消沉。家人问了他多次,他才说:"我空有一身本领,不能扬国威,安四境,只落得供人观赏,几同俳优杂戏,焉得不令人惆怅!"从此便不再愿授徒传艺。最后,裴仲堪又说:"我也空传了他的剑术,至今无用。兄长大器晚成,何必急于一时,投此末路?还是让我跟你学诗吧!"李白苦笑道:"原来家家都有一本难念的经,我这本经恐怕更难念。"

李白学剑不成,长期寄居任城六叔家中也不是办法,何况这位县令快要秩满归京了。他只好求助于两位远房兄弟,在瑕丘任主簿的李冽和在单父任主簿的李凝。在李冽和李凝的帮助之下，李白在瑕丘东门外泗水西岸的沙丘之旁，置了一处房屋，一楼一底带个小院；又在泗水东岸的南陵村中置了十来亩田地，交与丹砂夫妇料理，两个孩子也住在那边。两处相距十里左右，中间隔着一条泗水，有一带石筑的堤坝可通行人。堤坝名叫金口，"金口秋光"是兖州有名的八景之一。东鲁有名的古迹尧祠，当地俗称尧王墓，也在金口坝的东南数里之地。相传始建于汉代，扩建于初唐，有高丘接云、长杨拂地、石门喷泉、白鸥飞雪……诸景，是一个登临游览的胜地。总而言之，李白对他的东鲁新居相当满意。美中不足的是：中年丧妻，鳏居无偶。

无巧不成书！李白正有关雎之思，东邻恰是窈窕之女。那姑娘窗下种着一棵海石榴，这海石榴可是一种稀罕的植物，乃渤海之东新罗国所产。它比中国的石榴树高大，叶子和花也随之大许多，特别是那盛开的花朵好像一团团火球在空中燃烧。何况还有一阵阵清香飘过墙来，又恰恰飘进李白楼上的书斋。李白每天一打开窗子就望见它和它的主人。它的主人每天对着窗子理完云鬓，贴罢花钿，也总要朝这边窗子张望，或侧耳倾听。有一次她听见李白吟诵《将进酒》，竟大胆地望着李白嫣然一笑。虽是中人之姿，却有天然风韵。这一来，那棵海石榴便好像长在了李白的心上，朵朵榴花也好像在心中燃烧。他多希望自己能够变成靠东窗的一枝，那

十四 移家东鲁

一枝垂下来就可以拂着那姑娘的罗衣。终于有一天,李白把这种爱慕之情写成了一首诗:

> 鲁女东窗下,海榴世所希。珊瑚映绿水,未足比光辉。清香随风发,落日好鸟归。愿为东南枝,低举拂罗衣。无由一攀折,引领望金扉。

诗成之后,李白只顾寻思如何交到姑娘手中,便未多作考虑。抬头忽见壁上弓箭,自以为得计,竟弯弓搭箭将诗笺射了过去。不料用力过猛,却射到东邻的东邻,落入另一家人院中。这家主人偏偏是李白嘲笑过的一个老儒生。其实李白对于志在经国济世的孔子、孟子以及后世的大儒都是很尊敬的,但就是看不起白首穷经、死守章句的小儒,特别讨厌他们身着汉时的褒衣博带,道貌岸然,以圣人之徒自居,却是欺世盗名之徒。所以李白写过一首《嘲鲁儒》。这首诗得罪了一大批儒生,东邻的老儒生就是他们的领袖。于是李白咏海石榴一诗便闹得满城风雨。何至如此呢?原来邻女是有夫之妇,难怪别人振振有词,尽管她丈夫往新罗经商已多年杳无音信。

此事县主簿李凝不便出面,李白只好去找裴仲堪。仲堪说:"小事一桩,我自会调停。但你不该在孔孟之乡嘲鲁儒,连我们海岱豪侠也得让他们三分。只有委屈你出去暂避一时。"说罢,便安排李白到兖州东北的徂徕山,诗人孔巢父的幽栖之地去住了一个时期。孔巢父等人都是怀才抱艺之士,也是因为入仕无门,便知难而退,好在徂徕山中都各有祖业,各有退路。李白在此与巢父等人倒是十分相得,日子也过得悠闲自在。附近的人都称他们为"竹溪六逸"。但即使是隐居也是寄人篱下,李白何能甘心?所以邻女事件一平息,他便回到瑕丘。并在亲友们撮合之下,娶了一个姓刘的寡妇。

开始,那刘氏听说李白是个王孙公子,又是著名诗人,走到哪里都有人招待;南陵村中还有田产,因此十分愿意。嫁过来一看,才知李白两袖清风,一屁股酒债,那点田产只够丹砂夫妇和两个孩子的生活,还得春耕、夏耘、秋收、冬藏,一年到头辛苦地劳动。"我究竟图个啥嘛!"那妇人便开始抱怨起来,甚至指鸡骂狗,摔锅拌碗。李白安慰她说:"你别嫌我穷,我是时运未到。你且忍受些,待我将来有了出头之日,……"不等李白说完,她便骂了起来:"等你出头,谁知哪年哪月?修得庙来鬼都老了!"李白只好不理她,闹得厉害了,李白便到南陵田舍去住些时候;更多的时候是出去漫游,何况他本来需要寄食四方。

州县里有头有脸的官吏们对李白的干谒多是敷衍了事,倒是一个没品没衔的中都小吏给他以莫大温暖。中都是兖州西北的一

十四　移家东鲁

个小县。李白一个人在逆旅之中,正郁郁寡欢,忽见店小二来报,有故人相访。李白正在寻思是谁,只见一个三十上下的青年人,右手提了两尾鲜鱼,左手提了一坛黄酒,走了进来。李白一看,并不认识。那人把东西放下,朝着李白深深一揖,自称"中都县小吏逢七朗",并指着他送来的东西说:"些许土产,不成敬意,略表寸心。"李白又把他细看了一下,还是不认识,便说:"我和先生萍水相逢,怎好接受馈赠?"逢七朗笑了笑说:"我和先生有旧,怎说是萍水相逢?"李白把他端详了半天,还是不认识。正欲询其所以,只听逢七朗不慌不忙说道:"在下自弱冠以来,即诵先生之诗,仰先生之名,诗卷中日日相见,口碑中处处相逢,岂不是和先生有旧吗?"李白一听,呵呵大笑:"原来如此!你老弟算得是一个豪俊之士,我也就不和你客气了。"于是吩咐店小二赶快收拾出来,饱餐了一顿,痛饮了一番。逢七朗早已把笔墨纸砚准备现成,请李白留诗一首作纪念,李白提笔便写道:

鲁酒若琥珀,汶鱼紫锦鳞。山东豪吏有俊气,手携此物赠远人。意气相倾两相顾,斗酒双鱼表情愫。双鳃呀呷鳍鬣张,跋刺银盘欲飞去。呼儿拂机霜刃挥,红肥花落白雪霏。为君下箸一餐饱,醉著金鞍上马归。

写了一首,意犹未尽,接着又写了一首:

>兰陵美酒郁金香,玉碗盛来琥珀光。但使主人能醉客,不知何处是他乡。

逢七朗如获至宝,不胜欢喜。临别时,他扶李白上了马,又送了李白一程,并对李白说道:"像我这样的'故人',先生随处都可以遇到,愿先生勿以眼前的穷通荣辱为念。"

十五　再入长安(一)

开元二十九年(741)的春天,终南山道教胜地楼观台,锣鼓喧天,钟磬齐鸣,红烛高烧,香烟缭绕。身着紫袍玉带、绯袍金带、绿袍银带的官员们正在这里迎接玄元皇帝①老子的真容。

据说是老子给他的裔孙李隆基托了一个梦,告诉他说:"我有真容在长安西南百余里,你派人迎到京师来,保你天下太平,万寿无疆。"玄宗马上派了左相牛仙客等人去找,果然在楼观台,传说是老子讲经的地方,找到了一个紫檀匣子,匣子里藏着一幅画像,上面画着一个身骑青牛、手持麈尾的白胡子老头。大家一看,这就是了,便用专车载上,请回京师。右相李林甫又率领一大批官员到金光门外迎接,并一直护送进兴庆宫。紧接着就在大宁坊扩建了原

---

① 唐以老子为始祖,高宗时追封为太上玄元皇帝。

有的玄元皇帝庙,将老子真容迎置其中。后来又将玄元皇帝庙改为紫极宫。

不久又有陈王府的参军田同秀上奏,说他在丹凤门大街上看见老子显圣,空中传语,有灵符一道,在函谷关尹喜故居中。玄宗派人去找,果然又找到一道灵符,上书"圣寿千年"四个大字。田同秀因此连升三级。

于是,玄宗就在第二年的正月初一,登上兴庆宫的勤政楼,受群臣朝贺,并因此改元"天宝"。天下诸州改称郡,刺史改称太守。

老子不但给玄宗托了一个梦,而且几乎同时给玉真公主也托了一个梦,要她到亳州(谯郡)真源宫去朝拜他这位老祖宗,然后再到王屋山顶的天坛去接受道箓。玄宗当即批准,并诏令天下道门龙凤来集京师,准备随玉真公主出行。

因此,李白的挚友元丹丘就在开元二十九年秋冬之际接到赴京的诏令。

李白闻讯,连忙赶到元丹丘的颍阳山居。他一来是道喜,二来是送行,三来是对这位即将入朝的挚友抱有厚望。两人见面,寒暄已毕,李白便坐下来,对着镜子,镊他鬓边星星点点的白发。丹丘好生奇怪:"你不过是早生华发,始见二毛,拔它怎的?"李白答道:"正是因为刚四十岁出头,我才要拔掉它。如果已是繁霜满鬓,也就不作此想了。"一边说着,一边又坐到丹丘书案前,提起笔来,写

十五 再入长安(一)

了一首《秋日炼药院镊白发赠元六兄林宗》。丹丘一看,立即心领神会,原来李白是借镊白发表示其年未老,尚有用世之心,分明是托他入朝后设法引荐。便说道:"贤弟素志,愚兄早知。你我二人,异姓天伦,何须嘱咐?我此番赴京,虽不能面圣,但随侍玉真,托她转荐,机会想必是有的。"数日后,两人置酒话别。席间,丹丘为李白吹笙,别情依依,仙音袅袅;李白为丹丘赋诗,又是一番嘱托,意在言外。临别时,丹丘满有把握地说道:"贤弟且返东鲁家中,静候佳音可也。"

李白返家后度日如年。他明知丹丘入京后还有一番耽搁,明年开春后方能随玉真出行;数月后方能返京,引荐之事一时不会有结果。他必须耐心等待,但他却难以安静。一时兴高采烈,手舞足蹈;一时又垂头丧气,长吁短叹。刘氏看了,莫名其妙:"你是怎的:是药吃错了,还是穷疯了?"李白由于"天机"不可泄漏,守口如瓶,受了刘氏嘲弄也不答理,只把那汉代大儒朱买臣的故事用来安慰自己:"想那买臣满腹经纶,却穷得来打柴卖,也受老婆嫌弃哩!后来终于当了会稽太守。他老婆愧悔莫及,自缢而死。"想到这里,抬头白了刘氏一眼,意思是说:"到那时,看你有何面目见我?"可没敢吱声。

李白挨到第二年四月,还不见丹丘有消息来。为了排遣心绪,也为了躲避刘氏烦扰,他便上了泰山。

元丹丘果然不负挚友之托,李白终于在天宝元年八月,四十二岁之时,接到朝廷召他入京的诏书。

他立即收拾启程,行前特地到南陵田舍去看了孩子。尽管刘氏不再叫他"老李",已改口称他"老爷",他仍同平阳、伯禽两姊弟和丹砂、碧桃两夫妇度过了平生最得意的一天,并写了《南陵别儿童入京》一诗:

> 白酒新熟山中归,黄鸡啄黍秋正肥。呼童烹鸡酌白酒,儿女嬉笑牵人衣。高歌取酒还自慰,起舞落日争光辉。游说万乘苦不早,著鞭跨马涉远道。会稽愚妇轻买臣,余亦辞家西入秦。仰天大笑出门去,我辈岂是蓬蒿人!

春风得意马蹄疾,从东鲁到西秦两千余里,李白十天就赶到了长安。拿上朝廷征召他的文书,径直来到专门接待四方宾客的招贤馆住下,等候召见。

在等候召见的日子里,李白将他在旅途中反复构思的《宣唐鸿猷》,关于祖述太宗,宪章贞观,慎始慎终,清除时弊的十大条款,写了出来,改了又改,最后缮写整齐,收拾妥当。

在等候召见的日子里,一天李白来到城东北的大宁坊紫极宫。李白已是再次来游,见寺内外比起十三年前越发宏敞和辉

十五 再入长安(一)

煌。自大门至大殿前的甬道加宽了,而且由碎石铺砌改为特制的青砖铺砌,更显得平坦整齐。院墙之内,遍植松竹,以象仙居。大殿油漆一新,殿上老子一气化三清的塑像也重换金身。游人们传说着前不久皇上来此拜谒的盛况,宫门匾额上的"琼华"二字就是御笔亲题。大殿后面又新建了一座八卦亭,亭上八根石柱,是八条活灵活现的金龙,全由整个石材雕刻而成。亭内中央是一座高台,台上立着一个龛子,龛子里面就是从楼观台发现的老子真容。李白一看,差一点脱口而出:"这不是吴道子的笔墨吗?"他想到吴道子自从召入内廷以后,非有诏命,不得作画。"难道李老君会请吴道子写真吗?"李白好生奇怪。

李白内外瞻仰已毕,正往出走,却见大门上进来一人,鹤发童颜,便衣布履,拄着一根筇竹杖,活像一个老寿星下了凡。李白不禁驻足观看,谁知"老寿星"也驻足看他。李白欲待上前请问姓名,又不好造次,只好看着筇竹杖说:"此乃临邛山中千年之物!"老寿星也就和他搭起白来:"你是蜀郡人吗?尊姓大名?"李白答道:"不敢,晚生蜀人李白。"那老人一听,拍掌大笑道:"嘀,嘀,嘀,你就是李太白。可是奉诏前来?老夫就是贺知章,你也听说过吗?"李白连忙倒身下拜,连称"久仰"。

贺知章也连忙扶起他来,拉着他的手,一同来到紫极宫客堂坐下。道士献茶过了,二人寒暄已毕。李白说道:"我小时候就读过你老的诗,至今还记得哩!"说着便背诵了一首《咏柳》:"碧玉妆成一树高,万条垂下绿丝绦。不知细叶谁裁出?二月春风似剪刀。"贺知章捋着银须,呵呵笑道:"你把老夫的山歌小调背得这样熟!"便问李白可有诗卷带在身边,李白便拿出一卷诗来,恰好第一首就是《蜀道难》。贺知章接过诗卷,慢慢读将起来。还没有读到一半,便连声赞叹:"果然名不虚传!果然名不虚传!"读完以后又说,"这样的诗真是惊风雨,泣鬼神啊!"然后又把李白看了又看,"嘻!你恐怕是天上的太白星下凡吧?"李白见他如此风趣,便也说道:"你老刚一进山门,我还以为天上的老寿星下降紫极宫哩!"两人又大笑一场。贺知章一看天已晌午,便邀请李白到附近酒家小酌一番。吃完之后,两人都抢着付钱,偏偏两人都忘记了带钱,结果是贺知章把身上佩带的小金龟解下来,给了店家。临分手时,贺知章自告奋勇对李白说:"我这个秘书监,虽然管的是经籍图书,但好歹总是个三品,在皇上面前说几句话还是可以的。待老夫明日早朝奏上一本,请皇上亲自召见,早日召见。你回招贤馆去候着吧。"

果然不多几日,便有内侍传下旨来,召李白进宫。不但是皇帝亲自召见,而且是在大明宫金銮殿召见。李白生平第一次一整天没有喝酒,第二天一早跟着内侍来到大明宫。十二年前,李白只能在它外面远远观看,而现在却昂首阔步地由当中最大的一道门——丹凤门直走入内。到了丹凤门里,举眼望去,一条用一尺见

十五 再入长安(一)

方的青砖镶铺的又宽又平的坡道,笔直地通向半空里。半空里一座巍峨的殿宇,不仅比长安城所有宫殿都高大雄伟,而且东西两头各有阁楼辅翼,宛如蟹螯对峙,更显得气象非凡。内侍告诉他,这便是大明宫的正殿——含元殿。两边的阁楼,东名"翔鸾",西名"栖凤"。国家举行大典,如改元、大赦、阅兵、受俘等等,就在这个地方。他们走了足足有一顿饭工夫,才来到含元殿跟前。内侍又告诉他,整个大明宫是建在长安城东北高地——龙首原上,站在这里可以俯瞰全城。李白回身一望,果然长安城都在眼底,终南山如在对面,刚走过的那条坡道,就像巨龙的尾巴迤逦拖向长安城东。李白不禁连连赞叹:"啊,不愧是九天阊阖!真如那玉帝灵霄!"心里还想道:"我这不是到了天上么?"

内侍领着李白绕过栖凤楼下,折向西北,走了半炷香的工夫,又看见一座坐西向东的宫殿,仅次于含元殿。内侍告诉他,这便是麟德殿,皇帝上朝多在这个地方。经过麟德殿下再向北去,又到了一座宫殿面前,其规模大小虽次于麟德殿,但金光闪闪,令人目眩,犹有过之。李白远远便看见殿外警卫森严,殿内香烟缭绕,只听内侍轻轻说了一声:"金銮殿到了。"便吩咐他在阶下候着,自上殿去了。李白凝神屏息,又约莫候了一盏茶工夫,忽听得殿上高唱一声:"圣上有旨,宣李白上殿。"仍见先前那个内侍来领了他,沿着汉白玉石阶一级一级走了上去。只见地上铺着大红地毯,两旁站着不少文职官员。当中宝座上端坐一人,穿戴着帝王宴见宾客时的服装:乌纱帽沿上嵌着一块白玉,绛纱袍当胸绣着一团盘螭,腰系真珠宝钿带,足登白底乌皮靴。"想必这就是开元天子,天宝皇帝了?怎么目光那样昏暗?两颊那样松弛?他昔日的英姿到哪里去了?"李白脑际闪过一串疑问。"但这上面除了他还能是谁呢?"于是紧走几步,拜伏在地。正要山呼九叩,玄宗已叫"平身",并吩咐"赐座"。李白侧身坐下,只听得皇帝启金口,开玉牙,一板一眼,从容不迫地说道:"卿是布衣,名为朕知,非素蓄道义,何以及此?"李白本来想说:"我今天总算是张良遇到了汉高祖,吕尚遇到了周文王。"但他却只能说:"白本山野之人,才微识浅,端赖圣朝雨露,主上隆恩。"又听玄宗说道:"朕三十年来,广开贤路,亲选群才。大者为栋梁,小者为柱石。山林野遗,靡不毕至。李卿既有扬、马之才,何其来迟?"李白本想说:"我从少年时代,即将书剑许明时,怎奈君之堂兮千里远,君之门兮九重闼。我不得其门而入,因此蹉跎至今。"但他却只能说:"只因小臣久居僻壤,耳目闭塞,又兼疏懒成性,不堪识拔。自弃圣朝,久负明时。"又听玄宗说道:"自是以后,卿可供奉翰林,随时待诏。竭尔麒麟之笔,为朕佐佑王化,润色鸿业。使后世之人不独知汉武帝有司马相如,亦知朕有李太白。"李白正想献上他的《宣唐鸿猷》,把自己的满腹经纶痛痛快快陈述一番,只见玄宗轻轻将手一挥,内侍已上来引他退立一旁。紧接着便

十五　再入长安(一)

见两旁的官员前来拜贺,有的说:"谨贺陛下探海得珠,举网罗凤。"有的说:"谨贺圣朝济济多士,万邦咸宁。"有的说:"元首明哉,股肱良哉!"有的说:"德配天地,功参造化。"……最后大家同声高呼"万岁,万岁,万万岁!"庆贺已毕,玄宗又吩咐赐宴,便宣布退朝。于是在御筵上,大家又向李白庆贺一番,又歌颂了一番皇恩浩荡。

这一天下来,李白只觉得身子飘飘然,头脑懵懵然,耳际哄哄然,又像是在演戏,又像是在梦中。

十六　再入长安(二)

李白从招贤馆搬进了大明宫翰林院。

翰林院就在金銮殿旁边,是一个精致的四合院,院内院外种着各色品种的竹子。院外是指云参天的南竹,虬枝盘空的龙竹;院内是枝叶娟秀的紫竹,牙黄的底色上呈现出丝丝碧绿线纹的琴丝竹,还有浑身泪痕斑斑的湘妃竹。镇日里,凤尾森森,龙吟细细,使这小院更显得幽雅别致。

这小院一连多日热闹异常。大家都要来看看天子亲自召见的翰林学士,当代的司马相如。头一天是同院的翰林们都来拜访。首先是活神仙张果老,据说他已活了几千岁,尧时即为侍中;其次是能掐会算的邢和璞,据说他善知过去未来,寿夭祸福;再次是视通幽冥的师夜光,据说他能看见鬼在什么地方;还有一个叫孙甑生

十六 再入长安(二)

的,能使石头打架,扫把走路,新近得宠的杨贵妃①已经召他进宫去表演过好几次了!李白听他们鬼话连篇,但却不得不和他们应酬一番。

然后是同朝的官员来拜访。张垍竟是第一个!他仍然是那么年轻美貌,仍然是那么温文尔雅,对李白仍然是甜言蜜语,而且称李白为"故人"。李白本着"君子不念旧恶"之心,对他仍然以礼相待;何况他是掌管翰林院的人,今后还是得仰仗他。譬如眼下新来乍到,这禁中许多规矩就得靠他指点。张垍向李白介绍了一些情况,又特别叮咛李白说:"这翰林待诏,顾名思义就是等待主上随时下诏。因此,除了十天一次休沐日可以出去外,其余时间均不得随便走动,必须在院中恭候主上的咨询和差遣。"

李白从此既不敢随意乱逛,也不敢任性喝酒,生怕误了社稷苍生大事,有负圣明天子的厚望。每日里就在院中温习经史,把那周公辅成王,张良佐汉高,诸葛亮相蜀,以及唐初魏徵、马周、房玄龄、杜如晦等贤相名臣的事迹,反复研读,一部《贞观政要》更是背诵如流。写起诗来,也是剖心输丹,一派报效之语。和新交旧好酬唱赠答,送人远行、赴边甚至贬谪,都是一派勉励的话。他好像一匹千里马,套上了络头,备上了鞍鞯,一心以为就要开始驰骋了。

---

① 杨玉环在天宝四年始正式册立为贵妃。此从一般习惯称呼。

转眼就到了十月。一天,内侍果然前来传旨,命李白侍从圣驾前往骊山温泉宫。他以为既然让他侍从前往,说不定到了温泉宫会召见他,对国政有所咨询,因此他特地将《宣唐鸿猷》带在身边。

骊山在长安东四十里。李白骑上御赐的飞龙马,拿着御赐的珊瑚鞭,随着浩浩荡荡的前呼后拥的队伍,出了春明门,过了长乐坡,又过了浐桥和灞桥,一路上按辔徐行,足足走了半日。到了骊山足下,只见林木葱郁,经冬不凋。山上山下,宫馆林立。赭色的宫墙,自西至东,由下而上,围成一座小小的山城。它既有城市的豪华,又有山林的清幽,比起长安城中的太极宫、大明宫、兴庆宫来,又是别具一格。长安宫殿是雄伟庄严的帝居,骊山别馆是超凡出尘的仙境。此地由于有温泉,地气特暖,四季如春;而到了夏天,这里树木特多,人烟稀少,又比长安城中凉爽。所以玄宗每年既在这里过冬,又在这里消夏。从开元后期以来,每两三年总要整修扩建一次,不久前又在山腰里修建成一座专供皇帝斋戒用的长生殿,在山下又修建了一处专供贵妃沐浴用的华清池。

刚到温泉宫,李白感觉真是到了人们传说中的瀛洲、蓬莱。第二天传下旨来,给侍从官员们赐浴,第三天又赐宴,第四天又赐游山……更使李白感到无比荣幸。他想再过几天,再传旨下来,就一定是召他去咨询国家大事。谁知十天半月过去了,仍无消息,只听见半山上的宫殿里,阵阵音乐随着清风飘下来,悠扬宛转,昼夜不

十六　再入长安(二)

停。到了夜里更是听得真切,甚至连歌词也断断续续听到了几段:

> 趁天风,唯闻遥送叮咚。宛如龙起游千状,翩若鸾回色五章。
>
> ……
>
> 伴洛妃,凌波样;动巫娥,行云想。音和态宛转悠扬……更泠泠节奏应宫商。
>
> ……
>
> 步虚步虚瑶台上,飞琼引兴狂;弄玉弄玉秦台上,吹箫也自忙。凡情仙意两参详。
>
> ……
>
> 银蟾亮,玉漏长,千秋一曲舞《霓裳》。①
>
> ……

这《霓裳羽衣曲》真是如琼浆玉液,谁听了也会沉醉。

李白本来大可以沉醉在这仙境和仙乐里,他却偏惦记着皇帝说不定哪一天会召见他咨询国政,甚至向同来的侍从官探问主上几时升殿视事。大家都说不知道,并拿奇怪的眼光打量他。有一

---

① 此借用清代洪昇《长生殿·重圆》之曲调。

个人还反问他说:"有什么大不了的事,要万岁爷在这里升殿视事?"有一个服侍李白的小内侍来给李白沏茶时,才告诉他说:"万岁爷和杨娘娘这会儿正在忙着排练《霓裳羽衣曲》,据说是皇上梦游月宫听来的。他到这里来就是陪着杨娘娘尽兴玩乐,还升什么殿?视什么事?即使有事,内有高将军,外有李相公,哪里用得着皇上操心呢?"然后又低声对李白说:"你有福不享,打听这些做啥!"李白只好安心享福,不敢多问了。

大概是霓裳羽衣舞排练得差不多了,内侍有一天传下旨来,叫李白应诏。李白以为皇上终于要和他商量国家大事了,连忙弹冠整衣,俯伏阶下,结果却是叫他写一首驾幸温泉宫的诗。他马上写了一首:

羽林十二将,罗列应星文。霜仗悬秋月,霓旌卷夜云。严更千户肃,清乐九天闻。日出瞻佳气,葱葱绕圣君。

内侍立即呈了上去,不一会,又降下旨来,说是万岁看了很高兴,称赞诗写得又快又好,特赐宫锦袍一件。李白看着这件金线盘花的宫锦袍,更觉得皇上待他恩重如山。几句小诗怎能承受如此恩宠呢?他就更想对大唐王朝有所报效了。

李白就在屡蒙恩宠,亟思报效的心情中,过完了他一生最得意

十六　再入长安(二)

的一个冬天。

天宝二年的早春,严寒还未退尽,地上的小草刚刚透出一点绿意,池边的杨柳刚吐出米粒大小的嫩芽,内庭歌舞,夜以继日。李白又奉诏作《宫中行乐词十首》。

未及半月,点点鹅黄变成了一片新绿,刚出巢的雏莺在枝头歌唱。玄宗出游宜春苑。李白又奉诏作《龙池柳色初青,听新莺百啭歌》。

三月里,陕郡太守兼水陆转运使韦坚,引浐水到御苑的望春楼下汇聚成潭,功成。韦坚以新船数百艘标上全国各州、郡的名称,摆上各州、郡的名贵出产,载着成百的歌伎,唱着庆贺天宝年号的《得宝歌》:"得宝弘农野,弘农得宝耶。……三郎当殿坐,听唱得宝歌。"领唱的是李白的友人崔成甫。成甫时任陕县县尉,颇得上司韦坚的赏识。他身着崭新的春装,又特地套了一件华丽的锦半臂,加以歌喉嘹亮,响遏行云,更显得人才出众。船队足长十里有余,次第来到望春楼下,向玄宗奉献各种山珍海味,奇玩异宝。玄宗也在望春楼上大摆筵席,热闹了整整一天。李白又奉诏作《春日行》。

转眼到了春暮,兴庆宫中牡丹开了。玄宗陪着贵妃,在沉香亭欣赏由洛阳新进贡来的名贵品种"姚黄"、"魏紫"。本已有李龟年率领的梨园子弟侍候,但玄宗说:"对妃子,赏名花,何用旧词为!"于是李白又奉诏作《清平调词》三首:

云想衣裳花想容,春风拂槛露华浓。若非群玉山头见,会向瑶台月下逢。(其一)

一枝红艳露凝香,云雨巫山枉断肠。借问汉宫谁得似,可怜飞燕倚新妆。(其二)

名花倾国两相欢,长得君王带笑看。解释春风无限恨,沉香亭北倚阑干。(其三)

李龟年领着众乐工,按曲谱,填新词,调丝竹,击檀板,演唱了一遍又一遍。帝妃二人边饮美酒,边赏新歌,陶醉在春风之中。

由于差遣频繁,李白又奉命从大明宫的翰林院迁到兴庆宫,守在皇帝身边,以便随时应诏。上面派了两名宫女专门服侍他,伙食也开得更好了。每天除了鸡鸭鱼肉,又特赐西凉进贡来的葡萄酒一坛。穿的衣服更是不愁,冬天还没完,春衣已经早早地送来了;春天还没完,夏衫又已送来了。娘娘怕他寂寞,又赐他一只陇西进贡的鹦鹉。鹦鹉站在珊瑚架上,用一条黄金做的小链系着,挂在檐前。宫女们每天用江南进贡来的香稻和终南山的清泉喂它,还教它念李白的诗哩!

李白此时吃有吃的,穿有穿的,喝有喝的,玩有玩的,真是要什么有什么。不但翰林院中其他的人望尘莫及,就连三品五品的文武官员中也有人看了眼红。王公贵人常来请他听歌,观舞,赴宴,

十六 再入长安(二)

还怕他不赏脸。每逢休沐日,他更是不得闲。徐王李延年府里的宴会还没完,汝阳王李琎早派人候着了。刚从左司郎中崔宗之宅里出来,张垍兄弟三人又来接着。这个休沐日还没完,玉真公主已叫元丹丘来请他下个休沐日务必上她的玉真观去。李白成了长安城中第一个红人。

偏在这红得发紫的时候,李白感到厌烦起来。

有一个休沐日,他一大早就从翰林院里溜了出来,既不去公卿府第,也不去游乐场所,只想找个清静的去处散淡半日。他想来想去只有南门里兰陵坊一带,慈恩寺塔附近,风光不错,而又人烟稀少。虽在闹市之中,却如同乡村一样。便穿过朱雀门大街,直往南门而来。在菜畦、花圃、荷塘、鱼池之间,信步转游了一阵。走过几处竹篱茅舍,他停下来看一看。走过几处豆棚瓜架,他也停下来看一看。这些地方,自然远远不能和禁中相比,便却有它们天然的野趣。最后,在快出南门的地方,一个十分简陋,然而收拾得干干净净,桌上小土罐子里插着一丛野花的小酒家,吸引他走了进去。他要了壶极普通的米酒和几碟极普通的小菜,一边自斟自饮,一边和卖酒的老汉拉着闲话,却感到好久没有感到的舒服自在。不知不觉便喝得多了一些,也就趁势倒在酒家的小土炕上睡了起来。正睡得香甜,而且梦见平阳和伯禽向他走来。他刚把姊弟俩一手一个抱了起来,却听见有人闹闹嚷嚷进了屋里,一迭声叫:"李学士!

李学士！"他心里好生厌烦，想赶快抱着孩子逃走，却迈不开步。有人上来拉他，推他，摇他，他仍然不能动弹。停了一会，没有动静了，他又朦胧睡去，又继续做他的梦："两个小家伙，你们怎么来的？爸爸还没有自己的住宅，你们住在哪里好呢？"突然，却听见"扑"的一声，一片冷水从他头上淋下。他正想找个地方躲雨，又是"扑"的一声。他猛地醒了过来，坐起一看，才发现几个内侍端着一碗水站在炕前，向他连连哈腰赔笑说："李学士，你让我们找得好苦哇！万岁爷在白莲池泛舟，等你回去哩！高公公传下旨意来说，非把你找到不可。找不到，我们可不得下台。"另一个说："别啰嗦了，赶快回吧！"

不等李白答话，他们便七手八脚地扶他上了马，簇拥着直奔兴庆宫而来。路上风一吹，李白一肚子酒涌了上来，好生难受。强熬到兴庆宫门前，终于呕吐开了，衣服上马鞍上一片狼藉。这怎能上龙舟呢？内侍们连忙去禀过高力士。高力士叫赶快弄碗醒酒汤给他灌下去，又叫把衣服给他换了，把手脸洗净。李白昏昏沉沉，由他们摆弄。他多想闭目养一会儿神，却听见小太监说："高公公来了。"李白赶快把眼睛闭上。"怎么酒还没有醒？万岁爷等了好半天了！"这高力士说话不仅倒男不女，怎么还瓮声瓮气的？李白眯起眼睛一看，原来他站在门外就拿手绢把鼻子捂上了。李白直想唾他一口："呸，你这给皇帝提夜壶的贱臣！"但又一想："怎能和这种

十六 再入长安(二)

人计较?"李白只好忍了又忍,听凭内侍扶着他来到池畔。上了龙舟,正欲进舱,高力士又传下娘娘旨意,不让进去了。却吩咐内侍掇了一张小炕桌放在船头,摆了纸墨笔砚,叫李白就在那上面写《白莲花开序》。李白趴在小炕桌上久久没有动笔,他需要让自己平静一下,否则控制不住自己,就会写出这样一句话来:后世子孙切切勿为翰林待诏。

李白写完《白莲花开序》,太阳已经快落山了。他平生写诗作赋从来没有感到这样困难。

也不知是娘娘嫌他酒气熏人,还是皇帝嫌他文思迟钝了,从此李白就很少奉诏,而且奉命搬出了兴庆宫,仍到大明宫翰林院居住。这时,献上了长生秘术的张果老已经加授"银青光禄大夫",乔迁到御赐的宅第中去了。

十七　再入长安(三)

天宝二年夏,终南山麓,一片松林深处,隐藏着一个小小的山庄。门首钉着一个木牌,上面写着"斛斯山庄"几个字。

暮色苍茫中,一弯山月随着一个游人从山上下来,沿着一条苍翠的小径走入松林,来到庄前叩门。开门的小童高兴地叫道:"原来是李学士!"

听见小童说话,主人早已从草堂中走出,客人也进入院中。

"啊,李学士!贵客临门,有失远迎!你怎么这等时分才到?"主人拱手致敬,一边让客人进堂屋里坐。

"啊,斛斯先生,久违!久违!"李白一边答礼一边就在院中小石桌边坐了下来。然后才回答主人的问话说:"我刚从紫阁峰上下来,和那里的老道讨论了一天《道德经》。"

"想必很有些体会了?"主人叫小童给客人端来了洗脸水,沏上

十七 再入长安(三)

了茶。

"老子五千言,至为玄妙。虽自幼诵读,却只知皮毛。近年来,对祸福盈亏的道理,才真正有些体会。"李白洗完了脸,端起了茶杯。

"祸兮福所倚,福兮祸所伏。这确是千古不易之理。"主人也端起了茶杯。

"这盈亏之理也一样呀!你看月亮,总是暂满还亏。你看太阳,总是日中则斜。我先前还不相信,现在才知道。眼看它正当顶,金光灿烂的,谁知它已经开始西斜了。"李白不胜感慨地说。主人也听出了点弦外之音,他既然是不问世事的隐者,便习惯地拿话岔开:"元丹丘怎么没有和你一道来哩?"

"他刚给玉真公主写了《受道灵坛祥应记》,又奉命到华山采药炼丹去了。丹丘之学本属清静无为,虽然有些吐纳之术,也是顺应自然。他哪里有什么长生不死方?没想到把他召到长安来,叫他从事江湖术士这一套。这些日子实在把丹丘苦了也!"没想到又引起李白一番感慨,连主人也不禁替元丹丘担心:

"那他怎么办呢?"

"此事说难办也难办,谁也炼不出不死药;说好办也好办,把那参、苓、术、草之类,开胃健脾、消痰化食的平补药物,合他几十剂不就行了?"李白说完把手一拍,笑了起来,引得斛斯山人也笑了。

说话之间,小童已搬来几样简单的菜肴,主人特地抱出一坛新丰酒来。

"自从去年长安一别,你和丹丘说来说来,总不见来。我这坛酒舍不得吃,一直给你们留着哩!"

"唉,说来话长。……总因俗务缠身,身不由己啊!"

酒坛打开,一股喷鼻的酒香散开来,加上随着微风送来的松针气息,特别清雅宜人。李白不待主人劝他,他自己已端着喝起来:

"好酒!好酒!"

"阁下在皇宫里什么好酒没喝过,倒称赞起老百姓喝的酒来。"

"老百姓的酒,自有它的本味。禁中的酒虽好,总爱加很多香料和糖。刚喝上很香甜,喝的日子多了,就觉得还是本味好。"

两人在院中月光下,一杯一杯地对饮。主人抱歉没有来得及准备,只有几样小菜。李白却赞不绝口。

李白环顾四周,只见数亩小园,几间茅屋,屋后是几块菜畦,屋前是四季花草。桐间露落,柳下风来,虽在盛夏,竟如高秋。李白又是称羡不置。

斛斯山人说:"我这山居野处有什么好,怎比得你们住的深宅大院?"

李白也不答话,却背诵起庾信的《小园赋》来:"若夫一枝之上,巢父得安巢之所;一壶之中,壶公有容身之地。况乎管宁藜床,虽

十七 再入长安(三)

穿而可坐;嵇康锻灶,既暖而堪眠。岂必连闼洞房,南阳樊重之第;绿墀青琐,西汉王根之宅?……"

斛斯山人也说道:"这倒是老实话。席前方丈,所食不过一饱;广厦千间,夜眠不过八尺。"

到后来,李白越发不拘形迹,竟然放声歌唱。斛斯山人也搬出琴来,弹了几曲。歌声琴声,伴着松风,荡漾在终南山麓。

这一天,李白感到好久以来未有的自由和舒适。

天宝二年秋,长安西城僻静的长寿坊,太子宾客贺知章家中。一个油漆剥落、年久失修的院落。堂下,摆着十来盆菊花,堂中几案上堆着些画轴。贺知章陪着李白正在观画。

粉壁正中挂了一幅山水——李思训的《蓬瀛图》。一片无边无际的大海,洪波汹涌,云雾弥漫,三座仙岛耸峙其间。那岛上的层峦叠嶂,青松翠柏,使李白好像听见了沁人心脾的鹤唳;那仙岛上的一抹红霞,数点金粉,使李白好像窥见了秦人避世的桃源。低头一看,画幅的左下角,一叶小舟,挂着一片白帆,正朝着仙岛驶去。李白恍惚进入了画中,变成了站在船头上的那个飘飘欲仙的道士。

"贤弟,你站得久了,坐下歇歇吧。"贺知章提醒李白说。

"啊,虽不能至,心向往之。"李白好像还没有从画境中出来。

看罢《蓬瀛图》,贺知章又叫家人挂出一幅水墨人物——吴道子的《东篱图》。一带疏篱,几丛菊花。篱边一个年老的高士,手持竹杖,半侧着身子,略偏着脑袋,出神地望着远方,远方的南山只有一点淡淡的影子。秋风吹动他零乱的须发和松弛的衣带微微飘起,天空有一抹微云亦呈自然舒卷之态。整个画面无处不给人悠然出尘之感。李白又恍惚进了画中,变成了"采菊东篱下,悠然见南山"的陶渊明。

贺知章又招呼李白用茶,才把李白从画中唤回来。

两人一边饮着茶,一边谈论着画。

"谢赫六法,首标气韵生动。李将军金碧山水,吴道子水墨人物,都达到了这一点。此二人在我朝艺苑中,可谓各极其妙。"

"可惜吴道子自进内廷以后,便不能随便作画了。我这一幅还是他早年画的。"

李白突然想起紫极宫八卦亭内那张老子真容,便笑着问道:"那张老子真容是他的近作吧?"

贺知章却答道:"你真是大惊小怪,这有什么稀奇?"

这一下便引出贺知章一肚子牢骚来,讲了李林甫一大堆媚上的事。

"……总而言之,皇上好神仙,他便装神弄鬼;皇上慕长生,他便招揽术士;皇上务游乐,他便广求贡献;皇上厌谏诤,他便杜绝言路。皇上只要一出口,他马上办到;皇上还没有出口,他已未雨绸

十七　再入长安(三)

缪。一桩桩、一件件,都做得恰碰皇上心坎儿,好像皇上肚里的蛔虫。你说他本领大不大?……你问他怎样得知皇上的心意么?除了察言观色,百般揣摩,再有一手就是买通左右,暗设坐探,所以皇上在宫内的动静,他早在宫外就知道了。……他不仅是一条蛔虫,简直是一头妖狐,两只足的老妖狐。以后,咱们就叫他'两足狐'吧。"

贺知章的话匣子一打开,简直欲罢不能,接着又讲到高力士。

"……最近几年,四方凡有文表进奏,必须先呈送高力士,然后再送给皇上。小事,高力士就决定了;大事也不过让皇上知道一下。前年,又给高力士加封了冠军大将军,右监门卫大将军,其他几个宦官头儿也封了将军。这一来,一个二个更是插上野鸡翎子了!这长安城中的甲第,长安城外的良田,宦官们就占了一半。高力士的家产,有些王侯也比不上。这些宦官又有钱又有势,连皇亲贵戚都要溜他们尻子。诸王公主都把高力士叫'阿爹',驸马更把他叫'阿爷',太子也得叫他'阿哥',连皇上当着人也称他'将军'哩!李林甫、宇文融、安禄山、高仙芝……这一伙都是靠走高力士的私门而取得将相高位。……你说得对!哪个朝代的宦官也没有这样大的权势!你问皇上是否感到他权倾人主么?嗨,你猜皇上怎样说?他说:'只有高力士当班,我才睡得安稳。'……他倒睡得安稳,我怕这大唐的江山有些不安稳了!"

贺知章越说越有气,越有气越控制不住,索性说到皇帝和贵妃头上来。

"……成年价求长生!殊不知清心寡欲,自然长生。像我这个老不死,为什么活到八十多?眼不花,耳不聋,走起路来一阵风。为什么?我一不过食肥甘,二不乱进丹药,三不沉湎女色,总而言之,我不自己作践自己。像他已经是年近花甲的人了,还把自己的儿媳扒了来,夜以继日地寻欢作乐,这不是自作孽吗?那妖妇也是作孽多端,什么难弄偏要吃什么。单说进荔枝这一项,每年不知要跑死多少匹好马,沿途不知道要踏坏老百姓多少庄稼。这还不算,去年听说一个算命瞎子在路上走,躲闪不及被踏死了;今年听说一个小娃在地里拾麦穗,也被踏死了。差人要赶期限,都拣直道走。为了保他们自己的脑袋,他管你是路不是路,有人没有人,就扯闪打雷似地过来了。你看,就为了娘娘要吃上鲜荔枝!"

最后,他语重心长地说道:"照这样下去,我看这太平年月不久长了,有的人都暗中在终南山里修建庄园,准备退路了,我也要回老家镜湖去了。你以后就叫我'四明狂客'吧。"

贺知章这一顿牢骚,变成了一块大石头沉重地压在李白心上。

天宝二年冬,长安市上一家最大的酒楼。楼上挂着又大又厚

十七　再入长安(三)

的棉门帘,室中烧着熊熊的炭火,当中摆了一个大圆桌,已经是杯盘狼藉。"酒中八仙"①正在这里作竟日之欢。

坐在首席的贺知章,酒酣耳热,狂态毕露。他脱去帽子,露出一头银白的头发,嘻开没牙的嘴,正在和邻座的汝阳郡王李琎开玩笑:"花奴儿,亏你还是个郡王,天子的侄儿!听说你走在路上碰见卖酒麹的小车过来了,你就垂涎三尺!"李琎也不相让,笑道:"我也听说你老有一次喝醉了,失足掉到井里,你的牙齿就是那次撞掉的吧?"说得贺知章捧腹大笑。李白一见连忙打个谜语:"贺监捧腹——打一成语。"李琎马上就猜中:"一望无涯(牙)。"这一下把满座都逗笑了。贺知章看定李琎说:"好小子!脑瓜子挺灵醒的,怪不得皇上都夸你哩!"李琎却说:"他不夸我还罢了,他一夸倒把我父亲弄得惶恐万状,连忙骂我不成材。幸得他说:'大哥放心。花奴才艺有余,刚毅不足,不是帝王之材。'我父亲才如释重负。"贺知章听了说:"既然你父亲把天下都让了,当了'让皇帝',你就把这郡王也让了吧。"李琎一拍手说:"我正想请求移封去当酒泉令!每天喝够了酒,就玩玩羯鼓;玩够了羯鼓,又喝酒。那才称心哩!"李白才知道"让皇帝"的嗣子为什么每天必喝三斗才上朝,原来这位风流快活如神仙的青年郡王,有他难言的苦衷。

---

① "酒中八仙"姓名,其说不一。此从杜甫《饮中八仙歌》。

刚一静下来,便听见谁在喝酒,发出"啧啧"的响声。原来是左丞相李适之还在自斟自饮,好像他对别人的笑谈充耳不闻。贺知章又指着他笑道:"看,看,活像鲸鱼在喝水,一百条河水也给他喝得干。你在家里,终朝宴饮,日费万钱,还没喝够么?"李适之眼睛半睁半闭地说:"酒能喝得够么?"刚说了半句,却吟诗一首,"朱门长不闭,亲友恣经过。年龄将半百,不乐复如何?"贺知章说:"你当初也是相当精明能干的人来,怎么现在变成这样?你这样怕那'两足狐'么?"李适之不急不慢地说:"狐假虎威,焉得不怕?"大家一时又都不言语了。

人称"美少年"的左司郎中崔宗之,独自一人靠着窗子站着,举起杯子欲饮不饮,只把头仰起,翻着白眼望着窗外的青天,好像一株玉树立在风前。贺知章也不放过他:"小崔儿,你一个人在那里想什么心事?你袭封了齐国公,还要怎样?""没出息的人才依靠祖荫,坐吃俸禄呢!"崔宗之刚说了一句,便有意把大家的注意力转移到人称"逃禅侍郎"的苏晋身上。"你们看,苏吏部又在逃禅了。"

一向持斋念佛的吏部侍郎苏晋,对着空酒杯端坐不动。贺知章便接着说:"苏吏部,听说慧澄和尚送了一幅弥勒佛的绣像,你成年四季供着。你为什么专爱弥勒佛?"苏晋一本正经地回答道:"弥勒佛好饮酒,和我相投。所以我爱供他。"贺知章又问道:"你这'逃禅侍郎',你是逃出,还是逃入?"苏晋又一本正经地回答道:"遇事

十七 再入长安(三)

逃出,遇酒逃入。"李白不禁赞叹道:"好一个'遇事逃出,遇酒逃入。'可谓逃禅的三昧真言了!"同时心里想道:"早年人称王粲的苏晋,身上哪还有一点汉末'建安七子'之一的王仲宣那种慷慨意气呢?"

布衣焦遂口吃,所以半天没开腔。但酒过五斗以后,他却比谁都健谈,而且好发奇谈怪论,一旦引起别人反诘,他就大逞辩才,没完没了,乐此不疲。李白发现他,的确在滔滔不绝的废话中,连自己口吃的毛病都忘记了。便对他说:"足下可谓遣怀无术,忘世有方。"焦遂苦笑了一下,对李白拱了拱手。

"草圣"张旭,开始还和大家一起谈笑,到后来就一言不发,再到后来忽然狂叫一声,站了起来,在室中来回奔走。大家一看,他面前的一大壶酒全空了,就知道他的酒瘾足了,书瘾发了。贺知章便赶快叫人排开书案,搬来文房四宝。张旭把帽子一揭,外衣一脱,抓起笔来,便挥洒开了。只见满纸云烟滚滚,只闻室中风雨飒飒。写了一张、两张、三张,都不过瘾,最后,竟把头发解开,抓在手里,在墨海里一裹,往那长约一丈的绢上,写了"乐圣避贤"四个狂草大字。李白走过来一看说:"乐我杯中圣①,避他讨人嫌。"众人都发出会心的笑声。

---

① 唐时称清酒为"圣",浊酒为"贤"。

大家正在围观,突然几个内侍拥上楼来,叫"李学士奉诏"。李白赶快往炕上一躺,跷起二郎腿,高声唱道:"李白斗酒诗百篇,长安市上酒家眠。天子呼来不上船,小臣本是酒中仙。"几个内侍又要上来用冷水喷头,贺知章站出来说:"李学士醉了,不能奉诏。"便把内侍们轰走了。

然后李白站起身来,走到张旭刚写过字的案前,也抓起笔来,用他那粗犷的草书题诗一首:

天若不爱酒,酒星不在天。地若不爱酒,地应无酒泉。天地既爱酒,爱酒不愧天。已闻清比圣,复道浊如贤。贤圣既已饮,何必求神仙。三杯通大道,一斗合自然。但得酒中趣,勿为醒者传。

大家一看不约而同说道;"好一个'但得酒中趣,勿为醒者传'。——'此中人语云,不足为外人道也!'……"

十八　被斥去朝

李白总算有了报效国家的机会。待诏翰林三年来,他第一次不是侍候皇帝洗澡,不是侍候娘娘赏花,不是为梨园配词,总而言之,不是为帝妃们吃喝玩乐效劳,而是为朝廷起草出师诏。因此,当内侍从汝阳郡王李琎庆贺新春的筵席上找到李白,虽然他已半醉,却欣然奉诏前往兴庆宫勤政务本楼。

玄宗早已在楼上等候,御榻上文房四宝早已摆好,炉火也燃得正旺。玄宗先让他将脸和手洗净,又让他喝了一盏刚沏好的"龙团"新茶,然后便亲自将诏令大意说与李白。原来是吐蕃在三年前攻占了青海的石堡城,大唐天子认为他有不臣之心。虽然也曾用兵,奈何将非其人,出师不克,未曾消得心头之恨。近年,朔方节度使王忠嗣,出师桑乾,连战皆捷,拓地千里,威震漠北。天子大喜,特地加封他为左武卫大将军,意欲让他率领大军西征吐蕃。最后,玄宗还引经据典地说道："《书》云：'戎狄是膺，荆舒是惩。'朕欲惩此顽夷，威慑西域。让他们知道我天朝的厉害！"李白不知究竟，只顾考虑这一篇振我国威的文字如何写得铺张扬厉，堂而皇之，超过司马相如。便启奏玄宗道："请陛下赐臣无畏，臣神旺气足，方能尽其所能。"玄宗说道："你就随便一点不妨。"李白便抹掉帽子，脱下外袍，一边开始构思，一边抬腿要上御榻，这才发现靴子还没有脱，又恐弄脏了刚洗净的双手，玷污了凤毛笔，染黑了蟠龙笺。刚好，高力士站在下首。坐在御榻边上的李白便把脚向他一伸："劳驾帮个忙。"高力士万万没有想到，除了万岁爷，竟还有人敢叫他"帮"这个"忙"。还来不及考虑这个忙是帮的好，还是不帮的好，一双捧惯了御足的手，却已捧住了李白的靴子。李白趁势一缩腿，左足一只便已脱下，右足一只又已递到高力士手里，高力士也就只好"帮忙"到底了。当高力士失神地站在那里，后悔他没有来得及叫小太监过来帮忙的时候，李白早已笔走龙蛇，草开诏书了。玄宗一盏茶还没喝上三道，内侍已将诏书捧至眼前。玄宗一看，洋洋洒洒，千有余言，不但内容堂皇，措辞气派，而且干干净净，文不加点。于是龙颜大喜，对李白说道："卿家捷才，深惬朕意。明日上朝颁诏以后，当授卿中书舍人之职。从今以后，专为朕司掌诏命，代草王言。"

李白回到翰林院，喜得一夜没有睡着。首先是感到皇上一年四季并非只是吃喝玩乐，他这翰林待诏也总算干了点正经事，何况

十八　被斥去朝

明天就要授给他中书舍人的实职。中书舍人仅次于中书侍郎,中书侍郎又仅次于中书令,而中书令就是宰相。中书舍人除主管起草诏令,还可以参预机密,不仅官阶距宰相不远,实际职务也距宰相很近。他青年时代"愿为辅弼"的梦想竟然快实现了,他即将成为第二个张九龄。至于张九龄的下场,他却顾不上去想,便又想到以中书舍人供奉翰林,再不是空头翰林待诏徒有虚名,以后就有了自己的住宅,同子女也就可以团圆了。

到了天快亮时,他才小憩了一会,就又起来上朝了。当他赶到大明宫时,只见一片灯火,好像天上的星星,都降落到长安城里。他以为晚了,谁知还有比他更晚的。由于玄宗好久不上早朝,朝廷官员都习惯晏起,今天早上就有好些人几乎起不来。

直到卯时过了,人才到齐,皇帝也才升座。

第一件事便是宣读出师诏,命朔方节度使、左武卫大将军王忠嗣出列听诏。朝列之中便走出一位身着戎装的将领,年约四十开外,身高七尺有余,仪表堂堂,英姿飒爽,却又举止安详,气度从容,使人想见他运筹帷幄之中,决胜于千里之外的帅才。他听过诏令以后,不但没有飞扬跋扈之态,反而满面忧虑之色,高声说道:"臣有下情容奏。"接着便俯伏丹墀,慷慨陈词:"臣之先父,为国死难,殁于阵前。臣自幼蒙主上隆恩,养于禁中,赐名忠嗣。国恩家仇,无日或忘。虽屡有微功,未足以报。自陛下授臣重任以来,窃思当年提刀跃马,斩将夺旗,乃匹夫之勇,实非报国之上策。臣愿效战国李牧,西汉李广,以持重安边为务。人不犯我,我不犯人。人若犯我,以逸待劳,必操胜算。万里边疆,固可不战而定。否则,征伐频繁,徒劳无功,兴师动众,动摇国本。昔汉武好四夷之功,虽广获珍奇,多斩首级,而中国疲耗,几至危亡。晚年悔之,改弦易辙,息兵重农,方使国家转危为安。况石堡险固,易守难攻。若贸然出师,屯兵坚城之下,必死伤数万,然后事乃可图。臣恐其所得不如所失,故请休兵秣马,伺其隙而取之,方为上计。伏望陛下三思。"

王忠嗣这一番话,听得李白出了一身汗,又是惭愧,又是后悔,又是不安。他真想跑出朝列去,握住王忠嗣的手说:"闻君一席话,胜读十年书。"他抬头看时,却见皇帝脸上阴云密布,众大臣面面相觑。

正在这时,当朝一品宰相李林甫,出列奏道:"陛下身为天子,天下之事都是陛下的家事。陛下有诏,唯命是从就是忠。"然后,他竟然转身向文武官员们训斥起来:"你们看看宫门两旁的立仗马,每天乖乖地站着,一声不吭,享受的是三品俸禄;只要嘶一声,就拉下去,再也休想到这里来了!"李白一听,不禁暗暗吃惊,原来如今当权的宰相竟是这等货色! 大概玄宗也觉得他说得不伦不类,打了个哈欠。

李白正想出列仗义直言,刚一转身,却有人将他袍袖拉住,一

十八　被斥去朝

看是礼部员外郎崔国辅,摇头向他示意。他略一迟疑,又见朝列中走出一员将领,年纪不过三十来岁,却是趾高气扬,大言不惭地说道:"杀人一万,自损三千。偷鸡还要费把米哩!既然是打仗,哪能不死人!俺中国现有五千多万人口,死他几万,如九牛去一毛。臣请募关中子弟三万人,加上陇右、河西三万人,以六万之众,何愁拿不下一个小小的石堡城!有人贪生怕死,我河西节度副使董延光可不怕死!只要能为陛下开边拓地,俺视死如归!……"

正当董延光讲得白沫四溅,忘乎所以的时候,王忠嗣突然厉声问道:"五年前,青海碛石之役,丧师上万,丢盔弃甲逃回京师的,不就是你董延光吗?"董延光一下就哑了,只得用手抹掉嘴边白沫,退了下去。王忠嗣紧接着又援古证今,备陈利害。最后语重心长地说道:"朝廷频年出兵,今关中丁壮,已征行略尽,孤儿寡妇,遍于京畿。臣非贪生怕死,实不忍以数万人之性命易一官。愿陛下亦下轮台之诏,杜邀功之途,则社稷幸甚,苍生幸甚!"说毕,叩头不止,声震殿廷,直到鲜血流出来,染红了地面。

玄宗的脸色本已泛起怒容,及至目睹此状,也好像不便发作,便挥了挥手,宣布退朝。

李白怀着沉重的心情回到翰林院,先抱起酒壶灌了一气,随后颓然地倒在床上。王忠嗣头上碰出的鲜血老在他眼前出现。王忠嗣最后一句话:"臣实不忍以数万人性命易一官",老在他耳际轰鸣。他想来想去，决定给皇帝上书。于是马上坐起来，抽笔展纸，写将起来。当他正写到："臣亦不忍以数万人性命易一官"，忽然有人推门而入。一看，又是崔国辅。

崔国辅，吴郡人。李白早在青年时代初游金陵时就和他认识了。两人性格既投，又都爱写乐府诗。国辅小诗尤其和李白相近，也是清新而又自然。国辅入朝后，当过集贤殿直学士，后调任礼部员外郎。十年京官，半生闲职，使他雄心壮志已消磨殆尽，诗笔也好像退给了江淹。李白入朝后，他曾多次来访。发现李白意气不减当年，诗情犹胜昔日，使他十分钦佩，也使他不免担心。今天恰好和李白站在一起，见李白意欲出列奏事，恐他言语有失，因此暗中示意。他下朝以后，脱去朝服，便赶到翰林院来。果然不出他所料，李白正准备上书。他连忙抓住李白的手说："贤弟你有所不知，听愚兄慢慢道来。今天幸好是王忠嗣，忠嗣是皇上最心爱的将领，而且是看着他长大的，知他绝无二心，所以当庭抗旨，不忍加罪。若是别人，必定与周子谅同样下场。"接着崔国辅又将近几年朝中内幕略谈一二，比贺知章所说的犹有过之，绝非外人所敢介入。李白这才恍然大悟，他除了侍候帝妃吃喝玩乐，休想有别事可干。何况侍候帝妃吃喝玩乐也遭到人们的忌妒和谗谤了。

翰林院一角，一群蚊子在哼哼：

"他哪里像个翰林学士！醉卧长安街头，已不是一次两次了。

十八　被斥去朝

简直像个叫化子,真是不成体统,有辱翰林!"

"就是在禁中,他也常是喝得酩酊大醉,好几次都不能奉诏。不,我看他是有意拒不奉诏。"

"听说,他竟敢叫高公公给他脱靴,可是真的吗?"

"可不是真的! 再过些时,恐怕还要叫宰相给他磨墨,叫娘娘给他牵纸呢!"

"昨天晚上,主人赐我们观伎,他听了'雉子班'这支曲子以后,写了一首诗,中间有两句:'乍向草中耿介死,不求黄金笼下生。'你们想想是什么意思?"

"总是恃才傲物之意……"

"岂止是恃才傲物! 他是骂咱们这翰林院是鸟笼。你们看,这不是指斥乘舆①么?"

"你们以为他只是掉弄笔墨? 我前几天从他窗下过,听见他和什么人在谈王忠嗣怎样怎样……他和王忠嗣有啥关系?"

"咦,这恐怕是交通外官,图谋不轨啊!"

……

皇宫内院一角,两个苍蝇在嗡嗡:

"高公公,除了上次给你送来的禀帖外,我这里又有了一条。

---

① 乘舆,帝王所乘之车辆,后用作帝王之代称。因天子至尊,不敢直言之,故托之于乘舆,或谓之车驾。

那穷措大听到人们议论他,竟写了一首《翰林读书言怀》,说他在院里一天到晚无非读书,不知怎的招来一些是非。诗中把他自己比成是白璧,骂大家是苍蝇。最后还说他在这里没有久留的意思,胆敢把翰林之职视若敝屣。你看,这是他的亲笔。"

"张驸马,这还是不够啊!我看这事得借重杨娘娘,她说一句,顶咱百句。但是她哪管你什么恃才傲物,指斥乘舆,交通外官?总有什么事犯着她才好。我听见杨娘娘昨天还在背诵他的《清平调》三首。你的文墨比我高深,看看这三首诗里能觅个缝不?只要有个缝儿,咱们就给他下几个蛆。"

"待我想来……'借问汉宫谁得似,可怜飞燕倚新妆'……'飞燕'……赵飞燕……有了!高公公,有了!赵飞燕原是娼家出身。"

"好,好,好,这一条抵十条。她一听准会说:'这李白恁利害呀!还会绕着弯儿骂人,竟骂到俺家头上来了!'我在旁边再吹一吹风,扇一扇火,她一气,告到咱主子那里,管叫他李白滚蛋!"

"这一下可消了你脱靴之恨了!高公公,你该怎样谢我呢?"

"这一下不也拔去你眼中钉了?他一来,你在主子心目中一落千丈。去年侍驾温泉宫本来该是你的差事,那件宫锦袍本来也该是赏给你的,眼睁睁被他夺去了。你倒该谢我才是。"

……

兴庆宫寝殿一角,帝妃们在聊天:

十八　被斥去朝

"听爱妃这一说,李白确实不识抬举。朕也看他不是廊庙之器,还恐他'言温室树'呢!"

"陛下,啥叫'言温室树'?"

"就是泄漏宫廷秘密。汉成帝时大臣孔光,孔子十四世孙,为人周密谨慎。有人问他温室殿中所植何树,他也默然不应。"

"李白那样放肆,哪能及得圣人之后分毫?陛下圣虑极是,确实要提防他乘醉在禁中乱走。万一有些事遭他撞见……还是趁早把他贬得远远的。"

"翰林待诏是个虚衔,并非实职,怎么个贬法呢?"

"既然连个正经官儿也不是,交给李林甫随便处置,不就行了,何劳圣虑?"

"爱妃有所不知。此人虽然轻如鸿毛,怎奈他名满天下,故而不能随便处置。处置不当,遭人议论。不但遭天下议论,还遭后世议论。岂不坏了朕多年广开才路的名声?还是让他好来好去吧。"

……

天宝三载春,李白在累日徘徊,几番犹豫之后,终于上书请求"还山"。玄宗即日"恩准",并赏赐了不少银两。

当李白捧着"赐金还山"的手敕时,不禁感慨万端。

他一会儿感到自己好像宋玉。宋玉在楚襄王驾下为臣,立身行事本来是高洁的,只因他才华出众,又长得一表人才,便受到登徒子忌妒，竟诬告他好色，劝楚王不要让他出入禁中。实际上真正好色的是登徒子，一见女人，不分好歹，就像苍蝇见血。结果，楚襄王竟听信登徒子的谗言，将宋玉赶走了。于是李白写下了《宋玉事楚王》古风一首。

他一会儿又感到自己好像是被人遗弃的妇女。虽然品行端正，人也正在盛年，无奈夫婿薄幸，我色未衰而彼爱已弛，竟至中道弃捐。山中的藤萝尚有松柏可托，自己却连草木也不如。这又是多么悲哀啊！于是李白又写下了《绿萝纷葳蕤》古风一首。

最后，他感到自己好像陇头流水一样，从陇山流下来，流入秦川，流入黄河。它即将一去不复返，怎能不带悲声呢？胡马南去时，回顾朔方的冰雪，尚有依恋之情哩！回想来长安时，看见秋蛾初飞；现在离开长安，看见春蚕已生。啊，三个年头过去了！光阴好像流水一般逝去，我的心却像风中的旌旗没个着落。哪里是我的出路？哪里是我的归宿？……唉，这没完没了的感伤有什么用呢？还是挥掉眼泪走吧，走吧，走吧！只是这颗破碎的心何时才能平复啊？于是李白写下了最后一首古风《秦水别陇首》：

秦水别陇首，幽咽多悲声。胡马顾朔雪，躞蹀长嘶鸣。感物动我心，缅然含归情。昔视秋蛾飞，今见春蚕生。袅袅桑结叶，萋萋柳垂荣。急节谢流水，羁心摇悬旌。挥涕且复去，恻

十八　被斥去朝

怆何时平？

在天宝三载暮春的一天,李白终于取下头上的学士帽,脱下身上的宫锦袍,换上隐士戴的角巾和平民穿的葛服,离开了翰林院,离开了大明宫,离开了长安。只有通向商洛、南阳的那条大路知道他一路上洒下了多少眼泪。

十九　两曜相会

天宝三载五月,四十四岁的李白和三十三岁的杜甫初次相会于东京洛阳。

这时杜甫正寓居洛阳仁风里姑父家中。姑母已于前年去世,她在世时待杜甫如同己出;姑父也很看重杜甫的才学。因此,杜甫从家里偃师县的陆浑山庄来东京时,和过去一样,仍在该处居住。陆浑山庄虽然简陋,也还安适;他和夫人杨氏结婚未久,感情也很好。但因杜甫此时正值盛年,用世心切,所以总是跑到洛阳来,出入翰墨之场,奔走诸侯之门,从事干谒活动,以求进身之路。几年过去了,虽然在社会上已小有文名,但从二十四岁举进士落第以来,至今仍是布衣,心中不免有些抑郁。东京的纸醉金迷,官场的尔虞我诈,翰墨场中的文人相轻,更使杜甫日生厌倦。回到偃师乡下去吗?又觉得不甘心;继续待在东京吗?又实在没意思。

十九　两曜相会

杜甫正在苦闷之中，想找一个志同道合的人倾心畅谈，忽听得待诏翰林的李白，"赐金还山"，路过洛阳。这消息好像闷浊的空气中吹来一股清风，使杜甫不胜欣喜。李白大名，他耳闻已久，可惜一直没有机会见面。李白二十五岁初游江东之时，杜甫在河南巩县还是一个十四岁的小孩子；李白家居安陆时期，虽然往来中原，但杜甫又出游吴越；杜甫漫游齐鲁时，李白却在远游江淮。这一次，杜甫终于要和他渴慕的人见面了，但他不知这位曾经待诏翰林的学士，这位敢于让"高将军"脱靴的狂客，可会和他这个山林野逸订交？他想他要和李白交往，实在是高攀。但又转念一想，自己少年时代初游翰墨场，就曾受到郑州刺史崔尚和豫州刺史魏启心的赞扬，说他的文章很像班固、扬雄；而且鼎鼎大名的文坛前辈李邕和王翰，一个"求识面"，一个"顾卜邻"。虽然他们是意在鼓励后进，自己总算是头角峥嵘。近十年以来，虽然干谒不遂，倒已写了几百篇诗文，其中《望岳》、《登兖州城楼》、《房兵曹胡马》、《画鹰》等首，放在当代诗坛上比谁也不逊色。杜甫终于鼓起勇气出席了洛阳人士为李白洗尘的宴会。

当杜甫步行赶到天津桥南有名的酒商董糟丘开设的"洛阳酒家"时，宴会已快开始，主客正在纷纷入席，竟忘了把他介绍给李白。他原来想象李白必是头戴学士帽，身穿宫锦袍，红光满面，意气洋洋。现在他却看见一个头戴角巾，身穿葛服，完全是隐士打扮的人坐在首席。要说他不是李白,那今天的首席除了李白还会是谁呢?要说他就是李白吗,为什么是这样一身装束?他看李白果然如人们传说的那样,眉宇轩昂,神清气朗,两只眼睛如同饿虎一般。但仔细一看,那眉宇之间却隐隐浮现出痛苦的皱纹,那神情之中却带有一种萧索的意味。虽然也谈笑风生,甚至发出爽朗的笑声,但仔细一听,他的笑声总好像有些勉强,而且尽谈些风花雪月,草木虫鱼。谁要问起他待诏翰林的事,他总是巧妙地回避开去。席间大家都忙于客套应酬,只有受冷落的杜甫把这一切看在眼里。

然而偏偏是被人冷落的杜甫受到李白的注意。李白发现这个屈居末座的人频频向自己投来敬慕的目光,却一言不发;李白发现主人劝酒时常常把他忘记,他却是镇静自若;李白还发现满座只有他面容清癯,穿着朴素,然而也只有他使人感到风清骨峻,脱略凡俗。李白便向邻座打问他的姓名,那邻座只从他正在往外吐的鱼骨中带出两个字:"杜二。"于是,李白便站起身来,持壶在手,一边说道:"来而不往,非礼也!"一边把众人的酒杯一一斟满,然后说道:"让我借花献佛。"紧接着便看定了杜甫,又加上一句:"让我向'会当凌绝顶,一览众山小'[①]的作者杜子美敬一杯。"这一下不仅

---

① 杜甫诗《望岳》句。

十九　两曜相会

出乎大家意料，而且也出乎杜甫意料，他连忙站起来，激动得把李白给他斟得特满的酒弄洒了一半，一时竟不知说什么好了。一口饮完杯中的酒以后，只望着李白欠身，拱手；李白一口饮完杯中的酒以后，也望着杜甫拱手，欠身。杜甫的眼睛不觉湿润起来，李白的眼睛闪着亲切的亮光，两人虽然没有多说话，却彼此都觉得说了很多。

第二天，杜甫在李白寓所里倾心畅谈，直到深夜。李白谈了待诏翰林和赐金还山的真相以后，说道："总而言之，待诏翰林前期可谓'骑虎不敢下'，待诏翰林后期可谓'攀龙忽堕天'。其中滋味，你就可想而知了。"杜甫听了，才知道李白一身隐士打扮和满面萧索神情的由来，不禁感慨系之："我先前可羡慕你啦，谁知竟是这样！真正是'塞翁得马，焉知非祸'啊！"然后又安慰李白说："那么你这一次去朝，塞翁失马，又焉知非福呢？"李白说："祸还没有完呢，哪说得上福？我这一走，高力士未曾报得脱靴之仇，张垍未曾消得夺袍之恨，恐怕未必就此罢休。"于是李白便把他意欲从高天师受道箓的打算，告诉了杜甫："从此遁入方外，为三十六帝之外臣，不受他人间帝王权贵的管辖。"李白说着故意摇头晃脑地又吟了两句诗："抑余何为者？身在方士格——我已身为方士，他们还能把我怎么样呢？"杜甫无限同情地看看李白说："吾兄用心可谓苦矣！"

接连几天，杜甫每天都来陪伴李白。除了听李白讲些长安见闻外，又和李白谈诗论文。他听李白讲了"酒中八仙"之会，又受李白歌行的影响，便写了一首《饮中八仙歌》向李白请教。李白看了说："贤弟此诗，把八个人都写得神气活现，而每个人不过只用了两三句，实在难得。简直是顾恺之的笔墨！"杜甫连忙说："吾兄过奖。小弟只不过借此向你学习。你看尚能学得你一二分否？"李白却一下站起来，高声朗诵道："'岱宗夫如何？齐鲁青未了。'①——气势何等雄健而又内含不露；'孤嶂秦碑在，荒城鲁殿余。'②——法度何等森严而又从容自如。贤弟自有千秋，何须步我后尘？"杜甫也站起来，高声朗诵李白的诗，然后又加以赞叹道："吾兄之诗，清新如庾开府，俊逸似鲍参军；杂言歌行更是如贺监所说的那样，'惊风雨，泣鬼神'。我如能成为第二个李白，也不虚此生了。"李白大摇其头，举起手来给了杜甫肩头一巴掌，高声说道："李太白，杜子美，各领风骚万万年！"然后哈哈大笑。杜甫也随之大开心颜，多日的郁闷便一扫而光。

他们本想多聚些日子，但李白要去开封拜托族祖李彦允转请北海高天师授道箓；杜甫也要为前不久去世的继祖母赶写墓志。于是两人相约秋后在梁园重聚，然后同去访道求仙。

开元年间的宋州现已改为睢阳郡了，但城东的梁园仍旧是旅

---

① 杜甫诗《望岳》句。
② 杜甫诗《登兖州城楼》句。

十九　两曜相会

游胜地。他们在梁园重聚时,和诗人高适不期而遇,高适,字达夫,原籍渤海,久客宋中,就住在梁园附近。开元末期曾为封丘县尉,不得志,辞官归来,过着寄迹渔樵的生活。杜甫和他已是故交,李白与他算是新知,便约他一道同游。但高适主张趁着秋高雁肥,就在梁园东北的孟诸大泽中打猎,胜似访道求仙。

在梁园聚饮时,三人都是好酒量。高适喝得越多话越少,虽喝数十杯不乱。杜甫喝得多了就变得比平日激烈,一改少年老成之态,也颇有些狂放。李白喝到半酣,往往引吭高歌;喝到大醉,还要拔剑起舞。在出猎孟诸时,高适最沉着,杜甫最耐心,李白最活跃。有一次,李白射落一只大雁,高兴得发起狂来,把大雁高举在空中,一边大声叫喊,一边策马飞跑,一气跑了几十里。本来要回西南的睢阳去的,却跑到东北的单父去了。害得杜甫和高适好找。赶到单父城里,李白已经在一边喝酒,一边欣赏歌舞,直到半夜,还不去安息。

李白在梁宋之游中,日夜寻欢作乐。杜甫开始也替他高兴,以为他已抛开了心中的忧愁,忘掉了身上的创痛,后来才发现并非如此。杜甫常在夜间听到李白被梦魇住,不是大声喊叫,就是低声呻吟。他才知道李白心灵创痛之深,已非世俗的方法可以排除。"难怪他要去受道箓,也许只有这个办法能解除他的痛苦吧?"杜甫也无法安睡。

天宝三载①十月,济南郡道教寺院紫极宫里连日传出洪亮的钟声,日夜不断的香烟烛火熏得院中树上的白鹤都搬家了。这里正在举行新道徒入教仪式。

院中高约三尺的土坛上,四角挂着神幡,上面画着八卦。土坛周围牵着绳子,绳子上挂着纸钱。当中一个大神案,上面供着众神祇的牌位。特地从北海郡请来的高天师,正在披发仗剑,踏罡布斗。几十名信徒衣冠整洁,神气肃穆。每个人的手都反剪在背后,就像绑赴刑场的罪犯一样。他们一个跟着一个,环绕着神坛不停地走动,口中念念有词,向神祇忏悔自己一生的罪过。他们这样已经过七天七夜了,除了在凌晨休息片刻,吃一点素食,喝一点清水以外,基本上是昼夜不息。好容易熬到七天上头,高天师重新登坛,大家又强打精神,走完最后一圈。然后齐集坛前,等候高天师给他们授"道箓"。

面色苍白,冷汗淋漓的李白,已在半昏迷状态中。听到高天师喊他的名字,已几乎不能举步,幸好有两个小道士搀着他站到坛前的台阶上。高天师训示的"真言",他已不能听清,只断断续续地听到几句:"凡道士者,大道为父,神明为母,虚无为师,自然为友……慎言语,节饮食,勤修炼,戒嗜欲,……炼尔冰雪之容,延尔金石之

---

① 天宝三年,诏令改年为载。

十九　两曜相会

寿。……"当他从高天师手里接过白绢朱文的"道箓"时,差一点晕倒在地。仍是两个小道士扶着他,并帮他把"道箓"系在左肘上,这才算大功告成。

当李白从三天三夜的昏睡中醒来,第一件事就是庆幸自己终于通过了七天七夜繁琐而又痛苦的仪式,正式成了道门弟子。他以为这一来,名隶紫府,品登仙箓,就可以了却尘缘,忘情世事,超然独立于成败得失之上,也就永远从忧愁痛苦中解放出来。

李白回到东鲁,第一件事就是用玄宗打发他的钱造了一幢酒楼。邀了裴旻叔侄和孔巢父等人三天两头到楼上来聚饮,更多的时候是他一个人夜以继日地沉醉楼头——李白故意用这种办法麻痹自己的心灵。

李白回到东鲁,第二件事就是用玄宗打发他的钱建了一间丹房,打了一眼丹灶,还亲自带着人上山去找矿石,然后升火烧炼。他昼夜守在炉边,看着五颜六色的火焰,做着白日飞升的梦。到了七七四十九天上头,红黄的矿石就变成了灰白的粉末。他服用了三天,就拉起肚子来。但他仍然忙个不停——李白故意用这种办法消磨自己的壮志。

妻子刘氏原以为李白必定是高车驷马,载着满车的金银回来。结果,李白却是一身道家装束,依旧两袖清风。玄宗赐金,受了道箓,造了酒楼,建了丹房下来,便所剩无几,而且又几乎全送给了酒家。刘氏便闹着要离婚,李白也就由她去了。

刘氏走了,"海石榴"却移来了李白家。原来是邻女的丈夫在海外发了财,另有新欢,把她休了。李白毅然收留了她。这回谁也再不敢兴风作浪,一则邻女已是自由之身,二则李白好歹总是"赐金还山"的翰林,即使取个一妻二妾也是合法的。幸好有了"海石榴"的照料,李白才没有死于酒精中毒和丹药中毒。

次年夏天,杜甫邀李白去济南。济南郡司马李之芳是北海郡太守李邕的从侄。他见郡中有名的历下古亭多年失修,势将倾圮,因而在原有的基础上另建新亭。新亭落成后,李之芳便邀请齐鲁名士来游历下。在此次聚会中,李白不但和杜甫、高适再次相见,而且见到了二十多年前的渝州刺史,现在的北海太守李邕。两人见面时,你看我,我看你,看来看去,不约而同哈哈大笑。李邕说:"果然是'大鹏一日同风起,扶摇直上九万里。……'"李白说:"惭愧,惭愧!扬子雕虫,悔其少作。前辈就别提了。您老已近古稀之年了吧?倒是越老越精神,不但是名满天下的贤太守,而且是不畏权贵的干将、莫邪。"于是李白讲了他"攀龙堕天"的经历,李邕讲了他屡遭贬谪的经历。李邕早在开元十三年,玄宗东封泰山时即蒙召见。邕时为陈州刺史,有令名,所上辞赋亦称旨。他便以为当居宰相之职,结果不但未得升迁,反遭张说忌妒;到了后来,又遭李林甫忌妒。总而言之,都是怕他夺了相位,屡次小题大做,加害于

十九 两曜相会

他。李邕讲完了他的遭遇,露出他的满头白发说道:"生死有命,富贵在天。我早已生死富贵置之度外,就谁也不怕了!"大家听了,感叹不已。

这年秋天,李白和杜甫又同到鲁郡北郭的范十庄上盘桓。范十是他们在济南李之芳席上结识的一位隐士。他的幽栖之地吸引李、杜二人来访,但因路径不熟,迷失了方向。李白又一跤跌在苍耳丛中,帽子跌落了,衣服上也粘满了多刺的苍耳子。拂也拂不去,抖也抖不掉。杜甫要帮他一个个拿下来,李白却不管它,竟衣冠不整地叩开了范氏庄门。李白不等小童通报就直往里去,一边走一边喊道:"范老十啊,你看我是谁呀!"逗得主人始而吃惊,继而奇怪,终于大笑。随即叫小童搬出新鲜的蔬菜瓜果和家酿的黄酒招待客人。酒过数巡之后,三人兴致越高,上下古今,天南地北,奇闻轶事,三教九流,无所不谈,只是绝口不谈个人的功名富贵。最后,李白干脆脱去衣帽,躺在院中一块大石头上,高声吟起陆机的《猛虎行》来:"渴不饮盗泉水,热不息恶木阴。恶木岂无枝,壮志多苦心。"直到夜半,他们才进屋安息。李白和杜甫在范十庄上盘桓了十来天。白天他们手拉手地散步谈心,到晚来同床共被而眠。范十看着他们两人说:"你俩简直像亲兄弟一样。曹丕所谓'文人相轻,自古而然'之论,可以说被你们打破了。"

临别时,范十请他们各赋诗留念。李白写了一首《寻鲁城北范居士》,杜甫写了一首《与李十二白寻范十隐居》。

杜甫和李白也要分手了。李白在尧祠石门给杜甫饯行。

他们共同感到都像飘风中的飞蓬一样,不知何处是他们安身立命之所。功业不成,丹砂未就,只是每日里痛饮狂歌,视富贵如浮云,把王侯当粪土,快意一时,可又有什么用呢?于是杜甫口占一诗:

秋来相顾尚飘蓬,未就丹砂愧葛洪。痛饮狂歌空度日,飞扬跋扈为谁雄?

他们共同感到都像飘风中的飞蓬一样,不知何日再能相聚。且对着这石门秋光,再干上几杯兰陵美酒吧!于是李白口占一诗:

醉别复几日,登临遍池台。何时石门路,重有金樽开?秋波落泗水,海色明徂徕。飞蓬各自远,且尽手中杯。

二人分手以后,不久李白就去了江东,杜甫则上了长安。虽然天各一方,但是心在一处,互有寄诗,各抒别情。杜甫寄李白的诗大都留了底稿保存在他的集中,李白寄杜甫的诗却多散失了。此是后话。

二十　总为浮云能蔽日,长安不见使人愁

被斥去朝一事,给李白留下的创痛太深了。诚挚的友情,纯朴的爱情,都不能消除;道箓上的符咒,也不济事;成坛的烈酒,成罐的丹药,更是饮鸩止渴。多日的五劳七伤终于使他大病一场,前后足有半年之久,直到天宝五载秋后才好利索。

不顾家人和亲友的劝阻,李白决定出游。以为名山胜境或能清洗他的心魂,治愈他的创痛。他想起多年就想去一游的越中山水,想起贺知章给他介绍的天台山、天姥山,还想起谢灵运写的诗句:"暝投剡中宿,明登天姥岑。高高入云霓,还期那可寻?"更是悠然神往。

有一天,他竟然梦见自己在月光下飞过了镜湖,飞到了天姥山。只见峰峦挺拔,高耸入云,好像和天连在一块。又只见它无头无尾,无边无际,好像占据了整个大地。正寻找上山的路,准备拾

级而登,不知怎么一来,已经到了山中。抬头一看,竟看见了海上日出的奇景;侧耳一听,竟听见了天鸡报晓的鸣声。这不是到了天上了么?信步走去,果然景色非凡。幽岩绝壑,奇花异草,都不是人间所有。正在心旷神怡之际,天色却突然暗了下来,好像是要下雨了,又好像是天快黑了。想寻个地方歇一歇足,同时躲一躲雨,忽听见野兽的声音,好像是熊在咆哮,龙在呻吟,震得林中的树叶、山上的石头簌簌地直往下掉。李白连忙寻路下山。谁知雷雨大作,山崩地陷。正使人震惊,忽见崩陷之处露出一座洞府,石门大开,恍惚间走了进去,里面又是一番天地:足下好像是一片大海,深不见底;半空中好像是蓬莱仙岛,日月同辉。忽见一群仙人纷纷下降,穿着霓虹似的衣裳,坐着鸾凤驾的彩车,苍龙给他们充前驱,白虎给他们当后卫,密密麻麻,熙熙攘攘,直向人头上蜂拥而来。连忙躲闪,一交就跌下了九霄云。李白醒来,万象皆空,眼前不过萧然一书斋而已。

这个梦使李白想了好多天,越想越觉得这个梦恰似他二入长安的经历:"这势拔五岳,高耸入云的仙山,不就像帝京长安么?这一夜飞度,直上九霄,不就像当年奉诏入朝么?山中的风雨晦暝,不就像君心之莫测么?山中的熊咆龙吟,不就像君威之可畏么?山中那些仙人,不就像长安城中那些贵人么?那神仙洞府,不就是皇宫内院么?我这一交跌下九霄云,不就像所谓的赐金还山

二十 总为浮云能蔽日,长安不见使人愁

么?……啊!我三年待诏翰林生活,的确不过是一枕黄粱!既是一枕黄粱,我又何必低徊不已?富贵荣华原是东流逝水,过眼云烟,甚至是敝屣,我还留恋它则甚?况且我这个人哪能低眉顺眼,点头哈腰去侍奉那些权贵们?还不如当老百姓还开心一些!别了,那在我心头曾经是金光闪闪的长安!别了,那在我心头曾经是伟大英明的圣主!别了,我多年来的登朝入仕的梦想!"

于是,李白写了《梦游天姥吟》一诗:

海客谈瀛洲,烟涛微茫信难求;越人语天姥,云霞明灭或可睹。天姥连天向天横,势拔五岳掩赤城。天台一万八千丈,对此欲倒东南倾。我欲因之梦吴越,一夜飞度镜湖月。湖月照我影,送我至剡溪。谢公宿处今尚在,渌水荡漾清猿啼。脚著谢公屐,身登青云梯。半壁见海日,空中闻天鸡。千岩万转路不定,迷花倚石忽已暝。熊咆龙吟殷岩泉,栗深林兮惊层巅。云青青兮欲雨,水澹澹兮生烟。列缺霹雳,丘峦崩摧。洞天石扉,訇然中开。青冥浩荡不见底,日月照耀金银台。霓为衣兮风为马,云之君兮纷纷而来下。虎鼓瑟兮鸾回车,仙之人兮列如麻。忽魂悸以魄动,怳惊起而长嗟。惟觉时之枕席,失向来之烟霞。世间行乐亦如此,古来万事东流水。别君去兮何时还?且放白鹿青崖间,须行即骑访名山。安能摧眉折腰

李 白 传

事权贵,使我不得开心颜!

在李白南下越中前夕,东鲁的友人们给李白饯行的宴会上,大家请李白赋诗留念时,李白就在这首《梦游天姥吟》的题目下面,加上了"留别"二字。

渴望出游的李白冒着大雪启程南下。好像走得远一些,就可以把长安忘却,就可以把往事丢开。因此,不管天寒地冻,他毅然踏上了千里征途。

但谁知一路行来,却处处是触景伤情。

他到了睢阳,梁园清泠池上,正是雪深三尺。在这里他遇到故人岑勋,不免想起十年前在元丹丘颍阳山居那次欢聚。那时还以为"天生我材必有用",谁知奉诏入朝,竟落得如此下场。于是在《鸣皋歌送岑徵君》一诗中,不禁又发了一通牢骚。

他到了扬州,已是冬末春初。扬州是他三十年前旧游之地:"曩昔东游维扬,不逾一年,散金三十余万,有落魄公子,悉皆济之。"那时大唐王朝在他心目中是多么光辉灿烂啊!人生的道路在他心目中是多么平坦宽广啊!谁知后来事实竟大谬不然。因此,虽然是烟花三月,胜地重游,但总觉得风景不殊,举目有山河之异。于是在《留别广陵诸公》一诗中,写到几十年的经历,特别是写到第二次入长安时,他又不禁感慨系之。

二十　总为浮云能蔽日，长安不见使人愁

他到了金陵，在这里度过了春天。金陵也是他三十年前旧游之地，当时写的诗是何等轻快："风吹柳花满店香，吴姬压酒劝客尝。金陵子弟来相送，欲行不行各尽觞。请君试问东流水，别意与之谁短长？"三十年后重游，再也写不出这种轻快的调子了。登山临水，写景抒情，总是有兴亡之感，时兴黍离之悲。特别是《登金陵凤凰台》一诗，本想寄隐忧于比兴，谁知写到末尾却情不自禁，颖脱而出：

凤凰台上凤凰游，凤去台空江自流。吴宫花草埋幽径，晋代衣冠成古丘。三山半落青天外，一水中分白鹭洲。总为浮云能蔽日，长安不见使人愁。

他到了丹阳①，正值炎夏。运河边一队纤夫赤身露体，拖着满载巨石的上水船，在乱石滩上匍匐前进，沿途唱着悲哀的《丁都护歌》。烈火般的太阳，使他们的血液都快凝固了，掬起一捧河水来，却一半是泥土。他们就用这泥浆似的水勉强润了润嗓子，又挣扎向前。李白站在岸上目送他们远去，心中感到无限的酸楚，竟不觉流下泪来。同时，一阕新的《丁都护歌》便从他肺腑中涌出：

---

① 丹阳，在金陵东，古称云阳。

云阳上征去,两岸饶商贾。吴牛喘月时,拖船一何苦。水浊不可饮,壶浆半成土。一唱都护歌,心摧泪如雨。万人凿磐石,无由达江浒。君看石芒砀,掩泪悲千古。

　　他记得青年时期,初出三峡之际,也曾看到过纤夫拖船,也曾听到过他们的号子,心中却不曾如此伤感。而现在呢,当船夫们"心摧泪如雨"时,自己也不禁"掩泪悲千古"了。

　　他到了吴郡,游览了吴王夫差的姑苏台,写下了《苏台览古》;他到了越中,游览了越王勾践的故宫,写下了《越中览古》。在这些诗中,不是从盛时说起,转入荒凉;就是从满目荒凉中回顾盛时,调子总是十分萧索。

　　他到了会稽郡,才知道贺知章已于前年去世。对着故宅门前的荷塘,想起他们在长安的交往,三年待诏翰林的甜酸苦辣,又一齐涌上心头。因此,写下了《对酒忆贺监二首》。

　　李白终于到了天台山,这座古人拟之于仙界蓬莱的名山,是他幻想中的忘忧之乡。一到山足下的国清寺,那数里不见天日的万径松,就已使他精神一爽。到了人们传说中的只需一濯即可消除一切尘烦的灵溪,他真的感到好像灵魂洗了个澡。到了石桥,那横跨两崖之间,下临飞瀑百丈的空中悬梁,其长数丈,其宽仅能容足,

二十　总为浮云能蔽日,长安不见使人愁

而又长满了青苔,谁要能跨过去,就能成仙。要不是有人劝阻,他真想去试一试。当他登上天台绝顶——华顶,啊,天好近,地好远!这不是仙界是什么呢?

东望大海,只见波涛翻滚,如同巨鳌出没,又见祥云笼罩,恍惚蓬莱仙岛就在前方。当他早起观日出,朝霞映在积雪的悬崖绝壁上,幻出五光十色的奇景,置身其间,好像自己已变成了仙人。但就在这高出尘表,远离人寰的高山之巅,他却想起秦皇、汉武派人入海求仙的故事:"劳民伤财,耗时数十年之久,蓬莱仙山究竟在哪里呢?骊山下的始皇陵和咸阳原上的武帝陵都被人盗了。假若他们的灵魂不死,为什么连自己的陵墓都无力保护呢?"他由秦皇、汉武又不禁想到当朝:"一方面穷兵黩武,滥事征伐,一方面又妄想长生不死,成仙成佛——这是多么荒谬啊!"于是李白在天台山绝顶,写下了借古讽今的《登高丘而望远海》。

李白一心想忘掉长安,一心想忘掉人世,然而走到天涯海角,他也未能忘掉。

天宝七载春,李白从越中返至金陵,从友人王十二处听到一连串惊人的消息。故人崔成甫被贬到洞庭南的湘阴去了,又一故人王昌龄被贬到夜郎西的龙标去了,还有一个故人李邕竟被刑讯致死。原来,在近两三年中,朝廷屡兴大狱,株连的人不计其数。

首先是韦坚的冤案。

李白传

天宝三载,崔成甫的上司陕郡太守兼水陆转运使韦坚,以开新潭、通漕运有功,升任三品刑部尚书,成甫以领衔唱《得宝歌》有功,也随之由九品县尉升任八品监察御史。谁知还不到两年,韦坚就被李林甫以交通外官,谋立太子的罪名贬出长安,而且株连了一大批人,"饮中八仙"之一的李适之也在内,甚至连当日划船的船夫也未能幸免。韦坚贬到外地后,又被李林甫派去的爪牙罗希奭和吉温追逼致死。李适之在贬所,听说罗、吉二人要来,害怕受不了他们的严刑逼供,干脆服毒自杀了。崔成甫即受此案牵连,但他毕竟是个小人物,所以还算侥幸,被贬到湘阴了事。

接着是李邕的冤案。

李邕由于名满天下,早为李林甫所嫉,加以李邕豪侈成性,不拘细行,日以宴饮驰猎为事。李林甫便暗中使人日求其短,适逢其会,天宝五载冬天,左骁卫兵曹参军柳勣有罪下狱,李邕便被牵连进去。原来是柳勣在罗希奭、吉温威胁利诱之下,诬告李邕曾经对他议论过朝政得失和皇帝吉凶。李林甫便又派罗希奭到北海郡,按察此事。李邕自然不服,罗、吉二人使用刑讯逼供,竟将李邕活活打死在刑庭之上。曾任过刑部尚书的淄州太守裴敦复,也被牵连进去,也被活活打死在刑庭之上。

接着又是王忠嗣的冤案。

王忠嗣终因上言谏阻攻取吐蕃石堡城一事,以"阻挠军功"得

二十　总为浮云能蔽日，长安不见使人愁

罪。李林甫早就忌妒王忠嗣，更从而落井下石，竟唆使人诬告他有奉立太子为帝之意。玄宗便将王忠嗣下狱推讯，几处极刑。后改贬汉阳太守，不久就忧愤而死。

这一连串的冤案使李白目瞪口呆，竟不知语从何起。王十二虽然见到好友忍不住不说，但毕竟心有余悸，也就匆匆告辞。他走后，李白独自一人怔怔地想了三天三夜：

"韦坚在皇上跟前不是也很受宠信么？……哦，他哪里是李林甫这奸贼的对手！……可怜李适之更是无辜受累。"

"李邕不幸而言中，李林甫果然要了他的命。可怜他七十高龄竟死于刑庭之上！可惜他一代干将、莫邪竟折于佞臣之手！……"

"王忠嗣这样的忠臣良将，竟也是如此下场！真是自毁长城，自毁长城，自毁长城啊！……"

最后，他想到王昌龄被贬，恐非偶然，若非受李邕案株连，就是受王忠嗣案株连。"什么'不矜细行'？无非是酗酒、狎妓之类，这算得屁事！借口罢了。"

李白越想越义愤填膺，越想越忧心如焚。洪流要倾泻，火山要爆发。但他只能暂时熬住，把千言万语凝聚成一首小诗《闻王昌龄左迁龙标遥有此寄》："杨花尽落子规啼，闻道龙标过五溪。我寄愁心与明月，随风直到夜郎西。"他这颗愁心把明月都坠得西斜了。

李林甫等人还在不断兴起冤狱。他以杨贵妃从兄杨国忠有掖

庭之亲,不时出入禁中,深得玄宗宠幸,因此,便和杨国忠结为内援,并使杨国忠为御史中丞,掌握监察大权。其下又有罗希奭、吉温等一批鹰犬,为之驱使。于是他们在玄宗面前,任意奏劾忠良与无辜。凡他们所嫉恨的人,皆诬陷下狱,罗织成罪,滥刑逼供。仅长安城中家破人亡者,即达数百户,罗希奭和吉温被人称为"罗钳吉网"。

就在一代忠良和大批无辜的尸体上,就在数万士卒和无数孤寡的血泊和泪海中,李林甫率领百官频频给玄宗上尊号,树丰碑。

接二连三的冤狱,牵四挂五的株连,使满朝文武噤若寒蝉,州县官吏更是重足而立。天宝八载,玄宗用哥舒翰为河西陇右节度使代王忠嗣,使率大军攻取石堡。石堡倒是攻下来了,但却牺牲了几万士卒的生命,果如王忠嗣所言。消息传来,举国震动,但是大家都敢怒而不敢言。

李白呢?人们常见他带着歌妓舞姬到处游山玩水,人们常见他和三朋四友在酒楼上击筑高歌,人们常见他和一伙市井游侠在钟山下呼鹰逐兔。人们还听说,有一次他约了几个酒客,雇了一只小舟,在秦淮河上玩月,然后又溯江而上,一直到五十里外的天门山,第二天才从天门山返回金陵。一路上又是饮酒,又是猜拳,又是吹拉弹唱,整整闹腾了两天两夜。最后快到金陵城下时,他胡乱裹了乌纱巾,颠倒披了宫锦袍,斜倚在船舷上,仰天狂笑。惊动了

二十　总为浮云能蔽日，长安不见使人愁

岸上的人驻足观看，其中有一个和他相好的吴姬认出他来，向他招手："哎呀呀，李郎官，侬奈能成了格般怪模样？快快上岸来哉？"李白也向她挥手："宝贝儿，我就是想你想疯了哟！"就连船上其他的酒客也觉得太不像话，连忙吩咐船家掉转船头，划向江心。

再后来呢，人们听说李白又皈依佛教，跟一位天竺高僧上庐山东林寺参禅打坐去了。

就在这时，有一批诗歌在江东流传。

一首是《夷则格上白鸠拂舞辞》：

> 铿鸣钟，考朗鼓。歌白鸠，引拂舞。白鸠之白谁与邻，霜衣雪衿诚可珍，含哺七子能平均。食不噎，性安驯。首农政，鸣阳春。天子刻玉杖，镂形赐耆人。白鹭之白非纯真，外洁其色心匪仁。阙五德，无司晨，胡为啄我葭下之紫鳞。鹰鹯雕鹗，贪而好杀，凤凰虽大圣，不愿以为臣。

人们一看就明白，诗中的"霜衣雪衿诚可珍"的"白鸠"是指开元前期的贤相姚崇、宋璟、韩休、张九龄等人；诗中的"外洁其色心匪仁"的"白鹭"是指"口蜜腹剑"的李林甫；诗中"贪而好杀"的"鹰鹯雕鹗"是指屡兴大狱，诛逐忠良的权奸和酷吏；诗中的"凤凰"是指皇帝。"是啊，百鸟之王的凤凰真不该以这些吃人心肝的猛禽为

臣。用它们为臣，凤凰也就算不得大圣了！"人们读后不禁纷纷议论。

再一首是《战城南》：

去年战，桑乾源。今年战，葱河道。洗兵条支海上波，放马天山雪中草。万里长征战，三军尽衰老。匈奴以杀戮为耕作，古来唯见白骨黄沙田。秦家筑城备胡处，汉家还有烽火燃。烽火燃不息，征战无已时。野战格斗死，败马号鸣向天悲。乌鸢啄人肠，衔飞上挂枯树枝。士卒涂草莽，将军空尔为。乃知兵者是凶器，圣人不得已而用之！

人们一看就想起，天宝元年，朝廷用兵桑乾，征伐奚和契丹；又想起天宝六年朝廷用兵西域，征伐吐蕃；更想起最近的青海石堡之役。"听说，石堡城下的石头都给人血染红了，树上到处挂着人肠子。真是拉命债啊！""是啊，战争本是不祥之事，古代圣君是不得已才用它。像如今这样穷兵黩武，把几万良家子弟视同蝼蚁，把无数民脂民膏当作粪土，真是到了丧心病狂的田地了！"人们读后都悲愤难平。

还有一首是《答王十二寒夜独酌有怀》：

二十　总为浮云能蔽日，长安不见使人愁

……君不能狸膏金距学斗鸡，坐令鼻息吹虹霓。君不能学哥舒，横行青海夜带刀，西屠石堡取紫袍。吟诗作赋北窗里，万言不值一杯水。……

大家刚一读到这里，便议论起来："是啊，这些年来，只要有一套斗鸡术，马上就可以飞黄腾达；只要敢拉命债，立地就可以升官发财。呕心沥血，吟诗作赋，任你才学再高，也得不到重视。怪不得有人气极了说反话，发牢骚，这反话说的真带劲儿！这牢骚发的真痛快！"

鱼目亦笑我，谓与明月同。骅骝拳跼不能食，蹇驴得志鸣春风。折杨黄华合流俗，晋君听琴枉清角。巴人谁肯和阳春，楚地犹来贱奇璞。

大家看到这里马上又品评一番："死鱼眼睛自比明月，还要讪笑别人。千里马食不饱，力不足，无法奔驰；烂毛驴却迎着春风昂昂地自鸣得意。庸俗低级的歌曲到处流行，惊天动地的乐章却无人欣赏。而今世事确是如此，确是如此！"

……与君论心握君手，荣辱于余亦何有？孔圣犹闻伤凤

麟,董龙更是何鸡狗！一生傲岸苦不谐,恩疏媒劳志多乖。严陵高揖汉天子,何必长剑拄颐事玉阶！

大家看到这里,不觉仔细参详起来:"'孔圣'一句自然是指孔子感慨'凤鸟不至,河不出图,吾已矣乎！'又感慨麒麟出非其时,徒遭网罗之灾。董龙呢？哦,记起来了,董龙是前秦苻生的佞臣。这两句恐有所指。对,对,'孔圣'句是作者自喻,'董龙'句是骂……谁是当今人所共知的佞臣,就是骂谁！哈哈,骂得好,骂得好！……"

……君不见李北海,英风豪气今何在？君不见裴尚书,土坟三尺蒿棘居。少年早欲五湖去,见此弥将钟鼎疏。

到了最后这几句,大家一看,一下都沉默了。悲愤在大家心头回旋,又不约而同把这首诗从头到尾读了一遍,把诗中的警句反复在口头吟诵,好像它们是从自己心头涌出的一样。最后,不约而同爆发出一阵由衷的赞叹：

"像这样大胆抨击朝政的诗,还从来没见过。"

"真是言人所不敢言！而且句句说在人心上！"

"整首诗气势,直如长虹贯日,彗星袭月,苍鹰击于殿上！"

"这首诗是谁写的呢？还有先前的几首都是谁写的呢？"

二十　总为浮云能蔽日，长安不见使人愁

大家猜来猜去，终于猜到李白头上。但是李白这两年不是只知狂醉于花月之间吗？不是正热衷于奉佛吗？

当李林甫的鹰犬赶到江东搜捕这批抨击朝政的诗作者时，又有另一批抨击朝政的诗在两京流传。一首题为《前出塞》，其中对天子已有怨望之辞，例如：

戚戚去故里，悠悠赴交河。公家有程期，亡命婴祸罗。君已富土境，开边一何多！弃绝父母恩，吞声负行戈。

再一首题为《兵车行》，更是怨气冲天，竟写出这样的话来：

……边庭流血成海水，武皇开边意未已。君不闻，汉家山东二百州，千村万落生荆杞。

……君不见，青海头，古来白骨无人收。新鬼烦冤旧鬼哭，天阴雨湿声啾啾。

李林甫的鹰犬又赶到洛阳，赶到长安，终于没有结果。

接连两年，关中大旱，原定的封禅大典也不得不停下来。昏君奸臣恐遭天谴，暴政淫威才有所收敛；向昏君奸臣怒飞鸣镝的李白和杜甫也才幸免于难。

二十一　幽州之行

　　天宝十载的秋天，南阳附近的石门山中，李白应故人元丹丘之约到此盘桓。元丹丘在山中营建了一处新的幽居，比起他旧有的颍阳山居来，其峰峦之秀，林壑之美，均有过而无不及，而且更是远离尘嚣，人迹罕至。李白来了一看，就羡慕不已。每日里，元丹丘陪着他随意登临。他们信步走去，也不记得走了多远。在寂静的山林中只听见猿猱在叫唤，在幽深的山谷中还留着千年积雪。走着走着，眼见那白云忽而出来了，忽而又回去了。走着走着，不知什么时候太阳已落山了，月亮已出来了。于是他们在月光松影之下慢慢踱回山居。李白真想把全家搬来，从此隐居在这深山之中。

　　当李白谈起这个打算时，元丹丘笑道："你打算倒是打算过多次了，就是这颗心冷不下来。隐居呀，出世呀，学道呀，成仙呀，你一说起来总是煞有介事。其实呢，往往其言愈冷，其心愈热。"李白

二十一 幽州之行

也笑道："我二人异姓为天伦,知我莫如君。出世云云,果如君言。那年我从高天师受道箓后,本来决心遁入方外,再不过问世事,谁知跑到天涯海角,也未能忘情朝政。"停了一下,他又继续说道,"不过这几年下来,我也确实寒心了。我这一次可是真正想找一个地方隐居了。"

元丹丘听了也感慨一番,忽又问道："但不知嫂夫人意下如何?你俩新婚燕尔,她怎能随你避居深山呢?"李白听了,便将他去年正式续娶的宗氏夫人介绍了一番:"贤弟有所不知,你这位嫂嫂颇有些与众不同。她虽是相门之女,但却是自幼好道。秉性孤高,甘心淡泊。要不,她怎么看上了我这个野鹤闲云?她祖父宗楚客在武后朝,虽曾显赫一时,但也是三起三落,最后因参与韦后之乱,问了斩罪。遭此重大变故,宗家即一蹶不振。她之所以自幼好道,想必与此有关。而今宗家在梁园附近还有些破旧楼台,凄凉歌馆,但她却不愿在那里住下去,早想觅一幽栖之地。要不是她兄弟宗璟苦苦留住她,她早已出家去了。和我结婚以后,正好夫妻偕隐。我这次到石门山中来,正是奉她之命哩!"元丹丘说:"既然如此,那就在我附近选个地方吧。这山下原是春秋时的隐者长沮、桀溺耦耕之地。我等正好继承他们的高风亮节。"于是李白便在石门山中住了下来,准备营建一个全家隐居的地方。

还没有住上半个月,他就心神不宁起来。友人何昌浩的一封信时时出现在他心头。那封信是他不久以前在梁园收到的,当时看后,本已丢过一边,现在到了山中,却又想起它来。

何昌浩本是一个落第秀才,先前潦倒不堪,曾受过李白多次接济。谁知此人去年到了幽州节度使幕府之中,竟当了参赞军机的判官。来信字里行间充满了得意之情,并俨然以主人身份邀李白前往幽州。信中最后写道:"……足下才兼文武,强弟十倍。倘来塞垣,何愁英雄无用武之地!即使无意入幕,何妨来此一游?题诗碣石之馆,纵酒燕王之台,亦人生快事也!……"李白把这几句话记得一字不差。夜来独坐灯下,不觉思如潮涌:

"是啊,我空有一身剑术,未曾一试锋芒。何不拂剑而起,投笔从戎,学那班定远立功异域,扬名千载?即使马革裹尸,也比老死深山多几分英雄气。焉能白首穷经,学那济南伏生?人生在世,不为社稷苍生干一番事业,平平安安活一百岁,活一千岁,又有什么意思?"

"宗氏虽不嫌我年过半百,仍是一介布衣,但我男子汉大丈夫岂能无愧于心?以她的品貌,以她的才情,年纪也才三十几岁,完全可以嫁一个达官贵人,但她偏看中了我!难得她对我如此深情厚意。就是为了她,我也该出去闯一闯,庶几不负她一片芳心。"

"但是,这幽州是安禄山管辖的地方。安禄山这人究竟怎么样?听说他目不知书,又听说他为人骄横跋扈,还听说他和杨贵

二十一　幽州之行

妃……但是天宝三载,让他当了平卢节度使,不久又兼了幽州节度使,后来又兼了河东节度使,最近还封了东平王。异姓封王,他还是头一个!皇上既然对他如此重用,想必他是国之干城。只要他忠勇为国,其余的事,我管它则甚!何况何昌浩信中说得好:'即使无入幕之意,何妨来此一游。'是啊,先去看看怕什么?"

于是李白给何昌浩写了回信,并附诗一首《赠何七判官昌浩》:

有时忽惆怅,匡坐至夜分。平明空啸咤,思欲解世纷。心随长风去,吹散万里云。羞作济南生,九十诵古文。不然拂剑起,沙漠收奇勋。老死阡陌间,何因扬清芬?夫子今管乐,英才冠三军。终与同出处,岂将沮溺群?

当李白回到妻子所在的梁园时,他的幽州之行的打算,遭到宗氏强烈的反对。她压根儿不愿李白从政,更不愿李白到幽州去冒险。她认为从政无异暴虎冯河,幽州更是龙潭虎穴。她预言骄横跋扈的安禄山日后必然为乱。她再三表示:愿和李白共糟糠,不教夫婿觅封侯。甚至不惜极而言之,而且痛哭流涕地说道:"你我夫妻鸾凤相得,琴瑟初谐,想不到就要生离死别,你这一去可是凶多吉少啊!"

李白没有想到妻子把事情看得这样凶险,本想和她分辩,但见她颦眉泪眼,也于心不忍,只好作罢。但过了几天,李白建功立业的思想又燃烧起来。宗氏预言安禄山势必为乱,把幽州说成是龙潭虎穴,反而激起了他的冒险之心:"不入虎穴,焉得虎子?此行探得虚实动静,向朝廷上书建言,便可戢祸乱于未萌,不就是为社稷苍生立一功吗?岂止一功,简直是不朽之奇勋!"此念一生,宗氏便再也挡不住李白。你说是龙潭虎穴么?他正要去探一探;你说是刀山火海么?他偏要去闯一闯。和宗氏夫人临别时,虽然也不禁洒下数行热泪,但李白终于开始了幽州之行。

经过开封时,在友人于十一和裴十三为他饯行的筵席上,李白拔剑起舞,慷慨悲歌,并写下留别诗一首,又特地把诗的最后几句吟诵了一番:

劝尔一杯酒,拂尔裘上霜。尔为我楚舞,吾为尔楚歌。且探虎穴向沙漠,鸣鞭走马凌黄河。耻作易水别,临歧泪滂沱。

一边念着:"耻作易水别,临歧泪滂沱",一边却不禁流下泪来。他觉得自己好像是垓下之战前夕的项羽,又好像是即将入秦的荆轲。

黄河渡头,风高浪急,浊流滚滚。宗氏苦苦的劝告,又在他耳边萦绕。李白不禁想起古乐府《箜篌引》来:"公无渡河,公竟渡

二十一 幽州之行

河。渡河而死,将奈公何!"他恍惚看见《箜篌引》中那个披发狂叟,向着波浪滔天的黄河跑来,他的妻子在后面一边追赶,一边叫喊,却未能将他止住,他终于跳下黄河,随即被浊浪卷走了。李白感到此时此际自己就像那个乱流而渡的披发狂叟,而宗氏千言万语便化作了一声声凄厉的呼唤:"公无渡河!公无渡河!公无渡河!①……"李白多想回到宗氏身边,但他已登上了黄河彼岸。

由于心怀忐忑,因此一路上走走停停,停停走走。直到次年十月,才到达幽州节度使幕府所在地蓟县。

何昌浩热情地接待了李白,但是十分遗憾地说道:"老兄来的可是不巧!王爷入朝未归。他的左右手高尚、严庄也随他去了。他们要明年开春才能回来。老兄权且住下,先看看边塞风光。入幕之事不在话下。"李白心想:"我来的正巧!"便答道:"很好,很好,我正想先看看边塞风光。"李白便在何昌浩安排之下,南到范阳,北到蓟门,东到渔阳,西到易水,各处周游了一番。

十月的幽州,已经是白杨早落,塞草前衰,但扩军备战却搞得热火朝天。烽火一处接一处燃烧起来,羽书一封连一封送进朝去。战车排着森严的行列,战马蹴起漫天的尘土。猎猎的旌旗漫卷着凄紧的风沙,呜呜的画角迎来了海上的明月。营帐布满了辽

---

① 李诗中屡以渡河喻从政。

东的原野,兵器多得像天上的星星,将士们日夜在操练、演习。李白以为是为了保卫王朝的边疆,迎击外来的敌人,不禁热血沸腾,写了《出自蓟北门行》一诗,对守边的将士们歌颂了一番。在各处游览之余,李白又和边将们一道出猎。大家见他骑着骏马,前后左右,周旋进退,越沟堑,登丘陵,无不驰骋自如;又见他弓开似满月,箭去若流星,连发两箭,竟射下两只老鹰来,众人无不惊服。从此李白每日便操练武艺,纵谈兵法,而且对人说他是李广的后代。

李白正陶醉在"沙漠收奇勋"的梦里,有一天,突然故人礼部员外郎崔国辅之子崔度来访。李白记得天宝初年在长安见他时,年方弱冠,天资颖悟,授以古乐府之学和剑术,往往得心应手。因此他们既有叔侄之谊,又是师徒之分。今日里,塞上相逢,分外亲热。李白问他何时到此,何以到此?崔度说他因屡试进士不第,便弃文就武。到此已三年有余,现在营州平卢节度使幕府中任判官之职。李白正说:"你果然有了出息……"崔度的脸色突然阴沉下来,而且露出警惕神色,低声说道:"老叔有所不知,小侄有心腹之言相告。"随即又说道,"此处非说话之所。"两人便以登览古迹为名,骑马出了蓟县城门,到了燕昭王当年拜乐毅为大将的黄金台遗址上。席地幕天,四顾无人,崔度才将他三年来所见所闻向李白细说从头。直听得李白出了一身冷汗。

原来战功赫赫的安禄山是以轻启边衅,假报军功起家。他多

二十一　幽州之行

次使用阴谋诡计,假意将奚和契丹的酋长请来联欢,把他们用酒灌醉,然后缚送朝廷,充作战俘。原来身兼幽州、平卢、河东三镇节度使的安禄山已握有全国兵力之半,还在边事掩护之下,招兵买马,扩充武力。原来到处安营扎寨,日夜操练,这一片繁忙备战景象,并不是为了抵御外来的敌人,而是包藏着极大的祸心。谈到这里,崔度问道:"老叔可曾留心此地裁缝铺里在做什么?"李白连忙说道:"我正自奇怪,裁缝铺都在赶制各色袍带……"崔度说:"要不是准备封赠大批官员,赶制这些东西干什么呢?"李白也说:"要不是准备另立朝廷,节度使幕府又哪有权力封赠绯衣银带、紫衣玉带呢?"谈罢两人面面相觑。李白看崔度两眉深锁,崔度看李白双目灼灼。半晌,李白猛然紧握着崔度的手激动地说:"我们速将此事上奏朝廷吧。"崔度连忙摆手:"他正是深得宠信之时,谁敢去告发他?"

最后,李白只有在黄金台遗址上痛哭了一场:"君王啊,你最宠信的人果然是一个窃国大盗!你竟然把偌大一个北海都送给了这条长鲸,让它去兴风作浪,危害苍生社稷!眼看大祸就要临头了!"崔度也忍不住和他同洒一掬忧国之泪。他们打定主意趁安禄山没有回来,从速离开这龙潭虎穴之地。

崔度以省亲为名先走了,并带走了李白给妻子的一封密信。崔度走后,李白如坐针毡,后悔不听宗氏之言。他好像看见黄河倒流,洪水滔天;他好像看见安禄山变成了一条齿若雪山的长鲸,成千成万地吞噬生灵。他好像看到自己果然成了《箜篌引》中的白首狂夫,即将有灭顶之灾。于是李白在忧心如焚的状态下,写下了《公无渡河》一诗:

黄河西来决昆仑,咆哮万里触龙门。波滔天,尧咨嗟。大禹理百川,儿啼不窥家。杀湍埋洪水,九州始蚕麻。其害乃去,茫然风沙。披发之叟狂而痴,清晨径流欲奚为?旁人不惜妻止之,公无渡河苦渡之。虎可搏,河难凭,公果溺死流海湄。有长鲸白齿若雪山,公乎公乎挂骨于其间。箜篌所悲竟不还!

幸好不久,接到宗氏重病信息一封,李白就以此为名,辞别何昌浩,赶快离开了幽州,回到河南。

二十二　三入长安(一)

河南道睢阳城外宗家庄,其地和梁园相邻。李白与宗氏结婚后,即以此为家。

天宝十二载早春,寒夜深院,一座小楼上传出凄清的弦乐之声。

宗氏夫人独坐室中,满面愁容,弹奏着一具破旧的箜篌,低声唱着:"公无渡河,公竟渡河……"如怨如慕,如泣如诉。

侍女在外间一声惊呼;"姑爷回来了!"李白来不及脱去风帽、斗篷,已跨入室内;宗氏丢开箜篌,迎了上去,竟忘了嘘寒问暖。夫妇二人执手凝视半天,犹恐他们是在梦中。

彼此坐定以后,李白喝了一杯热茶,才开口说道:"长话短叙,果然安禄山要反了。"

此事早在宗氏预料之中。她见李白十分困顿,不愿他多费精神,想让他早些歇息。便只淡淡说道:"既然天下即将大乱,你我夫妻还是早日到嵩山中去隐居修道吧。"

李白却说:"我何尝不想同你偕隐?怎奈还有一件大事未了。"

宗氏一怔:"你还有什么大事未了?"

李白反而有了精神:"我必须马上赶往长安,向朝廷陈献济时之策。若能消除这场大乱,也算实现了我平生济苍生安社稷之志。"

宗氏一急:"夫君啊,此次虎穴生还,已是大幸。从此就该收起尘心,忘却世事。何况那安禄山正是炙手可热,你怎敢告他谋反呀?"

李白越发振振有辞:"乱臣贼子,人人得而诛之。我有何不敢?"

宗氏欲罢不能:"话虽如此,但你一介布衣,凭什么去诛乱臣贼子?"

李白更来了劲头:"凭什么?凭我三寸不烂之舌,五寸生花之笔,我要挽狂澜于既倒,消祸乱于未发!"

宗氏哭笑不得,无可奈何,只好自言自语,自嗟自叹:"一梦未醒,又入一梦。才离虎穴,又入龙潭。其奈君何!其奈君何!"

三天后,仍是宗氏一人独坐小楼,弹奏着《箜篌引》。

二十二 三入长安(一)

天宝十二载早春二月,长安的杨柳吐出了鹅黄的嫩芽,把帝京装点得一片金黄,耀人眼目。龙楼凤阙依然巍然耸峙,横跨三川;紫陌红尘依然朱轮往来,骏马驰骤;王侯们依然如星辰挂在天上,宾客们依然如云烟簇拥城中。长安城依然是一派太平盛世的景象。"快一百四十年了,这壮丽的帝京,这赫赫的王朝,有谁知道它已危若累卵,祸在眉睫?"李白面对长安的太平景象,心中越发充满了倾危感和迫切感。他无心一一重游故地,也不敢在大街上多抛头露面,而径直来到城南的杜甫家中。他在来长安的途中早已想好:在前几年乌云满天,黄风匝地的日子里,和他不约而同向朝廷暴政飞起鸣镝的故人,此次必能助他一臂之力。

李、杜二人在阔别十年后相见,又惊又喜,又喜又悲。匆匆叙过寒温,谈话便转向当前的朝政。果然不出李白所料,杜甫心中也充满了同样的倾危感,并拿出他去年十月《登慈恩寺塔》一诗:"高标跨苍穹,烈风无时休。自非旷士怀,登兹翻百忧。……"当李白读到"秦山忽破碎,泾渭不可求。俯视但一气,焉能辨皇州?……"便在书案上重重一拍,说道:"我此行正是为保秦山,安皇州而来。"即将他意欲陈献济时策之事和盘托出,和杜甫促膝密谈直到半夜。两人一致感到此事非得朝中有力之人鼎助不可,否则连奏疏都呈递不上去。

找谁好呢?两人寻思良久,满朝文武大臣中竟找不到一个可托之人。新任宰相杨国忠,倒是有权有势,但却是继李林甫之后又一个结党营私的奸佞之辈,朝中大臣多仰他鼻息行事。因此须得在杨党之外找一个权位相当而又忠勇为国之人。想来想去,好不容易想到一个去冬入朝的哥舒翰。哥舒虽是番将,却能读《左氏春秋》,且为人讲义气,重然诺。曾在王忠嗣部下多年,骁勇善战,屡建功勋,升为陇右节度使,兼河源军使,也算得是塞上长城。数年前,忠嗣以"阻挠军功"获罪,哥舒被召入朝,攻打石堡,势非得已。当李林甫落井下石陷忠嗣于死罪时,哥舒翰力保忠嗣,声泪俱下,使玄宗感悟,忠嗣得免于极刑,故朝野皆称其义。去冬入朝,以陇右、河西等镇节度使,加开府仪同三司,又挂了御史大夫头衔,已有与闻军政大事之权。"献策之事若能得此人鼎助,必能成功。"李白便转忧为喜。杜甫也说:"至少总不会坏事。"二人计议已定,已是黎明,便分头行事。杜甫进城去打听哥舒翰是否尚在朝中;李白开始起草奏疏。

傍午,杜甫从城中归来,刚一进屋,李白便急切问道:"情况如何?"

"待我慢慢道来。"杜甫一边说着,一边从柳条筐内取出酒一壶、肉一块,叫大儿子宗文交给母亲,又把小儿子宗武打发开去,然后才说:"哥舒翰倒是尚在朝中。但是要他转呈奏疏,告发安禄山谋反,此事风险太大,恐怕他不肯出头——城中几位至交好友都是

二十二 三入长安(一)

这种说法。"末了又说,"王补阙和宋庙丞还关照你,要特别小心。"

李白对王、宋二位故人的关照,置若罔闻,便发起感慨来:"他哥舒翰是国家栋梁之材,又有与闻军政大事之权,怎能置国家危亡于不顾?……这便如何是好?"旋又自问自答,"咱们试一试如何?"

杜甫沉吟良久,方才开口:"试一试么?可不能拿你的奏疏去试。一字入公门,九牛拖不出。我看,你试先写一首投赠诗,旁敲侧击,引而不发,看他意下何如,再谈下文。"

李白一拍手,忙道:"对!说得有理。好一个引而不发!待我今夜多费点工夫,给哥舒翰写一首引而不发的投赠诗。草成后,你帮我仔细斟酌。"

深夜灯下,杜甫逐字逐句地反复地读了李白《述德兼陈情上哥舒大夫》一诗。虽然只有短短八句,却费了半个时辰,然后说道:"诗题明明写着'述德兼陈情',而内容偏偏只有'述德'而无'陈情'。既不是要求入他的幕府,又不是要他推荐你再入翰林,更不是要他接济财物——压根儿没提你自己。他看了以后就该想想作者投赠此诗究竟是为了什么?"

李白连忙插话:"对呀!"

杜甫接着又说:"'述德'呢?并不歌颂他的边功,像民歌中所唱的那样:'北斗七星高,哥舒夜带刀。至今窥牧马,不敢过临洮。'而是以'国家英才'相许,以'浩荡深谋'相期。他也该看出作者是在寄予他厚望,希望他不仅有攻城略地之勇,还要有安邦定国之谋。总之他应该能看出作者投赠此诗必是有大事相托。哥舒虽是一介武夫,但他能读《左氏春秋》,颇谙微言大义。此诗的弦外之音,言外之意,想必他是能体会的。"

李白又连忙插话:"对呀!"

杜甫最后却说:"他要是有心,自然会请你去面谈;他要是不理,那就难了。"

李白只好说:"姑且投石问路——把这首诗送去再说吧。"

投石问路的诗送出去不过几天,李白已是急不可耐,大呼:"闷死我也!"

这时正是长安人游春的季节,城东南的曲江池又是春游胜地,不过数里之遥。杜甫便陪李白同到曲江一游,聊以解闷。

曲江池,依旧是紫陌红尘,游人如织,花柳明媚,楼台辉煌。虽然繁华不减当年,怎奈心情今非昔比。任它柳细蒲新,绿酣红醉,李白却视而不见;任它莺啼燕语,男喧女笑,李白却听而不闻。杜甫见他没情没趣,也就无甚兴致。快到池南的望春宫时,见警卫森严,气象肃穆,便料定必是皇家有人到此。正欲回头,忽然,池北大路上传来人喊马嘶,游人纷纷躲避。他们两人也连忙靠边,靠边,再靠边,索性上了路外的小土冈。站定后一看,只见红尘过处,一队人马浩浩荡荡而来。最前头是数十骑卫队开路,继而是三面锦

二十二 三入长安(一)

旗导行:一面绣着"秦国"二字,一面绣着"韩国"二字,一面绣着"虢国"二字。然后是十二个小太监分别侍候着三匹桃花马,马上骑着三位盛妆丽人,两旁还各有一列宫娥随行。最后又是一面锦旗,上面单绣着一个"杨"字,旗后一匹金鞍白马,上乘一人,紫袍玉带,趾高气扬,左顾右盼,威风凛凛。只听得他大喝一声:"把闲人打开!"左右侍卫们就挥起皮鞭向靠得稍近的游人劈头打来。他又催马上前,到三位夫人身旁一一问候,然后就和虢国夫人并辔同行,两人公然调笑。路人们胆小怕事的都背过身去,侧目而视。忽然又见望春宫中驰出数骑,一个老太监带着几个小太监迎了过来,高声宣旨:"万岁口谕:三位夫人即时乘马入宫,万岁爷和杨娘娘已在苑中等候多时了。杨丞相别殿赐宴。"俯伏在地的杨丞相谢恩已毕,站起身来口呼"高公公"时,高力士已经引着三位夫人进宫去了。李白和杜甫在小土冈上进退不得,直站了将近半个时辰,看完了这幕好戏,才随游人散去。在归途中听见游人们纷纷议论:

"群芳归一人,方知天子尊。"一个秀才模样的人酸不溜秋地说。

"呸,妈的一群骚狐!"一个红脸汉子骂道。

"狗日的一皮鞭恰恰打在我脸上。"一个庄稼汉捂着脸,脸上一道血印从右额直到左腮。

"嘻嘻,我可拾到一个好东西。"一个满头戴花的半老徐娘说着,拿出一个嵌着珍珠和玛瑙的花钿。

红脸汉子说:"我这里也拾到一包'好东西'呢,丞相袍袖里掉出来的,春药一包,都给了你吧。老虔婆!"

……

李杜二人行至无人之处也议论了一番:

"我在幽州时,听说李林甫死了,还以为朝政该有转机,谁知接替他的竟是董偃之流。"

"董偃不过是汉武帝姑母馆陶公主的面首,虽然见幸于公主,得宠于武帝,并未参预朝政。这位国舅可是掌握朝政的宰相啊!"

"他本是蜀中小吏,而且是无赖之徒,怎么不到十年竟贵宠若是?"

"一则是椒房之亲,二则是李林甫的抬举,三则是他和李一样,也最善于谄媚逢迎。有此三者,焉得不扶摇直上?"

最后,两人不约而同连声叹息。

当晚,李白写了《咸阳二三月》一诗,杜甫写了《丽人行》一诗,各秉春秋之笔,寄大义于微言,记下了他们亲见的时事。

二十三　三入长安(二)

长安的柳枝早已由鹅黄转为嫩绿,又由嫩绿转为青翠,最后变成郁郁葱葱,如烟似雾。显然春已过半,而李白投石问路的诗却如石沉大海。但他还不甘心,不顾杜甫的劝阻,又亲自进城去奔走。

大明宫外,侍卫林立。李白在宫门外等候散朝,看看有没有当年的故人。旁边还有一些看热闹的百姓,簇拥在车马旁边。

将近午时,两个手持长戟的侍卫过来驱散众人:"快散朝了,闲人靠边站!"

文武百官鱼贯而出。李白看来看去,竟无一人相识。垂头丧气,正想走开。忽见一人,年约三十有余,容颜俊美,服饰华丽,好生面熟。见他走到一匹银鞍紫鞯的骏马跟前,正要上马,李白这才想了起来,连忙上前招呼:"独孤驸马,别来无恙?"

独孤驸马把他审视了一阵:"你是……?"

"在下李白",他向独孤匆忙施了一礼,紧接着说,"十年前,我在此门内与你初次见面,那时我正要入宫见驾,蒙你待以国士之礼。"

独孤这才还了一礼,说道:"哦,你是李翰林。几时到京,有何贵干?"

李白却问:"府上如今在哪里?"

独孤却说:"我如今住家的地方离此很远,不劳大驾。你有什么事就在这里说吧。"

这大明宫外哪里是说话的地方呢?李白只好说:"久别重逢,待我赠诗一首。"一边说着,一边已从袖内取出纸笔,靠着马鞍,一挥而就。

独孤接过诗笺,匆匆看过,看到最后两句:"倘得公子重回顾,何必侯嬴长抱关①。"又把李白上下一看,说道,"不料先生一寒至此!"便从腰间解下玉佩一枚,递与李白,"聊表寸心。"

李白拱手拒绝,说道:"驸马错会了我的诗意。想那侯嬴与信陵君交往,岂是为了得到信陵君的周济?"

独孤只好说:"那是为了什么?"

---

① 侯嬴,战国时魏之隐士,年七十,为大梁城守门人。魏王异母弟信陵君知其非常人,以之为上宾。秦兵攻赵,围邯郸,信陵君姊为赵王弟平原君夫人,数驰书求救,魏王不顾。侯嬴为信陵君献窃符之计。信陵君既得虎符,遂将兵击秦,卒解邯郸之围。

二十三 三入长安(二)

李白低声:"驸马忘记窃符救赵的故事了?那窃符救赵之策不是侯嬴献给信陵君的么?"

独孤露出惊疑之色看着李白。

正在这时,大明宫内涌出一彪人马来。一队羽林军押着两个五花大绑的犯人,朝南而去。

李白问:"这两人犯了什么罪?是绑赴刑场么?"

独孤说:"押回幽州,交东平王处置。他们好大胆子,竟来诬告安王爷!"

李白大惊失色,强作镇静。

独孤问他:"你还要说什么来着?"

李白连忙说:"我,我,我什么话也没有了。公子……请上马。"

紫极宫附近,李白与王补阙、宋庙丞不期而遇。三人未及多言,先找了一个僻静的小酒家,又登上无人的小阁楼,然后才开口叙谈。

李白:"二位别来无恙?"

王补阙:"无恙,无恙。你待诏翰林那年,我就是补阙,现在还在补阙。只因圣朝无阙可补,这些年倒也清闲。"

宋庙丞:"我先前看守的惠庄太子庙早已合并为七太子庙了。如今我只不过在那里挂个虚名,倒也与世无争。"

王补阙:"所以我们两人都入了道,常来这紫极宫中散心。"

宋庙丞:"比起李道兄来,我们是后学了。"

李白:"我虽入道多年,怎奈尘缘难了,丹液未成,实在愧对故人。"

王补阙:"道兄不必过谦,今日我等正要向你请教。"他突然低声对李白说,"献策之事,我等已听杜二贤弟说过了。"随即又高声问李白道,"老子所谓'人法地,地法天,天法道,道法自然。'其义云何?"

李白答道:"无为。"

宋庙丞也低声对李白说:"大唐气数将尽,人力难以回天。"随即也高声向李白请教,"老子所谓'众人熙熙,如享太牢,如登春台。我独泊兮,其未兆;混沌兮,如婴儿之未孩。'其义云何?"

李白答道:"知其雄,守其雌;知其白,守其黑。"

王补阙:"'致虚极,守静笃',其义云何?"

李白答道:"妄作,凶。"

王、宋二人连连颔首微笑:"道兄毕竟夙有仙根,要言不烦,深得老子精义。""惠我良多,惠我良多。"

三人时而大声纵谈仙道,时而小声议论时政。最后王、宋二人异口同声,语重心长:"吾兄早离长安为好。我们这次小酌就算是给你饯行了。"

李白心领神会,意在言外:"愚兄决心与二位结海上之契,为天

二十三 三入长安(二)

外之宾,他日相会于蓬莱仙山。从今以后再不涉此荒溪之波,只去寻那浩然之津。不日即将辞楚,避秦去矣!"

李白在慈恩寺塔上,伫立良久,极目四望。

他向北面望去,看见一片宫殿,又一片宫殿。忽然,龙楼凤阁化为瓦砾和荒草,其间豺狼出没,毒蛇蜿蜒,萤火点点,鸱枭声声。

他向南面望去,看见终南山雄峙天边,宛如屏幛。忽然,山脉断裂,峰峦崩摧,洪水滔天而来。

他向东面望去,看见曲江池树木葱葱,波光粼粼。忽然,一只凤凰从远方飞来,却找不到地方栖息。林间、枝头,全被一群群乌鸦、麻雀、鸱枭等等所盘踞。

他向西面望去,看见北原上唐代列祖列宗的陵墓,松柏掩映,郁郁葱葱。忽然,西风乍起,落叶满地,残阳使一切都涂上了鲜血。

李白如痴似迷,如癫似狂,满室彷徨,最后踉跄下楼,向田野奔去,至一断岸,无路可走,痛哭而返。

长安城南,杜甫家中,李白收拾行李已毕。宗文、宗武进来:"李伯伯,你就要走了么?你答应给我们讲故事,还没有讲呢!"

李白勉强笑笑:"好吧,我这就给你们讲。咱们到前院去吧。"回身将一卷文稿交给杜甫,低声嘱咐,"付之一炬。"杜甫接过揣入怀中。

前院榆树下,李白和两个孩子围着一块石板做的桌子坐下。

李白说:"讲一个什么故事好呢?……讲一个卞和献璞的故事吧。"

宗文说:"爸爸早给我们讲过了。"

李白问道:"那你们可知道卞和献过几次璞?结果如何呢?"

宗武抢着回答:"三次。第一次把他的左足砍掉了,第二次把他的右足砍掉了,第三次他终于献成了。"

宗文补充说:"这就是有名的和氏璧。"

李白却说:"据我所知,卞和第三次也没有献成功,还差一点丢了脑袋。"

宗文宗武不约而同:"是吗?"

宗文:"那他怎么办呢?"

宗武:"赶快逃走呀!"

李白说:"是的,他正要去寻找桃花源。"

两个孩子莫名其妙地看着他。随后要求李白再讲一个。

李白说:"好,再讲一个'湘灵'的故事吧。古时候有姊妹二人,一个叫娥皇,一个叫女英。她们是尧的女儿,舜的妃子。舜当了天子后,到南方去远征,一去就杳无音信。姊妹俩等呀盼呀,一月又一月,一年又一年,舜还是没有消息。她们就出发去寻找,走了千里万里,来到湘水边上,听说舜已经死在苍梧之野。她们来到苍梧之野的九嶷山下,只看到无边的白云,却不知舜的坟墓在哪里。她们在湘水边上哭了三天三夜,眼泪洒遍了江边的竹林。最后,她们

二十三 三入长安(二)

的泪流尽了,心也碎了,就投江死了。"

三人沉默了好一阵。

宗文问道:"这故事是真的么?"

李白说:"真的。至今湘水岸上的竹子还有斑斑泪痕。"

宗武问道:"那她们死了以后呢?"

李白说:"她们成了'湘灵',——湘江女神,至今还在湘水上唱着悲哀的歌。"

两个孩子不约而同:"李伯伯,你学给我们听听。"

李白不语,神情悲愤,起舞,作歌:

远别离,古有皇英之二女。乃在洞庭之南,潇湘之浦。海水直下万里深,谁人不言此离苦?日惨惨兮云冥冥,猩猩啼烟兮鬼啸雨。我纵言之将何补?皇穹窃恐不照余之忠诚。雷凭凭兮欲吼怒,尧舜当之亦禅禹。君失臣兮龙为鱼,权归臣兮鼠变虎。或云:尧幽囚,舜野死。九嶷联绵皆相似,重瞳孤坟竟何是?帝子泣兮绿云间,随风波兮去无还。恸哭兮远望,见苍梧之深山。苍梧山崩湘水绝,竹上之泪乃可灭。①

---

① 《远别离》一诗,前人众说纷纭,愚意未敢苟同。窃以为,此系李白三入长安献策失败后,去国离都、忧时伤怀之作。借湘灵之恸,为国运一哭。其说详见拙著《李白研究》。

二十四　南下宣城

幽州之行和三入长安,使李白对大唐王朝的政治形势总算有了清醒的认识:朝廷上已是一片昏暗,唐玄宗已是不可救药,大乱即将起来,亡国之祸就在不远。

他感到自己好像是比干遭遇殷纣王,屈原遭遇楚怀王;他好像看见神兽流落在原野,荆棘塞满了宫殿——到处都是亡国的景象。从政如入虎口,还有什么可留恋的呢?于是他写下了《殷后乱天纪》古风一首。

他又感到自己好像生逢战国时代,天下扰攘不息,到处是怨怒的歌声。处在这种乱世,就连孔子也想乘桴浮于海,老子也骑上青牛出关去了。有见识的人感到大势不好,都趁早高举远引,自己还在路口徘徊干什么呢?于是他又写下了《三季分战国》古风一首。

他甚至感到大唐王朝已经到了秦始皇末年那种境地。他不禁

二十四　南下宣城

想起古代的神话;秦始皇三十六年,使者郑客西入函谷关,夜过华阴道,遇见华山之神托他将秦始皇所遗失的璧交给镐池之神,并预言"祖龙死"。他不禁又想起桃花源的传说:晋时有一渔人迷路,误入桃花源,村中之人自云先世避秦时乱,率妻子邑人来此隔绝之境,遂不复出。问现在是何世,竟然不知有汉,更不用说魏、晋了。于是他又写下了《郑客西入关》古风一首。

李白忧一阵,愁一阵,感慨一阵,终于下定决心,要远走高飞,去找一个避乱的桃花源。恰在这时,李白的从弟,宣城郡长史李昭,来信邀李白去宣城。

李昭在信中把宣城郡这样介绍了一番:"宣州自古为名邑上郡。星分斗牛,地控荆吴,为天下之腹心,实江南之奥壤。既有山川之胜,又兼海陆之富。永嘉以后,衣冠避难,多来江左;六朝文物,萃于斯邑。至今余风犹存,虽闾巷之间,吟咏不辍。宣城为郡治所,据山为城,枕水为邑。山为陵阳,水为双溪。陵阳之巅,高出城闉。南齐谢玄晖守此郡时,建斋以居,以其居高临下,故谓之高斋。后世几经修葺,犹可登览。登斯楼也,城郭皆在掌中,山川尽入心目。北望敬亭崛起于川原之中,横崎若屏障,连绵三十余里,尤为一郡之雄秀。此高人逸士所必仰止而快登也!"最后,李昭又在信中写道:"弟佐此郡,政清且闲。每登高斋,时游敬亭。望风怀想,能不依依?吾兄曷兴乎来!继余霞成绮之句,赋临风怀谢之章,舍兄其谁哉!"李白看了,自然心向往之,特别是自己最仰慕的谢朓遗迹尚存,长史李昭又如此殷勤相邀,生活上也有个依靠,更觉得宣城是一个理想的避世之地。便决定只身先往,随后再来搬迁家小。

于是,李白换上道装,佩上丹囊,又带了满箱子道书,决心出世去了。

天宝十二载的秋天,李白在南下宣城途中来到长江边,来到横江渡。

本来是自西而东的长江,从庐山足下逐渐折向东北。到了芜湖至金陵一段,竟然变成自南而北,横亘在这吴头楚尾一带。横江渡就在这段横着的长江的西岸,地属和州历阳郡。牛渚矶,亦即采石矶,就在它的东岸,地属当涂县。这里本来是江山形胜之地,又是南北往来要冲,还有著名的历史古迹。孙吴经略江东,晋室永嘉南渡,隋代韩擒虎伐陈,都是从这里过江。横江渡可谓屡历兴亡,数经沧桑了。所以骚人吟士经过这里,总要赋诗留念,而横江总是以它特有的风浪来迎接往来行旅。

李白一路行来,思前想后,心情十分痛苦。既充满了理想破灭的悲哀,又充满了剪不断,理还乱的离愁,还充满了对苍生社稷的殷忧,更哪堪再加上大半生辛酸的回忆。来到这"微风辄浪作"的横江渡头,又正值海潮汹涌的季节,他心中的风浪便和江上的风浪

二十四　南下宣城

发生了强烈的共鸣。举眼望去,只觉得云愁雾惨,天昏地暗,阴风怒号,浊浪排空。那风势好像把大山都能吹倒,那浪头好像比金陵的瓦官阁还要高。"这人们称道的江山形胜之地,竟是如此险恶!这多像我的幽州之行!甚至我一生从政的经历,也像这条横江一样啊!"

他站在渡头朝上游望去,只见波涛汹涌,好像海水倒灌进来,逆流而上的潮头几乎要扑过浔阳。"浔阳江上的马当就够险了,谁知这牛渚之险更甚于马当。长江上的天险,一处比一处更险,我这一生从政的经历,也是一次比一次更险啊!青年时期,遍干诸侯,到处碰壁,历抵卿相,一事无成。中年时期,奉诏入朝,仰天大笑而去,低头挥泪而返,甚至被迫遁入方外。到了垂老之年,北上塞垣,更是探虎穴,几入虎口;历湍波,险堕深渊。横江啊,你的风浪勾起了我几十年的辛酸往事!"

他站在渡头回身西望,只见云山万重,不见长安何处。正凝望间,恍惚看见江水上连汉水,汉水又上连渭水,渭水又上连长安,好像从扬子津坐上船一直就可以驶向那里。忽然长江、汉水、渭水又一下消失,眼前却是白浪如山的横江。"白浪如山的横江怎能过得去啊!连敢挂高帆,惯驶巨舟的船夫也愁坏了。云山万重的长安怎能回得去啊!回不去了,此生此世也回不去了!"

他站在渡头朝下游望去,只见江流奔向云雾弥漫的远方,那就是大海。他想起古代神话中所说南海神来,想着想着,就恍惚看见海神经过东海,带来一阵恶风,掀起一阵巨浪,直扑附近的天门山,把本来是完整的石壁一下就冲开了……忽然,海神变成了安禄山,恶风巨浪变成了千军万马,天门山变成了潼关。……

他为了躲开这些可怕的幻景,便走到管理渡口的馆驿前面,打听过渡的事。津吏向他介绍了渡口情况,并指着东方的天空说:"李郎官,海上起云了,还有更大的风浪就要到来,这样的天气可不敢行船啊!"李白一看天上,果然云在涌,眼见乌云即将笼罩整个大地;一看江上,果然浪在涨,好像海上的长鲸在翻腾,迫使众水倒流。李白只好告别了津吏,自回城中。横江渡前津吏几句本来平平常常的话,却在李白心里回荡不已:"还有更大的风浪就要到来! 还有更大的风浪就要到来! 还有更大的风浪就要到来!……"他猛然一惊:"是啊,这场风浪一起来,三山五岳都会震动,整个国家都将在风雨飘摇之中,千万苍生都将在水深火热之中……"于是李白写下了《横江词六首》:

人道横江好,侬道横江恶。一风三日吹倒山,白浪高于瓦官阁。(其一)

海潮南去过浔阳,牛渚由来险马当。横江欲渡风波恶,一水牵愁万里长。(其二)

二十四　南下宣城

横江西望阻西秦，汉水东连扬子津。白浪如山那可渡？狂风愁杀峭帆人。（其三）

海神来过恶风回，浪打天门石壁开。浙江八月何如此，涛似连山喷雪来！（其四）

横江馆前津吏迎，为余东指海云生。"郎今欲渡缘何事，如此风波不可行！"（其五）

月晕天风雾不开，海鲸东蹙百川回。惊波一起三山动，公无渡河归去来！（其六）

李白随着秋风和黄叶来到宣城。

宣城风光酷似西蜀。城东的宛溪使他想起青莲乡的盘江；宛溪虽然没有盘江大，但也是清澈见底。城北的敬亭山使他想起青莲乡的匡山；敬亭山虽然没有匡山高，但也是清幽宜人。山间林下星星点点的殷红的杜鹃花，又使他想起故乡的子规鸟。蜀人把子规叫杜鹃，传说是古蜀帝杜宇的精灵。它在暮春时节，常从半夜叫到天明，直到口中滴下鲜血。这杜鹃花大概就是子规鸟口中滴下的血吧？

总之，宣城风物处处使李白想起蜀中，加以太守和长史对他的热情接待，李白也就权将他乡作故乡。

初来宣城三个月中，他除了登山临水，寻幽访胜，就是闭门读

《庄子》。当他没钱打酒时,便写上几首诗送给长史和太守,他们便给他送来一些润笔之资。他总是右手接过来,左手就送到纪老头的酒店里,以便随时到店里取酒。纪老头酿的"老春",色清味醇,使李白感到十分满意。李白三天两头总要到店里来坐坐,一边喝酒,一边和几个老百姓"聒聒山海经",然后慢慢走回去,顺便带上一罐"老春"。

人们看他过得很悠闲,他也觉得很适意。谁知有一次在敬亭山上,听一个胡人吹笛,当笛中飞出他熟悉的秦声,在长安时期多次听过的《梅花落》和《出塞曲》时,他不知不觉就流下泪来,并写下了《观胡人吹笛》一诗:

胡人吹玉笛,一半是秦声。十月吴山晓,梅花落敬亭。愁闻出塞曲,泪满逐臣缨。却望长安道,空怀恋主情。

人们看他过得很悠闲,他也觉得很适意。谁知一次在赠李昭的诗中,正颂扬主人的仁爱、好客,却忽然又发起这样的感慨来:

才将圣不偶,命与时俱背。独立山海间,空老圣明代。

二十四　南下宣城

人们看他过得很悠闲,他也觉得很适意。谁知他在敬亭山上独坐,正感到四大皆空,六根清净,却忽然有一种大孤独、大寂寞,从内心深处袭来:"我对世间的一切都厌弃了,世间的一切对我也厌弃了,只有这座小山是我唯一的伴侣了。"于是他口占一绝:

众鸟高飞尽,孤云独去闲。相看两不厌,只有敬亭山。

原来他的悠闲生活和恬适心境,竟如河上的春冰,只是表面上的薄薄一层。任何一个小石子投上去,便可以把它击破。薄薄的冰层下面依旧是奔腾的河水,打着回旋,翻着浪花。

李白不远千里来到宣城,本来是想求得身心的安静,结果在安静的生活中,又感到寂寞难耐,于是便在次年春出游宣城各县及其旁郡。南陵县丞常某是李白故人,款待十分热情,还陪着他看了铜官矿,游了五松山。然后李白又到了秋浦,县令崔某也很好客,也陪着他欣赏了秋浦风光。然后李白又到了青阳,当地名士多人陪他游了九华山,还请他和大家联句作为纪念。然后,李白又到了泾县。泾县县令汪伦本是倜傥之士,又雅好诗文,更兼对李白渴慕已久,因此一见之下,如仰天人。特地邀请李白到桃花潭汪氏别业中盘桓多日。临别时,汪伦又特地约了一群乡亲到河边给李白"踏

歌"送行。李白为主人盛情所感,立时口占一绝:

　　李白乘舟将欲行,忽闻岸上踏歌声。桃花潭水深千尺,不及汪伦送我情。

　　宣城各县人士的盛情使李白的苦闷也得到一些缓解,但"白发三千丈"的感慨也出现在他的诗中。

　　李白回到宣城已是北雁南飞季节。日里饮食无味,夜里辗转难眠。正在无可如何之时,恰好族叔八品监察御史李华出使东南,路过宣城。两人见面以后,互道契阔已毕,李白便邀李华同登谢朓楼。名为览胜,实则谈心。李白多么希望从李华口中得知一些朝廷近况,多么希望从笼罩四野的阴霾中看见一线光明,结果李华谈的一连串消息,无一不使他愁上加愁。

　　杨国忠为邀功固宠,滥用武力,出兵南诏,至西洱河,大败。他却将真相掩盖起来,继续出兵,竟至全军覆没。前后伤亡几达二十万之众。

　　皇帝依然沉湎声色,宴游无度。杨氏兄弟姊妹皆列土封侯。诸贵戚以进食相尚,竞献水陆珍馐,一盘之费,中人十家之产。

　　关中水旱相继,去秋霖雨达六十日。物价暴贵,斗米千钱。街头巷尾,一片啼饥号寒之声,朱雀门大街上也出现了饿殍。

二十四　南下宣城

李华自己呢,虽然身负监察重任,专司考核吏治,但在权臣窃柄,贪猾当路的情况下,事事掣肘,寸步难行。此次奉命出按郡县,发现不法之事多起,一寻根究底,都牵涉到朝中权贵。想不管又恐失职,想管又管不了。他大着胆子给皇上奏了几本,至今还提心吊胆,恐怕凶多吉少。

李华所谈种种,无一不证实李白的不祥预感:昙花一现的盛世即将一去不复返了,大唐王朝的太平天下就快完结了。

两人正相对无语,忽听得"咿哑"之声从空中传来,抬头一看,只见一行雁阵乘着万里秋风,自北而南,横过宣城上空,没入天际。秋风和归雁好像把李白的愁心引了开去,于是他们又开怀畅饮。

接着,他们又纵谈诗文。从庄、骚谈到史、汉,又从建安谈到六朝。两人不约而同感到,古代杰出的作者无一不是逸兴超迈,壮思腾飞。可见,必须有第一等襟怀,才能有第一等诗文。李华问及李白近作,李白朗诵了他的《横江词》。李华听了说:"登山则情满于山,观海则意溢于海。你这一组《横江词》正是如此。"李白问及李华近作,李华朗诵了他的《吊古战场文》。李白听了说:"这篇文章更在你先前的《含元殿赋》之上。名为吊古战场,实则吊今战场。"李华说:"和你的《战城南》一样。"

最后,他们又谈到谢朓。在赞赏谢朓诗才之余,又为谢朓的身世感叹了一番。这位才华绝代的诗人,不幸受人诬陷,死于狱中,只活了三十六岁。故钟嵘《诗品》有云:"恨其兰玉早凋,故长辔未逞。"

古人的悲剧,使李白不禁联想到自己也是有志莫申,顿时又觉愁思汹涌,如江似河,连刀也斩不断了。

于是李白在谢朓楼上挥笔写下了《陪侍御叔华登楼歌》①:

弃我去者,昨日之日不可留;乱我心者,今日之日多烦忧。长风万里送秋雁,对此可以酣高楼。蓬莱文章建安骨,中间小谢又清发。俱怀逸兴壮思飞,欲上青天揽明月。抽刀断水水更流,举杯消愁愁更愁。人生在世不称意,明朝散发弄扁舟。

---

① 此诗题目误为《宣州谢朓楼饯别校书叔云》,应为《陪侍御叔华登楼歌》。

二十五　安史之乱

暴风雨终于降临了,滔天浪终于起来了,渤海上的长鲸终于张开撑天拄地的大嘴,露出排排雪山似的牙齿,向着中原窜来了。霎时百川倒流,洪水泛滥,淹没了河北平原,浪头直扑洛阳,直扑潼关。龙楼凤阙在摇晃,玉阶丹墀在倾斜,整个大地在震动。

天宝十四载十一月,安禄山以二十万之众反于范阳。引兵而南,烟尘千里,河北诸郡,望风瓦解。

叛乱的消息传来时,五十五岁的李白正在金陵做客。虽然这场叛乱早在他预料之中,虽然两年前他已有遁世避乱的打算,但事到临头,他才发现在保全自己身家性命上并无任何准备。宗氏夫人还在睢阳,爱子伯禽还在瑕丘。女儿平阳倒是已经出嫁了,少分一半心,但睢阳和瑕丘这两地就够他为难了。他是去瑕丘接儿子呢,还是去睢阳接妻子呢?幸好他的门人武七赶了来,自告奋勇替他去接伯禽,他便自去接宗氏夫人。

叛军的铁骑向南飞奔,李白和武谔的马匹向北飞奔。叛军的铁骑踏过冰冻的黄河,李白拉着宗氏和潮水般的难民涌出睢阳南门。

天宝十四载十二月,当朝廷派出的由金吾大将军高仙芝率领的东征军刚从长安出发,叛军已经过了黄河。河南诸郡又相继失守。

李白和宗氏随着逃难的人群向南奔亡。宗氏蓬头垢面,李白衣冠不整,他们一边走,一边回头望,只见北方天空,浓烟弥漫。李白眼前闪过开封的影子:城楼上挂着人头。李白眼前闪过荥阳的影子:城墙下堆满了尸首。李白眼前闪过睢阳的影子:城中是一片火海。大路上一股人马涌来,传说着东京沦陷的消息。李白眼前又闪过洛阳的影子:叛军像潮水般从四面涌进城门,涌上宫殿。……他伤心地摇摇头,挥去泪水,继续赶路。

天宝十五载正月,安禄山在洛阳称帝,国号"大燕"。由于安禄山忙着登基,朝廷才有了一口喘气的机会,采取了一些军事措施:起用了在京养病的陇右节度使哥舒翰为兵马副元帅,并派他率领大兵八万镇守潼关;又使朔方节度使郭子仪、河东节度使李光弼出兵河北,攻打敌人后方;常山太守颜杲卿、平原太守颜真卿等起兵讨贼,河北诸郡纷纷响应。特别是御驾亲征的消息更给全国人心

二十五 安史之乱

带来莫大的鼓舞。因此十五载的初春,形势又稍有好转。

在当涂送别友人的筵席上,李白和人们谈着亲征的消息,脸上露出兴奋的神色,一扫去冬的愁容。最后提起笔来,奋臂直书。在送别友人的序文中,他对战局做了极其乐观的估计:"自吴瞻秦,日见喜气。上当攫玉弩,摧狼狐,洗清天地,雷雨必作。……"他以为御驾一亲征,中原很快就会廓清,战争很快就会胜利结束。

在寄居吴郡的扶风豪士家中,李白听人们谈到沦陷后的东京,他即席写下了沉痛的诗句:"洛阳三月飞胡沙,洛阳城中人怨嗟。天津流水波赤血,白骨相撑如乱麻。……"然后又以齐国的孟尝君、魏国的信陵君、赵国的平原君、楚国的春申君喻扬主人,希望他礼贤下士,招会四方,能够有所作为。最后又以张良自喻,表白了他报国的素心:"抚长剑,一扬眉,清水白石何离离。脱吾帽,向君笑;饮君酒,为君吟。张良未逐赤松去,桥边黄石知我心。"

正当李白对朝廷寄予希望,兴致勃勃地准备以身许国之际,听说由于杨国忠等人的阻挠,亲征的事再无下文。接着又传来高仙芝兵败被斩的消息,他率领的东征军有一半都被敌人俘虏去了。接着又传来常山郡太守颜杲卿死难的消息,常山破后,河北诸郡又投降了安禄山。

在溧阳酒楼上,李白和故人张旭相遇。两人互道契阔已毕,便对时事大发议论。张旭谈起河北诸郡朝降夕叛,不胜愤慨:"这些人看见贼来了,便降贼;看见官军来了,又归顺;官军一失利,便又降贼。这些时反时覆的小人,那堪做朝廷官吏?可叹河北十七郡,只有颜杲卿、颜真卿两弟兄不愧是忠臣。"李白谈起高仙芝兵败被斩,也不胜愤慨:"高仙芝不战而走,损失惨重,这已是一输;而朝廷不让他戴罪立功,却听信宦官之言,遽弃干城之将,这又是一失。这样一输一失,贼势便又猖狂起来。只可怜成千上万的关中子弟都成了燕地的囚徒!中原的人民也越发陷在水深火热之中了!"两人一致痛感朝廷腐败:既构祸于前,又失策于后。中原横溃,生灵涂炭,不知何日才能安宁。李白望着楼外茫茫的杨花,只觉得忧心烦乱,愁肠百结。

天宝十五载六月,玄宗遣使,命哥舒翰进军收复洛阳。哥舒翰认为不宜速战,应坚守潼关,静以待变,因而乘之。郭子仪、李光弼亦上言,请引兵北取范阳,覆其巢穴,贼必内溃。潼关大军,唯宜固守,不可轻出。玄宗却听信杨国忠之言,频遣中使,命哥舒翰出战。哥舒翰不得已,引兵出关,却中了敌人伏兵,大败后本欲收散兵复守潼关,又恐如高仙芝被诛,这时贼军大至,遂降贼。潼关既破,玄宗仓皇出奔,长安随即陷落。

消息传来,李白日夜痛哭。几天之间,头上好像铺了一层霜雪。听说叛军即将南下,李白夫妇只好躲进庐山。一路之上,他感到自己好像是去国万里的苏武,亡命入海的田横。他恍惚看到洛水变成了易水,嵩山变成了燕山,人们都穿上了胡服,学说着胡语。他想学申包胥哭秦廷,但他到哪里去搬救兵呢?李白心中充满了国亡家破之感,偏偏子规鸟向他连声叫着:"不如归去!不如归去!不如归去!"每一声都像利刃戳心。他不禁对着子规鸟哭诉道:"归心落何处?日没大江西!——太阳已经在大江的西头沉没了,你叫我回到哪里去啊?"

李白虽然避居深山,心里却不能安静,日里徘徊彷徨,夜里辗转反侧。他的心常常飞到千里万里以外。他的心飞到中原上空,看见洛阳川里野草上涂满了人血,看见洛阳城里一大群豺狼戴着官帽。他的心飞到秦川上空,看见烈火在焚烧着大唐王朝列祖列宗的陵庙,看见安禄山的将士们在金銮殿上狂饮高歌。他的心飞到黄河上空,看见两岸的人民像落叶一样飘落在沟沟洼洼,看见白骨像山丘一样到处堆积。他的心飞遍四海,看见全国人民西望长安,都皱着眉头,流着眼泪。

天宝十五载七月,玄宗在奔蜀途中采纳了宰相房琯等人的建议,颁下了"制置"之诏:以太子李亨担任天下兵马元帅,领朔方、河东、河北诸道兵马,收复长安、洛阳。以永王李璘担任山南东道、岭南、黔中、江南西道节度都使,经略长江流域。但诏书尚未到达,李亨已即位于灵武,是为肃宗,改元至德,尊玄宗为太上皇。至德元载九月,李璘出镇江夏,招募将士,筹集物资,以李台卿、韦子春等人为谋主,以季广琛、浑惟明等人为大将,积极准备出师东巡。

李白勉强在深山中度过了几个月隐居生活,看看又到了岁杪。他正感到十分寂寞和苦闷,突然故人韦子春上山来访。这韦子春是李白天宝初年待诏翰林时期结识的友人,在秘书监当过八品著作郎。因多年不得升迁,便辞官归里。近为友人李台卿邀入永王幕中,已任司马之职。这次上山就是奉永王之命,来聘请李白入幕。他和李白话旧已毕,便把玄宗下"制置"之诏,永王奉命出镇,以及出师平叛的军事计划一一告诉了李白。李白一听,好像云破雾开,顿见青天:"好呀!永王东下金陵,以金陵为根据地,然后出师北征。分兵两路,一路从运河直趋河南,一路跨辽海直捣幽燕。这样来配合太子……"说到这里,宗氏在帘后提醒他道:"应该说配合今上……"李白才想起太子早已于七月在灵武即位,也连忙改口说:"配合今上,收复长安和洛阳。逆胡何愁不灭!天下何愁不平!……"李白越谈越兴奋,好像他是晋末隐居华山的王猛[①],谒见大司马桓温,纵谈天下大势,扪虱而言,旁若无人。他几乎马上就要随韦子春下山。正在这时,宗氏夫人端了酒菜出来,趁机给李白递了个眼色。李白迟疑了一下,才改口说道:"愚兄草野之人,疏懒成性,且已年过半百,恐不堪用。"韦子春连忙说道:"吾兄素抱

---

① 王猛后为前秦苻坚宰相。

二十五 安史之乱

经国济世之志,当此国家多难之秋,正是大丈夫一展宏图之日。当仁不让,还望吾兄即日下山。"李白正不知道说什么好,还是宗氏上前推说年关在即,好些事情需要料理,容缓十数日,这才送走了韦子春。

送走韦子春后,夫妻两人为此商量到半夜。宗氏还是她的老主意:宁愿和李白共糟糠,不愿夫婿觅封侯。李白说道:"封侯事小,报国事大。社稷苍生在水深火热之中,我避居深山,心实难安。你难道还不知我这些日子心里有多痛苦么?"宗氏却以幽州之行为前车之鉴,埋怨李白虎口余生还不接受教训。李白却说:"幽州之行怎能和这次相提并论?'制置'之诏乃朝廷庙略,永王出师乃奉旨行事,今上和永王又是嫡亲兄弟,这会有什么危险呢?"宗氏仍然说:"我怕倘有不测……"虽然她也说不出所以然,但总不同意李白下山入幕。李白气得顿足:"你怕树叶掉下来打破头,难道就不怕国破家亡吗?"

过了几天,韦子春又上山来了,带来五百两银子,一身崭新的衣帽,还有永王所倚重的谋主现任幕府判官李台卿的亲笔信,信中把李白比作谢安:"谢公不出,奈苍生何!"李白一看,心中大动,又想马上跟韦子春下山。当他进去准备收拾东西时,宗氏却拉着他袖子哭了起来:"哪有大年三十出门的?还是过了年再说吧!"李白毕竟于心不忍,只好出来请求韦子春再宽限几日。

韦子春走后,夫妻俩又商量到半夜。最后好容易才一致决定:李白姑往一试,以观进退。

刚过"破五",韦子春又上山来了,还带来士卒四人,肩舆一乘。一进门就说:"也算得上是'三顾'了吧?"又指着肩舆说,"这是永王派来接你的。老兄再不下山,我可没法回去了。"李白和宗氏一看,走也得走,不走也得走了。李白换上新衣新帽,坐上肩舆,情不自禁,便有些飘飘然,竟向宗氏挥手说道:"归来傥佩黄金印,莫见苏秦不下机。"宗氏哭笑不得,含泪转身进屋去了。骑着马跟在肩舆后面的韦子春说道:"哪有佩了黄金印回来,反不下机之理?"李白笑道:"贤弟有所不知,我这位夫人一心好道。凡从政者在她心目中皆是俗流。"韦子春才明白李白是反用苏秦故事和宗氏开玩笑:"如果我佩了黄金印回来,你不要看到我这个俗人而不肯理睬吧。"正走之间,只听得李白在肩舆上咏起诗来:"谷口郑子真,躬耕在岩石。……苟无济代心,独善亦何益?"韦子春听了连忙说道:"吾兄所言极是。像汉代郑朴这样的高士,高则高矣,但他始终独善其身,对社稷苍生有何益处呢?"在下山途中,李白口占《赠韦秘书子春》诗一首,最后以"终与安社稷,功成去五湖"与韦子春共勉。

李白下山时,正好永王大军已到了浔阳。只见大江之上,舳舻千里,旌旗蔽空;又听得军鼓咚咚,画角呜呜。早春的太阳照着满江的战船发出五色的光辉。如云的旌旗绕着碧山显得分外鲜明。

二十五　安史之乱

"啊！多强盛的军容！""啊，多令人鼓舞的王师！"李白不住地赞叹。

为了给李白接风，永王在他乘坐的最大一只楼船上大摆筵席，又是鼓吹齐发，又是歌舞翩跹，又是高谈阔论，又是赋诗作序，直热闹了一整天。李白好像是乐毅登上了燕昭王的黄金台，其实永王并没有拜他为大将，甚至还没有封他一官半职，他已经为自己报国有路的幻想所陶醉了。当场赋诗一首，在诗的最后几句写道：

浮云在一决，誓欲清幽燕。愿与四座公，静谈金匮篇。齐心戴朝恩，不惜微躯捐。所冀旄头灭，功成追鲁连。

在东进途中，他更是浮想联翩，诗情汹涌，接连写下了《永王东巡歌十首》。他满以为永王东巡是"天子遥分龙虎旗"，是奉旨行事。这一盛举，必将得到三吴人民的拥护。他满以为大军出三江，渡五湖，跨辽海，救中原，一举就会扫清胡尘，很快就会奏凯还朝。他满以为永王会把他当作谢安，他将在谈笑之间就叫敌人灰飞烟灭，建立不朽的功勋，实现他平生的宏愿：济苍生，安社稷，然后功成身退，名垂青史。

谁知就在李白靠着船舷，翘首远望，大做其好梦之际，肃宗早已诏命永王回到太上皇身边去。永王不从，肃宗便对永王下了讨伐令，并且调兵遣将布置了包围圈。

谁知就在李白满腔热情地歌颂"圣主"和"贤王",满心以为他们是在齐心协力平定叛乱之时,他已堕入了玄宗和肃宗父子之间,李亨和李璘兄弟之间争权夺利的漩涡之中。

内战终于在金陵附近展开了,永王璘一败涂地,西南逃奔鄱阳,被江西采访使皇甫侁大兵所杀。李白从内战的刀枪下和死人堆里逃了出来,但终于在回庐山的途中被抓住了,被丢进浔阳的监狱,罪名是:"附逆作乱。"

二十六　浔阳冤狱

唐肃宗至德二载(757)春,李白在浔阳监狱重囚牢房内,戴着足镣手铐,伏地写申诉书,涕泗涟涟,愤语叨叨:

"现在不是已经春天了么?为什么这监狱中的小草还不发绿?此刻不是大白天么?为什么这铁窗下的光线如此模糊?这牢房为什么这样潮湿?啊!原来是我的眼泪把地下都泡成了稀泥!这杯中的水为什么这个颜色?莫非是我心中呕出的鲜血!……"

"苍天啊苍天,我李白有什么罪?为什么身系囹圄?可怜我的老伴不知流落何处,可怜我的孩子还在东鲁。我一家骨肉东离西散,存亡未卜。我举目无亲,有苦向谁诉?这国亡家破的悲痛啊,日日夜夜撕裂着我的五脏六腑!……"

"可笑我身居深山,偏要心忧天下!可叹我既不能卫国,也不能保家!可惜我没有听从爱妻的劝告,见机不早!——谁知道啊谁知道,他们父子兄弟之间竟是势同水火不相饶!……"

"为什么把荆棘着意栽培,反把桂树拔去?为什么把鸾凤关在笼里,偏欣赏鸡?为什么把伍子胥装进皮囊,沉入江底?为什么把彭越诬为叛逆,剁成肉泥?啊,为什么自古以来忠臣良将到头来多是悲剧?……"

"苍天啊苍天,你可听见我的呼吁?你可知道人间有多少冤屈?但愿你在五月飞霜,但愿你在六月下雪,但愿你在严冬响起霹雳。……"

一个年轻的狱卒在门外谛听,偷偷地揩着眼泪。

宗氏夫人捧着李白的申诉书在外面四处奔走,八方求援。

半年以后,幸得江南宣慰使崔涣和御史中丞宋若思为李白推覆清雪,查明实属无辜,将他释放出狱。他们的根据是:肃宗听到永王璘死的消息非常悲痛,对皇甫侁大发雷霆,说道:"侁既生得吾弟,何不送至蜀中,焉敢擅杀!"并命罢去皇甫侁官职,终身不用。可见永王璘并非叛逆。永王璘既非叛逆,李白自然不能以"附逆作乱"论罪。因此,他们不但释放了李白,而且宋若思又将李白留在幕中。过了两个月,宋若思又将李白推荐给朝廷。谁知肃宗降下旨来,却是:长流夜郎![1]这一道圣旨使宋若思也瞠目结舌,李白

---

[1] 夜郎,古地名。唐时为黔中道珍州,今贵州北部。

二十六 浔阳冤狱

更如五雷轰顶。

李白又被抓回浔阳狱中。宗氏来看他,发现他好像傻了一样。对他说什么,他所答非所问。急得宗氏哭泣不止,他却一滴眼泪也没有了。

十月的一天,外面突然传来一阵锣鼓声和鞭炮声,只听得人们欢呼道:"长安、洛阳都收复了,天下快太平了!"李白突然一跃而起,张开嘴好像也要欢呼,却没有声音,又颓然坐下。

十二月的一天,外面又响起锣鼓声和鞭炮声,只听见人们又欢呼道:"皇上和太上皇都驾返长安了!"李白突然一跃而起,踉踉跄跄抢到牢门前,却跌倒在地。

过了几天,外面又传来锣鼓鞭炮声,只听得人们又欢呼道:"传令普天同庆,赐酺五日。"到了赐酺之日,一般囚犯都聚集在放风的院子里又吃肉,又喝酒,李白却不能参加。发给他的仍然是一碗发霉的糙米饭,半碗带皮的毛芋头。李白看了看他的饭菜,摸了摸他的镣铐,一直呆坐到天黑,也未曾举箸。年轻的狱卒偷偷给他端了一份酒菜来:"先生,你已经是三月不知肉味了。吃上一点吧!"李白只是一口把酒喝了,仍然呆坐发愣,心里却似翻江倒海:

"我是罪人!我是罪人!我是罪人!……丢了城池的是我李白。打了败仗的是我李白。投降安禄山的是我李白。指挥失策的是我李白。酿成这场弥天大祸的是我李白。使天下白骨如山的是我李白。……"

"你们现在返京了,回朝了,太平无事了,普天同庆了。……你们是'英主'、'明主'、'圣主'。你们劳苦功高,恩德如山;我却罪不容赦,罪该万死。……"

"你们不是叫大家'普天同庆'么?我当然也要庆祝。你们不是叫大家歌功颂德么?我当然也要歌颂。……我要向你们献上一首囚徒的祝词,我要向你们献出一首罪人的颂歌。……"

幸得那个年轻的狱卒同情他,照顾他,帮着宗氏给他延医治疗。请来了一位老中医,仔细问了病情,看了气色,摸了脉象,说是尚无大碍;只是七情抑滞,肝郁不舒,需要宣泄宣泄,否则壅塞日久,恐有他变,便不好办了。说毕拟了一个加减逍遥散的汤头。最后又吩咐说,最好找点事让他混着,别让他老躺着发闷。狱卒禀明狱吏,狱吏也觉得李白既是重囚,案情尚未了结,若是死了,或是疯了,恐怕担当不起,但是找点什么事让他混着呢?狱卒便说:"只要上司批准,按照医生的话办理,小人自有办法。"

从此以后,年轻的狱卒便跟李白学起《诗经》来。

一天,学到"鄘风"的《君子偕老》。李白先念了一遍,又在章句上做了一些解释,最后说道:"齐宣公的夫人宣姜,在宣公死后,竟和他的庶子姘居,因此齐国的人就作了这首诗。诗在表面上对宣

二十六 浔阳冤狱

姜完全是一片赞美之辞,既赞美她头饰如何讲究,又赞美她衣衫如何漂亮,还赞美她容貌如何美丽。但是,你看,全诗独无一字赞美她的品德。你想想,这首诗是什么意思呢?"狱卒转了转他灵活的眼睛,笑道:"不就是说她缺德么?"李白点了点头,看着这个敏而好学的年轻人说道:"孺子可教,孺子可教。"

不久,又学到"齐风"的《猗嗟》一诗。李白仍然是先念了一遍,又在章句上做了一些解释,最后说道:"鲁庄公的父亲死了以后,庄公的母亲文姜常常和齐襄公幽会。鲁庄公不但不劝告他母亲,反而陪他母亲一块儿到齐国去。齐国的人就作了这首诗。诗在表面上对鲁庄公也完全是一片赞美之辞,赞美他身躯高大,容貌英俊,能歌善舞,武艺超群……"不待李白讲完,那狱卒便接着说道:"也是独独没有一个字赞美他的品德,也是说他缺德。这首《猗嗟》和先前那首《君子偕老》用的是一样的方法啊!先生,你说是么?"李白点了点头,又看着这个敏而好学的年轻人说道:"你可以说是能够举一反三了。"

那年轻人高兴地说道:"多谢先生教诲。真是不学不知道,听先生这一讲,才知道诗中有这样的妙处。乍看上去,好像是在赞美,其实是在讽刺。这一招叫个什么名目呢?"李白说:"这叫作:以美为刺。其实在平素生活中,人们表情达意也常用这种方法。"狱卒一听便连忙说道:"对,对,民间叫做'反调正唱'。"李白微微一笑,意味深长地说:"好一个反调正唱!"

过了几天,李白就写了《上皇西巡南京歌十首》①。写好以后,还把它贴在墙上:

> 胡尘轻拂建章台,圣主西巡蜀道来。剑壁门高五千尺,石为楼阁九天开。(其一)
>
> 九天开出一成都,万户千门入画图。草树云山如锦绣,秦川得及此间无?(其二)
>
> 华阳春树似新丰,行入新都若旧宫。柳色未饶秦地绿,花光不减上阳红。(其三)
>
> 谁道君王行路难?六龙西幸万人欢。地转锦江成渭水,天回玉垒作长安。(其四)
>
> 万国同风共一时,锦江何谢曲江池?石镜更明天上月,后宫亲得照蛾眉。(其五)
>
> 濯锦清江万里流,云帆龙舸下扬州。北地虽夸上林苑,南京还有散花楼。(其六)
>
> 锦水东流绕锦城,星桥北挂象天星。四海此中朝圣主,峨眉山上列仙庭。(其七)

---

① 玄宗奔蜀后,一度以成都为南京。

二十六　浔阳冤狱

秦开蜀道置金牛,汉水元通星汉流。天子一行遗圣迹,锦城长作帝王州。(其八)

水渌天青不起尘,风光和暖胜三秦。万国烟花随玉辇,西来添作锦江春。(其九)

剑阁重关蜀北门,上皇归马若云屯。少帝长安开紫极,双悬日月照乾坤。(其十)

巡视监狱的狱吏来看了,觉得很好,便把它呈送给主官。主官来了,也觉得很好,便把它呈送给朝廷,还附了一个奏折,略谓:"臣所管犯人李白,虽罪在不赦,然在狱中将近一年时间,尚遵管教,颇知悔改。近作歌词十首,颂扬西巡盛事,恭贺圣主还朝,足见该犯自新之意,臣等执法之勤……"云云。

年轻的狱卒把这十首诗看了又看,他看见这十首诗虽然是一片颂扬之辞,颂扬西巡之盛,颂扬蜀中之美,颂扬圣主如何称心如意,乐不思秦……唯独不颂扬这位圣主如何忧国忧民。他忽然领悟:"这不是暗暗讽刺他简直不以社稷苍生为念么?这不是《猗嗟》和《君子偕老》的反调正唱的手法么?"不禁为他老师暗中捏一把汗。

有一天,他故意问李白道:"先生,《猗嗟》和《君子偕老》这样的诗,既然这样曲折,别人能看懂吗?"李白想了一下说:"也许看得懂,也许看不懂。"年轻的狱卒又问:"看不懂又有什么用呢?"李白说:"后世自有人明白。你我不是都懂了吗?"年轻的狱卒又问:"假若当时就看懂了,岂不有危险么?"李白镇静自若地说:"谁又愿意抓屎糊脸呢?"年轻的狱卒开心地笑了:"先生,你这十首诗恐怕抵得上十剂逍遥散吧?"李白看了看他这狱中知己,笑而不言。

李白写了《上皇西巡南京歌十首》以后,不但病情好转,而且得到宽待,允许他接见客人。

一天,他正在读《史记·留侯世家》,有一张秀才慕名来访。他向李白倾诉了他的仰慕之忱后,谈到他准备去从军,到扬州参加淮南节度使高适的幕府;又谈到永王璘的大将季广琛受到高适的招抚,率众来归,不但没有定罪,反而升了官。然后就对李白说道:"先生既和高公有旧,何不修书一封,我帮先生带去,面交高公。假若他能为你向朝廷进一言,长流之刑,或可减免。"李白听了,喜出望外,心想:"高适果然身居要津了,也许他还记得十三年前梁宋之游吧。想那季广琛身为大将,手握重兵,而且实际参加了内战,尚且无罪;我到永王幕中为时不过一月,既无一官半职,又无一兵一卒,算得什么'附逆作乱'?他既能招抚季广琛,想必能给我以援手。"但转念一想,又踌躇起来:"富易妻,贵易交,人之常情。谁知他现在怎样?何况我以重罪之身,有求于人,不免要低声下气,这样的信,实在难以措辞。假若他无念旧之意,我岂不自讨没趣?"李

二十六　浔阳冤狱

白犹豫了半天,最后写了一首诗《送张秀才谒高中丞》。诗的最后写道:

> 高公镇淮海,谈笑却妖氛。……我无燕霜感,玉石俱烧焚。但洒一行泪,临歧竟何云?

最后这几句,实在使李白煞费苦心。他既不愿卑辞以求,又不敢申诉冤枉,只好又来一个"反调正唱"。本来是"燕霜"之"感"已经使他到了椎心泣血的程度,但他偏说"我无燕霜感",紧接着却又说"玉石俱烧焚"。既然玉石俱焚,岂能无燕霜之感么?他故意闪烁其词,是想使高适看了,若有救他之心,自然领会得到他的苦衷;若无朋友之义,也抓不住他怨望朝廷的把柄。

不久,张秀才就从扬州寄了回信来,却只有小诗一首:

> 恨君不是季广琛,无权无势更无兵。一介布衣等尘土,管仲难救鲍叔卿。

二十七　流放途中

唐肃宗乾元元年(758)春,五十八岁的李白,从浔阳出发,踏上了流放之路。

他带着足镣手铐走向江岸。在春天的太阳下面,他的脸色越发显得苍白,他的容貌越发显得枯槁。将近一年的监狱生活,使他的腰背也显得有些佝偻了。

他到了江岸上,看见一大堆人站在那里。他想:"大概是迎送哪位达官贵人的吧?"谁知当他走近时,人群自动地排成了两行,原来都是来给他送行的。"怎么会有这样多人呢?"连他自己也感到惊奇了。当他看见许多张熟悉的面孔都伸长脖子,抬起足跟,带着悲喜交加的神情,向他张望,向他招手时,他的心中立刻泛起一阵春潮。

"啊,我的老朋友辛判官!你不是跟宋中丞去了河南?……原

二十七　流放途中

来你是从河南赶来看我,恰遇上我就要远去天边。多蒙宋中丞为我推覆清雪,将我无罪释放,又谁知改判长流夜郎路八千!……想起我们从前在长安,成天价赋诗饮酒,走马扬鞭。王侯也不放在眼里,忧愁何曾留在心间。都以为人生常是如此,哪知我一生充满了坎坷颠连!……是啊,两京收复了,圣驾还朝了,太平在望了,但愿我能死地生还,重睹大唐王朝的太平江山!"

"我的年轻的朋友易秀才!感谢你送我宝剑一把。它能够水斩蛟龙,陆断牛马,好像是古代的名剑——干将、莫邪。但可恨我已是一个该死的流放犯,有谁用我?我又怎用它?你有志于风、雅,我也愿意把经验传下,可是我马上就要去海角天涯。后会难期啊,让我们在诗中相见吧!"

"啊,魏万贤弟!金陵一别,谁知在浔阳再遇……原来你是从王屋避乱来此地。我托付你编集的诗稿可还在么?……好,好,好,就让它藏在深山里。如今兵荒马乱,还出什么诗集?只恐怕书出之日,我已魂散乌江,骨埋异地……"

"你是任华君么?我们虽未谋面,可是神交已久。我的诗,你常不离口;你的《杂言寄李白》,也常在我心头。你千里迢迢把我追寻,今天总算相逢在浔阳江口。你的盛情我无以为报,只好待将来酬你诗一首,只好待将来酬你诗一首。"

"你,你,你不是逢七朗么?开元年间,在中都县的小客栈里,萍水相逢,蒙你赠我以斗酒双鱼。……原来你是特地赶到此地,给我带来重要消息。……哦,武七遇难了!伯禽多蒙你安全转移。武七啊武七!你救人急难,不惜捐躯,好比是古时的侠客聂政和要离。"

"你可是宣城酿酒的纪老丈?你这大年纪还老远赶来把我看望。……哟!你还给我带来一罐'老春'佳酿,让它在流放途中浇我愁肠。你的盛情,我实在愧不敢当。请你回去问候故人们无恙?敬亭山无恙?谢公楼无恙?……"

"汪伦!你也来了,汪伦!还带来桃花潭的乡亲。啊,你们又唱起山歌来给我送行。这山歌是如此悲愤!它唱出我的冤情如天大,唱出你们的同情似海深。啊,浩浩荡荡长江水,不及人民送我情。"

"还有许多不相识的父老弟兄,你们为何也来把我送?……哦,你曾在丹阳岸上拉纤,现在到了军中。你曾在秋浦川里炼铁,炉火烘烤过的脸还是这样红。你是东林寺的老和尚,我曾听过你的暮鼓晨钟。还有你,这位大嫂,你可是当年越溪的采莲女?曾经赠我以莲蓬。……对,对,对,谁说我们不曾相识?你们都曾经进入我的诗中,难得你们还把我记在心中。"

"我的爱妻,你不要再啼哭了。你看此情此景,公道自在人心。你看此情此景,我已不虚此生。屈平辞赋悬日月,我李白余晖

二十七 流放途中

也必将映千春。我的贤夫人哪!且视天涯若比邻!……好吧,就让你兄弟宗璟,代你再把我送上一程。"

……

宗璟把李白送出了浔阳地界,郎舅二人赋诗洒泪而别。

一叶扁舟溯江而上。李白醉卧舟中,两个公差在船头闲谈:

"哎,伙计,这押解长流犯人,可是苦差事。别人都不愿干,你老弟偏抢着要去。这是为什么?"

"老兄,你我不是外人。不瞒你说,小弟在狱中看守李先生将近一年,他实在是冤枉啊!你看,我们起身时多少人来送他!这一路上又有多少人来看他!我心里实在替他不平,此行实是出于义愤;再则,李先生在狱中教我读了一年书,我也想趁此机会,稍尽弟子之谊,一路上把他照看一下。还望你老兄方便。"

"你我二人,话倒好说。只是这流配人在道是有期限的。此去夜郎几千里,必须一百天解到。再说,我也想早些回去销差。但像他这样走法,一靠岸少则耽搁三天五天,多则耽搁十天半月,不是这个留住宴饮赋诗,就是那个接去登临题字。虽说给我们都有重酬,但超出限期,你我如何担待得起?"

"这事自有办法,不须你老兄操心。小弟粗识文字,看过朝廷刑律条款,虽然定有日程,但也允许'有故者不用此律'。譬如犯人在途中患病,就可以宽限。李先生本来有病在身,我们报他几个月病假就行了。至于老兄挂念家中,这也是人之常情。宗氏夫人给我们二人的金钗一只,就都与你吧。你到那大地方将它兑换成钱,寄些回去安顿家中好了。何况李先生沿途携带我们吃了不少好酒好饭。人家慰劳他的东西,他差不多都转送我们了。"

"你老弟这一说,我还有什么不肯方便的呢?"

"那我们就将足镣手铐给他松了吧。"

……

五月,李白在流放途中行抵江夏。江夏太守韦良宰是李白的故人,把李白留下来休息了两个月。

八月,李白在流放途中行抵汉阳,适与故人尚书郎张谓相遇。当地官吏又留他们盘桓月余。

九月,李白在流放途中行抵江陵。江陵郡郑判官和当地一些人士又留李白住了不少日子。

直到入冬以后,李白才上三峡。两岸的山,一天天高起来,起伏的山峦渐渐变成了壁立如削的悬崖。广阔的江面一天天窄起来,无边无际的青天渐渐变成一条线。到了黄牛山下,只见那高岩间有石如人,负刀牵牛,人黑牛黄。船走了三天三夜,还望得见它们。所以旅客们编了一首歌谣:"朝发黄牛,暮宿黄牛。三朝三暮,黄牛如故。"这峡中行船是何等的迟缓啊!是何等的艰难啊!真叫人把头发都愁白了。于是李白在舟中写了《上三峡》一诗:

二十七　流放途中

　　巫山夹青天,巴水流若兹。巴水忽可尽,青天无到时。三朝上黄牛,三暮行太迟。三朝又三暮,不觉鬓成丝。

千里峡江竟走了两个月,直到第二年开春,李白才到了夔州州治奉节——古白帝城。再往前去就要南下黔中道——古夜郎了。

李白站在白帝城头,百感交集。他想起青年时代从这里出三峡,下长江,东游金陵与扬州……那时的大唐王朝光辉灿烂,欣欣向荣;自己也正是风华正茂,意气昂扬。可惜"开元之治"竟如昙花一现。后来国事日非,自己也每况愈下。再后来战乱一起来,社稷在风雨飘摇之中,苍生在水深火热之中,自己也陷于九死一生的境地。最后他吃惊地发现:他这一生的遭遇和大唐王朝的国运竟是如影之随形!

他翘首北望,不禁悲从中来:"长安啊,长安,你这给我最大希望的地方,又是给我最大失望的地方!你使我魂牵梦萦,又使我肠断心伤。我多少次下决心要和你诀别,又多次渴望回到你的身旁。我好比是贾谊被贬,屈原被放,哀吟泽畔,身死他乡。我恐怕也难逃他们那样的下场。"

他翘首南望,也是肝肠欲绝:"夜郎啊,夜郎,你这不毛之地,瘴疠之乡!听说你虎豹成群,蚊蚋如雷,居无城郭,寝无席帐。任何大智大勇之人,也难免丧生此邦。难道你就是我最后的归宿,我长眠的地方?"

江上一阵船夫号子飞上城头,他儿时就熟悉的乡音,使他感到无比亲切,又使他感到无比难堪:"故乡啊,故乡,我几十年一直把你想望。多少次梦里回到匡山足下,涪江岸上。但此时近在咫尺了,我却不能再继续西上,我也不愿再继续西上。我这一身镣铐叮当,我这一副囚犯模样,怎有脸重见你啊,我的故乡!"

一行雁阵飞过他头上,发出咿哑的鸣声。他的目光紧随着它们,他的心也紧随着它们:"大雁啊,大雁,请你们飞过庐山之南的豫章,把我的亲人探望。带给她,我的血泪交织的诗章。告诉她,我即将南下夜郎。她在明月楼中愁窥镜,我在夜郎天外怨流亡。切莫叫雁断长空,鱼沉湘江。老天爷啊,可怜我们生离死别人一双!"

李白正准备离开奉节,南下黔中道时,突然喜从天降!朝廷因旱灾赦免流刑以下罪犯,李白也在其中。他高兴得几乎发狂了,他以为自己否极泰来了,他幻想马上就要重见太平盛世了。朝廷既然赦免了他,就可能还要起用他。现在,李林甫也死了,杨国忠也杀了,高力士也被赶出宫去了,堕落为汉奸的张垍也充军到岭南了……再没有人嫉妒他,排挤他,迫害他了。那就赶快回到江陵去吧!趁着郑判官还在那里。那就赶快回到江夏去吧!趁着江夏太

二十七 流放途中

守韦良宰还在那里。他们一定会欢迎他的归来,他们一定会很快把他,这位从泽畔活着回来的屈原,推荐到朝廷上去,和当代贤豪共图恢复大业。

于是李白在一个朝霞满天的黎明,踏上了东去的小舟,趁着新发的春水,飞也似的顺流而下,在船上写下了他的《早发白帝城》一诗:

> 朝辞白帝彩云间,千里江陵一日还。两岸猿声啼不住,轻舟已过万重山。

二十八　中兴梦

李白回到江夏,正是杨花漫天的季节。

漫天的杨花,一朵朵,一串串,那么轻盈,那么美妙,在空中飞舞,甚至飘到人眼前,使人忍不住伸手去扑,跑步去赶。

长安、洛阳两京收复后,朝廷以为天下大定,就忙着上尊号,封功臣,享九庙,祭山川……几乎全是虚文浮套,居然装点出一片中兴气氛和太平景象。中书舍人贾至的《早朝大明宫呈两省僚友》以及王维、岑参、杜甫等人的和诗,特别是其中脍炙人口的佳句:"九天阊阖开宫殿,万国衣冠拜冕旒。""共沐恩波凤池里,朝朝染翰侍君王。"更把中兴幻影装点得煞有介事,把太平假象渲染得富丽堂皇。

江夏是当时南方的政治中心,自然也是熙熙攘攘,一片繁忙。忙着欢庆中兴,歌舞升平;忙着攀龙附凤,登朝入阁。

二十八 中兴梦

总而言之,当时朝野上下都在赶着中兴的杨花,李白自不例外。

他在赠汉阳县令王某的一首诗中简直欣喜若狂。好像他马上就要启程赴京,再次待诏翰林了:

> 去岁左迁夜郎道,琉璃砚水长枯槁。今年敕放巫山阳,蛟龙笔翰生辉光。圣主还听子虚赋,相如却欲论文章。愿扫鹦鹉洲,与君醉百场。啸起白云飞七泽,歌吟渌水动三湘。莫惜连船沽美酒,千金一掷买春芳。

他在江夏长史招待史郎中的筵席上做陪客时,竟然忘乎其形。把别人的一般客套应酬,当成是对他特加青睐,当场赋诗述志言怀:"涸辙思流水,浮云失旧居。""希君生羽翼,一化北溟鱼。"把自己比作涸辙之鲋,希望回到江河之中;把自己比成漂泊无依的浮云,希望重上九霄;甚至把自己比成北溟巨鱼,希望帮助他化为大鹏。李白只顾请托推荐,完全忘记主人找他来帮闲凑趣的事了。

他在赠江夏太守韦良宰的长诗中,更是披肝沥胆,下笔不休。既历叙自己的生平事迹,又表白自己的赤胆忠心,还一再提起和韦太守故交深情,而最终是希望即将高升的韦太守在登朝去时能把他携带一下:"君登凤池去,勿弃贾生才。"后来他又参与了江夏官员们和社会人士们给韦太守立德政碑的活动,特地制作了一篇碑文,把韦太守的"德政"和大唐王朝的"中兴"都大肆歌颂了一番。"中京重睹于汉仪,列郡还闻于舜乐。"一连多日,他心里都在念叨着碑文中这两句警策。

他在赠崔咨议的诗中,把自己比作天马,希望得到崔咨议的"剪拂",还可以在"中兴"大道上驰骋。

稍后,他又索性写了一首长达数十韵的《天马歌》,借以自况:这匹天马来自西域。背有虎纹,胁有龙骨。早上从幽燕出发,傍晚便到了吴越。岂止是日行千里,简直像闪电似的迅速。它曾经戴着黄金的络头,伴着"时龙"在天上飞驰,谁即使拥有如山的白璧也不敢买它。不料后来天马老了,竟沦落为拉盐车的牲口,在险峻的太行路上挣扎。眼看天色已晚了,血汗也快流干了。伯乐啊,你在哪里?快把它赎出来,献给穆天子吧!它在瑶池之上还可以婆娑起舞呢!——谁知这首诗写成后竟无人可赠。

……

春天过完了,夏天也过完了。李白除了陪着吃了一些浪酒闲茶外,唯一的收获就是韦太守临去时送他的一根嵌着一块碧玉的手杖。也许是这位故人推荐李白不遂,聊表安慰之意;也许是这位达官因李白为他撰了德政碑,而付给他的报酬。那块碧玉光滑而又冰凉,正好用它来熨一熨发热的前额,李白把头靠在那根碧玉杖

二十八　中兴梦

上,沉思默想了半天,最后发出这样的感叹:"报国有壮心,龙颜不回眷。西飞精卫鸟,东海何由填?……"他终于明白了:他这个刑余之人,要想实现报国的壮心,好比是精卫填海。

杨花落尽,中兴梦碎。李白心中郁闷无可排遣,独自一人跑到鹦鹉洲去凭吊祢衡。他想起这位击鼓骂曹的狂士,恨不得自己也脱光膀子,大骂一通。但结果只写了一首曲里拐弯的小诗《鹦鹉洲怀祢衡》,心里仍然堵得发慌。

幸好故人南陵县令韦冰因事路过江夏,邀了李白和其他几位友人泛舟赤壁,畅游了一日,痛饮了一番,李白才得以将多日郁结的愤懑尽情倾倒了出来。是时,夕阳西下,清风徐来。众人酒酣兴阑,船头箫管悄然无声。李白忽然引吭高吟,声惊四座。一首七言长句如江上奇峰突起,似江水滔滔而下。时而乱石崩云,时而惊涛裂岸。整个船只在随之荡漾沉浮,天地也为之回旋低昂。到了最后四句,李白近乎狂呼:"我且为君捶碎黄鹤楼,君亦为我倒却鹦鹉洲。赤壁争雄如梦里,且须歌舞宽离忧。"同时扬袂顿足,舞将起来。吓得众人连忙把他抱住,恐他将一船人带到龙宫赴宴去。

这年秋天,李白在洞庭西南的巴陵,与故人贾至和族叔李晔相会。曾任中书舍人的贾至不久前被贬到此地,曾任刑部侍郎的李晔被贬岭南路过此地。三人互道契阔,各诉衷情。贾至归根结底是因起草"制置"之诏得祸,李晔归根结底是斗不过宦官而受害,都有满腹冤屈,正好同病相怜。李晔虽年届花甲,倒是不睬祸事,准备把这副老骨头丢在岭南。贾至年纪较轻,但由于未历坎坷,反而唉声叹气不已,老惦记着他父子继美,世掌丝纶的昔日。李白听了,一时也无法安慰他们。在相对无言之际,他忽然信口吟出七绝一首:"贾生西望忆京华,湘浦南迁莫怨嗟。圣主恩深汉文帝,怜君不遣到长沙。"正在室中踱着方步的李晔回过头来对贾至说道:"是呀,幼邻,你比起贾谊来就算幸运了。想那贾谊被汉文帝贬到长沙,比你还要远呢!你这巴陵总算比长沙要近一点吧?皇恩可谓浩荡了,你还唉声叹气做什么?"然后看着李白笑了笑说,"老侄此诗可谓深婉。"

第二天,他们同登洞庭湖畔的岳阳楼。恰值淫雨霏霏,连日不开,阴风怒号,浊浪排空。只见上下左右一片混沌,不知哪里是天,哪里是地,哪里是水,哪里是陆。本来近在眼前的君山,也看不见了,日月星辰都好像沉入湖底,乾坤都好像日夜在漂浮着——这一切更增加了三位迁客的去国怀乡之情。

在这里李白听到了他在流放途中久未听到的消息,也是江夏熙熙攘攘的官场中所听不到的消息。

两京收复以后,朝廷对于如何彻底荡平叛乱,切实兴复社稷,缺乏深谋远虑,只图苟且偷安。加以皇后干政,宦官用事,李辅国专权于内,鱼朝恩监军于外。因此,政令多乖,忠良见疑。郭子仪、

二十八　中兴梦

李光弼等九位节度使进退失据,左右为难,以致二十万官军竟在河南溃败。于是贼势复炽,安禄山余党史思明又自立为大燕皇帝,河南诸郡复陷敌手。

三人谈了一阵时事,一致感到"中兴"云云,实属子虚乌有。李白想起春夏间在江夏那一番高兴和忙碌,自己也觉得实在可笑。特别是想起《天马歌》最后两句:"请君赎献穆天子,犹可弄影舞瑶池。"更是觉得惭愧,不禁当着李晔和贾至自怨自艾起来,最后叹道:"何意百炼钢,化为绕指柔!——想不到我李白到老来,竟为五斗米折腰而不可得!"贾至接着说:"二圣还京以后,我写的《早朝大明宫呈两省僚友》一诗,现在想起来,也有些自欺欺人。"李晔也接着说:"王维、岑参和杜甫不是都和了你一首吗?谁笔下不是一派升平景象?都以为贞观、开元即将复见于当世。……"

不待李晔说完,李白连忙问起杜甫的近况。李晔、贾至谈起来,李白才知杜甫在安史之乱中也是历尽了千辛万苦。当李白正在浔阳狱中时,杜甫从长安贼中逃出,奔赴凤翔行在。肃宗念他"麻鞋见天子,衣袖露两肘",给他封了个左拾遗。未几,两京收复,圣驾还朝,杜甫正准备对中兴大业鞠躬尽瘁的时候,却因疏救房琯一事,陷入新旧党争,触怒龙颜,诏命三司推问。后幸得宰相张镐营救,改贬华州司功参军。因不堪簿书烦劳,便弃官而去。李白听了,感慨道:"杜二的命运与我何其相似乃尔!我则更是九死一生啊！"贾至道："子美听到你下狱和流放的消息,很为你不平。只恨自己人微言轻,计无所出。又得不到你确实消息,甚至生死不明。他为你常是寝食不安,忧形于色。要不是因为被贬去朝,他也会为你奏上一本。"李白说："他也自身难保,哪能救我啊！须知我是朝廷要犯,连身为大员的高适也不敢为我进一言哩！"

事有凑巧。当他们从岳阳楼回到贾至处时,刚好接到杜甫从秦州给贾至来信。原来关中大饥,生计艰难,杜甫不得不携家到秦州投靠亲友。信中并附《梦李白》诗二首：

死别已吞声,生别常恻恻。江南瘴疠地,逐客无消息。故人入我梦,明我长相忆。恐非平生魂,路远不可测。魂来枫林青,魂返关塞黑。君今在罗网,何以有羽翼？落月满屋梁,犹疑照颜色。水深波浪阔,无使蛟龙得！(其一)

浮云终日行,游子久不至。三夜频梦君,情亲见君意。告归常局促,苦道来不易。江湖多风波,舟楫恐失坠。出门搔白首,若负平生志。冠盖满京华,斯人独憔悴。孰云网恢恢,将老身反累。千秋万岁名,寂寞身后事。(其二)

三个人看了,都被杜甫一片至情感动得流下泪来。李白收住泪

二十八 中兴梦

说:"看来,杜二以为我死在流放途中了。对一个流放犯,他竟敢仗义执言,而且形诸文字,实是难得!"贾至也说:"非子美至性,不能有此至文;非子美至文,亦不能写此至性。李晔则反复念着"冠盖满京华,斯人独憔悴","千秋万岁名,寂寞身后事"诸句,然后说道:"子美这两首诗不仅对太白同情深,而且对世道愤慨也深。可见子美的赤心刚肠——赤心待人,刚肠嫉恶。在这一点上,太白和子美一样,故而你们两人肝胆相照,交情不移,将来必定传为千秋佳话。"

在巴陵期间,他们三人多次出游洞庭,李白诗兴大发,写了《游洞庭五首》。

最后一次游湖,只有李白和李晔二人,李白喝得酩酊大醉,醉后又写了三首五绝:

今日竹林宴,我家贤侍郎。三杯容小阮,醉后发清狂。(其一)

船上齐桡乐,湖心泛月归。白鸥闲不去,争拂酒筵飞。(其二)

划却君山好,平铺湘水流。巴陵无限酒,醉杀洞庭秋。(其三)

第二天,贾至来问他们:"昨日之游乐乎?"李晔便从怀中掏出这三首诗来。贾至看了第三首后,大感不解,问李白道:"老兄前几天写的诗中,不是说'淡扫明湖开玉镜,丹青画出是君山'么?这次怎的却要把如画的君山划掉呢?"

李白说道:"彼一时也,此一时也。前几天游湖,虽亦饮酒,但三盏五杯,尚未触动我的愁肠,心中比较平静,只觉洞庭景色赏心悦目,故云君山如画。此次游湖在大醉以后,一生坎坷都涌上了心头。举眼望去,见那君山兀立中流,挡住湘水不能一泻千里,令人好生不痛快,就觉得它十分碍眼,于是发此奇想。其实,我何曾真想划掉它?划去君山岂不大煞风景?我只不过借此挥斥胸中幽愤耳!"李晔指着第一首末句说:"这里不是明明写着'醉后发清狂'么?"然后又说道,"他当时还指着湖水说:'这三万六千顷要都是酒该多好啊!'又指着满山红叶说,'那不就是洞庭湖的醉颜么?'因此又有'巴陵无限酒,醉杀洞庭秋'之句。大概也是想借此挥斥胸中的幽愤吧?"贾至连连点头:"非此奇想,不能抒此公胸中之幽愤;非此公胸中幽愤,亦不能发此奇想。"

李白游罢洞庭之后,本想回到豫章去和他妻子团聚,不料襄州守将康楚元、张嘉延作乱,袭破荆州,道路中断,李白只好出游三湘。

他路过洞庭湖南的湘阴时,本想和故人崔成甫好好聚一聚首,

二十八　中兴梦

谈一谈心,谁知成甫已于上年去世。他捧着亡友的遗稿《泽畔吟》,泪眼朦胧,咽喉哽结。不禁想起当年待诏翰林时的情景:那时成甫风华正茂,意气方遒,身着锦半臂,领唱《得宝歌》,是何等的风流倜傥! 不料陷入韦坚的冤案,一贬湘阴,十年有余,竟抑郁以终。自己呢,更是不堪回首。……于是,李白借亡友的酒杯,浇自己的块垒,为《泽畔吟》写了一篇序。序中写道:

> ……崔公忠愤义烈,形于清辞,恸哭泽畔,哀形翰墨。
> ……总二十章,名之曰《泽畔吟》。惧奸臣之猜,常韬之于竹简;酷吏将至,则藏之于名山。
> ……观其逸气顿挫,英气激扬,横波遗流,腾薄万古。至于微而彰,婉而丽,悲不自我,兴成他人,岂不云怨者之流乎? 余览之怆然,掩卷挥涕为之序云。

李白以泪和墨写成了《泽畔吟序》,竟不知是在哀悼崔成甫,还是在哀悼自己。

荆州之乱,岁末始平。直到次年春,李白才从湘中返至江夏,然后回到他妻子寄居的豫章。带给他妻子的只有满头白发,一身创痛,数行清泪,无限辛酸。

二十九　日暮途穷

唐肃宗上元元年(760)秋,豫章县小吏宗璟家中。

宗氏夫人在窗下坐着发呆,对着一个首饰匣子。这匣子里本来有金步摇一支,玉条脱两副,簪钗若干,大小珍珠数十颗,各色佩玉十余件——这些都是宗氏早年为"相门女"时积攒下的东西。自从十年前和李白结婚以后,历年变卖来贴补家用,现在已经空空如也。只剩下十来颗绿豆大小的珍珠,首饰店连正眼也不会看的货色,只有卖给药铺,顶多也不过值几斤酒钱。最后,宗氏慢慢抬起手来,从头上把一支绾发的玉簪取了下来,顺手在弟媳的梳头匣里取了一支铜簪换上。这支玉簪是宗太夫人的遗物,现在她决定把它交给兄弟拿去卖了,为了让李白过一个多年不曾过的生日。宗璟却宁愿把自己的皮袍送进当铺,也不愿变卖姐姐的玉簪、母亲的遗物。宗氏却怕皮袍当了,无钱去赎,到了冬天害得兄弟受冻,因

二十九　日暮途穷

此坚决不同意宗璟的办法。两姊弟争执了一番,最后不约而同看定了那只首饰匣子。这只匣子是紫檀木做的,质地既名贵,工艺又精美,而且上面还嵌有一块盘螭形的白玉,大概还值些钱。果然,使他们喜出望外,这只空而无用的匣子给他们换来一桌不算太寒碜的寿筵,让李白度过了他的六十诞辰。

尽管宗氏如此贤惠,宗璟如此仁义,但一个县小吏毕竟负担不起李白夫妇二人生活,因此李白在豫章没住上两个月,便决定出游鄱阳。仍按他的老办法,到州县官吏门上当食客。所到之处,虽然还保存着开元、天宝年间的遗风,对他以礼相待,但是安史之乱后,什么都涨价,唯独诗文不值钱。尽管他弹铗作歌,主人却充耳不闻。没奈何,他只好又投奔他处。到了鄱阳湖东的建昌县,幸遇屈突县令和他有旧,留他多住了一些时日,款待得好一些,临行赠送的盘费也比较丰厚。这才使李白有脸回到宗璟家里,和宗氏姊弟一起过了一个年。

过了年,夫妇二人便各寻去处。李白送宗氏上庐山去寻女道士李腾空。腾空是李林甫之女,虽生于权奸之家,却出于污泥而不染。自幼好道,早已看破红尘。其父死后,她便出了家,隐居屏风叠已有多年。自炼丹药,救人疾苦。李白夫妇避乱庐山时和她相识,宗氏尤其和她相投,犹如李白和元丹丘一样。

宗氏上了庐山,李白便去了金陵。

石头城虽然仍是龙蟠虎踞,但却已物是人非。安史之乱以前的故旧多已星散,剩下几个也不似当年好客了。当年李白好歹总是"赐金还山"的"翰林学士",而今,却是流放赦还的刑余之人,自然今非昔比。一次升州长史王忠臣正在金陵酒家大宴宾客,他赶了去,总算让他陪居末座。席间谈起去冬淮西节度副使刘展在这一带作乱,幸得浙西节度副使李藏用出兵讨平,大家庆幸不已,但对北方的战事却漠不关心。于是李白即席赋诗一首:

六代帝王国,三吴佳丽城。贤人当重寄,天子借高名。巨海一边静,长江万里清。应须救赵策,未肯弃侯嬴。

他以为大家听了这首诗一定会改容相谢,请他上座。谁知朗诵到最后两句,大家一听他这侥幸赦还的犯人,竟在梦想着效法战国时代魏国的夷门监者侯嬴,向信陵君献窃符救赵之策,建立不朽的奇勋呢!都不禁哑然失笑。有一个年轻的小吏还酸不溜秋地说:"李先生,你想当侯嬴么,听说金陵北门倒是需要一个看门人。"李白看看主人,主人却"顾左右而言他",李白只有拂袖而去。

这年五月,参与平定刘展之乱的浙西节度副使李藏用,从杭州移军扬州,路过金陵。金陵人士为之饯行,需要有人写一篇序,表彰李副使保全地方之功。他们想来想去,此事唯有李白能够胜任,

二十九　日暮途穷

因此特邀李白赴宴。酒过三巡,李白抖擞精神,竭尽自己的才力,写了一篇《饯李副使藏用移军广陵序》。写完之后,大家又请他朗诵一遍。当念到"我副使勇冠三军,众无一旅。横倚天之剑,挥驻日之戈。……上可以决天云,下可以决地维。翕振虎旅,赫张王师,退如山立,进若电逝。转战百胜,僵尸盈川。水膏于沧溟,陆血于原野。一扫瓦解,洗清全吴。可谓万里长城,横断楚塞。……"只见坐在首席的李藏用微露笑容,坐在主人席上的崔太守也频频点头。特别是念到"功大用小,天高路遐。社稷虽定于刘章,封侯未施于李广。使慷慨之士,长吁青云。且移军广陵,恭揖后命。"李藏用更听得十分专心,这一段正道出了他有功未赏的心事。最后念到"箫鼓沸而三山动,旌旗扬而九天转。……歌酣易水之风,气振武安之瓦。海日夜色,云帆中流。席阑赋诗,以壮三军之事。白也笔已老矣,序何能为!"崔太守带头鼓起掌来,李藏用也大肆赞赏,并连说:"李先生这支笔,叱咤风云,气壮三军,一点也不老啊!"李白以为他这篇"叱咤风云,气壮三军"的序文,赢得了李藏用的青睐,不日即将聘他入幕。结果李藏用倒是借舆论之力高升了,而李白不过得到一点润笔之资,刚够他偿还酒债。

光阴荏苒,又是一年。暮春的一天,李白在街头遇到从甥高镇。虽是远亲,但在这人情似纸的金陵,也觉得分外亲热。特别是听说高镇当了多年进士,未得一官半职,正准备到陇西去从军,李白越发动了感情,便邀高镇到酒楼一叙。到了酒楼上,两人边谈边饮,边饮边谈,李白便将近年来受的窝囊气对着高镇一一诉说,而且越说越上气:"都说天下太平了,国家中兴了。可是你这个进士却长期闲着,无事可干;我呢,又老又穷,几乎是乞讨为生。不仅你我,好多贤才仍然不得其所。假若廉颇、蔺相如复生,恐怕三尺儿童都可以随便唾他呢!我们戴着这顶头巾干什么?还不如把它烧了!"说着,一把抓下头巾就丢在地下,又一脚踢了开去。高镇连忙给他拾起来,安慰他半天。最后酒保前来算账,李白一摸身边,分文无有,只好把腰间的宝剑解下押在店里。又向店里讨了纸笔,写了一首《醉后赠从甥高镇》:

马上相逢揖马鞭,客中相见客中怜。欲邀击筑悲歌饮,正值倾家无酒钱。江东风光不借人,枉杀落花空自春。黄金逐手快意尽,昨日破产今朝贫。丈夫何事空啸傲,不如烧却头上巾!君为进士不得进,我被秋霜生旅鬓。时清不及英豪人,三尺童儿唾廉蔺。匣中盘剑装鳍鱼,闲在腰间未用渠。且将换酒与君醉,醉归托宿吴专诸。

高镇看到最后一句"醉归托宿吴专诸",以为李白真要去结交游侠,找人来替他报仇雪恨。欲待劝他,又见他已大醉,只好扶他回去休

二十九　日暮途穷

息。第二天,高镇放心不下,又去看李白。此时李白酒已醒了,苦笑道:"这不过是醉后写诗,你竟当了真!"高镇说:"你不是说过诗以真为贵么?"李白说:"诗中之真贵在情,而不必实有其事。"过了一会,他又说道,"即使专诸再生,聂政复活,一柄宝剑,或一把匕首,就能削尽世上的坎坷,消却我胸中的不平么?"

这年四月,楚州刺史表奏,有尼真如,恍惚登天,见上帝,赐以宝玉十三枚,说是:"中国有灾,以此镇之。"群臣称贺,于是改元宝应。这批宝玉也真有灵应,就在此年此月,玄宗、肃宗父子二人一前一后都升了天。肃宗还没有咽气,宫里就乱开了。最后,皇后党败,死的死,囚的囚;宦官党胜,李辅国扶太子李豫登了基,是为代宗。

李白在江东听到这些事件,竟置若罔闻。一则是这些事件传到民间已在数月之后,成了明日黄花;二则穷愁潦倒的李白也没有情绪为旧主致哀,为新主致贺;三则此时唯一使他挂心的是中原的战事。

这年初秋,贼势复炽,睢阳再陷。天下兵马副元帅李光弼出镇临淮,准备去收复睢阳,阻止贼军南下。这睢阳是李白多年往来客居之地,特别是和宗氏结婚以后,这一带更成了他的家园。因此消息传来,他不禁热血沸腾,忘记了他已是年逾花甲的老人,竟决定马上赶往徐州彭城行营,请缨杀敌。他想:"李光弼军纪严明,战绩赫赫，不啻是汉代的周亚夫。若能在他帐下效力，哪怕把我这副老骨头抛在沙场也是快事，总算偿了我报国的心愿。也雪了我蹭蹬一世的耻辱。"于是他把从酒店赎回来的宝剑擦了个雪亮，又把从旧货店买来的戈矛拴上了一把红缨，还特地穿上待诏翰林时赐给他的宫锦袍，跨上从朋友处借来的一匹老马，就雄赳赳、气昂昂地从金陵出发了。他想，到了彭城，李光弼一见他，一定会像汉代名将周亚夫得到大侠剧孟一样，高兴地喊道："李太白已在我幕中，我料定敌人的末日不远了！"……谁知"亚夫未见顾"，"天夺壮士心"，李白走到半途，就连人带马都病了。在旅社中休息了几天，勉强挣扎着又回到金陵。

"老了，老了，真是没有用了！"他叹息复叹息。"金陵也混不下去了，我到哪里去呢？"他思忖复思忖。"回到豫章去吗？怎忍心又加重负于宗璟。回到东鲁去吗？那里还在叛军铁蹄之下。回到西蜀去吗？东川节度兵马使段子璋正在作乱，攻陷绵州，自称梁王。……"李白想来想去，只好就近投靠当涂县令李阳冰。李阳冰官虽不大，却以篆书名闻天下。李白和他非亲非故，只是久闻其名。但因此时贫病交加，无处可去，也就权且把阳冰认成族叔，写了一首《献从叔当涂宰阳冰》作为见面礼。

李阳冰热情的接待，使李白在穷途末路之际感到莫大的慰藉。但潜伏已久的腐胁疾终于使李白倒床了。阳冰不惜重金延医

二十九　日暮途穷

诊治,毕竟由于病已深沉,一时难见速效。自秋徂冬,李白淹卧病榻之上,眼看就快到年底了。

偏偏此时,李阳冰在当涂任期将满,必须在年底以前赴京述职,并听候朝廷另行委派。

阳冰既不忍心离开病中的李白,又不敢误了朝廷期限,两难的处境使他踌躇多日。最后决定把宗氏和伯禽接到当涂来,在城外青山足下给李白安一个家,尽其所有留下一笔生活费用,连同他价值千金的篆书多幅,并托当地门生故吏代为照应。一切安排妥当以后,他才来向李白辞行。

李阳冰仁至义尽,李白也没有什么客套话可说,抓住阳冰之手好一阵子,然后语重心长地将他的诗稿托付与阳冰,并对阳冰简单地谈了自己的身世和遭遇。

李阳冰煞费苦心,再三斟酌。凡有干时忌之处,不得不使用曲笔,闪烁其词。熬了三夜,才写成了《草堂集序》:

> 李白,字太白,陇西成纪人,凉武昭王暠九世孙。蝉联珪组,世为显著。中叶非罪,谪居条支,易姓与名。然自穷蝉至舜,五世为庶,累世不大曜,亦可叹焉。神龙之始,逃归于蜀,复指李树而生伯阳。惊姜之夕,长庚入梦,故生而名白,以太白字之。世称太白之精得之矣。不读非圣之书,耻为郑、卫之

作，故其言多似天仙之辞。凡所著述，言多讽兴。自三代已来，《风》、《骚》之后，驰驱屈、宋，鞭挞扬、马，千载独步，唯公一人。故王公趋风，列岳结轨。群贤翕习，如鸟归凤。卢黄门云：陈拾遗横制颓波，天下质文翕然一变，至今朝诗体，尚有梁、陈宫掖之风。至公大变，扫地并尽。今古文集，遏而不行，唯公文章，横被六合。可谓力敌造化欤。天宝中，皇祖下诏，征就金马，降辇步迎，如见绮、皓。以七宝床赐食，御手调羹以饭之，谓曰："卿是布衣，名为朕知，非素蓄道义，何以及此？"置于金銮殿，出入翰林中，问以国政，潜草诏诰，人无知者。丑正同列，害能成谤，格言不入，帝用疏之。公乃浪迹纵酒，以自昏秽。咏歌之际，屡称东山。又与贺知章、崔宗之等自为八仙之游，谓公谪仙人，朝列赋谪仙之歌，凡数百首，多言公之不得意。天子知其不可留，乃赐金归之。遂就从祖陈留采访大使彦允，请北海高天师授道箓于齐州紫极宫。将东归蓬莱，仍羽人驾丹丘耳。阳冰试弦歌于当涂，心非所好，公遐不弃我，乘扁舟而相顾。临当挂冠，公又疾亟。草稿万卷，手集未修。枕上授简，俾予为序。论《关雎》之义，始愧卜商；明《春秋》之辞，终惭杜预。自中原有事，公避地八年，当时著述，十丧其九，今所存者，皆得之他人焉。时宝应元年十一月乙酉也。

二十九　日暮途穷

次日,在病榻之侧,阳冰把这篇序文从头到尾对李白念了一遍,病人微微颔首,枯槁的面容稍露欣慰之情。最后,两人洒泪而别。

三十　千秋之谜

李白的病，连金陵名医也为之束手；李白自己也以为势将不起；以致李阳冰在接受李白托付的诗稿时，感到是垂危的病人在交代后事。谁知次年正月，传来了安史之乱完全平定的消息，病魔便从李白身上节节败退。它不知道这副衰老而又卧病三月的躯体怎么会迸发出如此强大的生命力，竟使它不得不松开魔爪，退避三舍。

早春时节，当涂青山上虽然还有少许残雪，但谢公池上已长出了青草，谢公亭下已绽开了迎春。山鸟阵阵欢鸣好像在呼唤着李白，恰好山麓的田家也准备了春酒前来邀请。李白便挂上拐杖欣然前往，游了谢朓在青山上留下的园亭，直到日暮才下山。半道上，远远就看见伯禽接他来了，于是吟成小诗一首：

沦老卧江海，再欢天地清。病闲久寂寞，岁物徒芬荣。借

三十 千秋之谜

君西池游,聊以散我情。扫雪松下去,扪萝石道行。谢公池塘上,春草飒已生。花枝拂人来,山鸟向我鸣。田家有美酒,落日与之倾。醉罢弄归月,遥欣稚子迎。

天地再清,李白却面临绝境。

李阳冰虽然尽其所有,但一个小小的县令又能有多少积蓄呢?偏偏他的价值千金的书法,在这米珠薪桂的年头,竟然一钱不值。

他只好在暮春时节出游宣城。宇文太守、李昭长史虽然早已他去,但新任的宣州刺史不是别人,恰是曾为永王倚重的大将季广琛。他如今又为朝廷倚重,不仅是宣州刺史,而且兼充浙西节度使。秉钺东南,威风凛凛,俨然南天一柱。李白试一投刺,季广琛居然接待了他。原来是节度副使刘某有功未叙,季广琛有意使他入朝,以待机缘,明天的饯别席上,正需要有人赋诗宠行。李白来得正巧,因此竟得成为季广琛的座上客。李白即席写了一首长达数十韵的《宣城送刘副使入秦》,满以为季广琛会像当年宇文太守和李昭长史那样,让他重又卜居敬亭山下。谁知酒筵一散,主人就派人送来了盘费,打发他走路。李白愣了半天,总算明白过来:大概是在筵席上,正当宾主觥筹交错,酒酣耳热,尽情欣赏清歌妙舞之时,他却情不自禁,吟了一首贤者处乱世,不得其志的《北门》诗:

"出自北门,忧心殷殷。终窭且贫,莫知我艰。已矣哉!天实为之,谓之何哉!"这首诗当场大煞风景;何况季广琛本不准备留下李白,使他时时想起"附逆作乱"的旧事,所以当天就下了逐客令。

李白重游南陵,原来熟悉的常赞府也不在了。他只有一个人独自重游五松山,看见到处一片荒凉,已经不复有昔日的景色。幸好一个原来认识的姓荀的庄户人家,留他住了一夜。这家的老头已经下世了,只剩下母子二人,荀媪和荀七,相依为命。李白的到来使他们感到极大的欢喜,好像是远方的亲人回来了。李白的到来又使他们感到极大的辛酸,连一顿像样的饭菜也做不出来,酒更是一滴也没有。荀七只好到山下塘里去采了些菰蒲回来,剥出菰米,权当饭菜。这菰米虽是野生植物,只要舂净久煮,倒也滑溜可口,强似他们吃的糠菜。但做起来挺费事,得一粒一粒地剥,又得一遍一遍地舂。

"这宣城各县本是鱼米之乡嘛,如今怎的这样困难了?"李白一边跟他们剥着菰米,一边和母子二人拉谈。

"唉!李先生,一言难尽啊!……"荀媪一时竟不知从何说起了。

"李先生,你听过《白着歌》吗?"荀七接过来说。

"是老百姓反对横征暴敛的歌谣么?你唱来我听听。"

荀七便缓缓唱了起来:

三十　千秋之谜

江淮本是鱼米乡,如今连年闹饥荒。新麦登场剩麦秸,新谷到家只有糠。谁家有粮如有罪,谁家有帛如有赃。兵丁衙役来围住,颗粒不剩齐搜光。庄户人家多白着,白种粮食白栽桑。

李白听了说道:"从这首民谣听来,江淮饥荒主要是在人祸了?"

荀七道:"三分天灾,七分人祸。要不是官家杀鸡取卵,江南地方何至于到这步田地!"

谈话之间,天色已晚。赶菰米饭做好,月光已照进屋来。李白本来早已饿了,但当荀媪把菰米端上桌子时,他却食欲全无,只是呆呆地坐着。

"李先生,请!"

"哦,谢谢。"他口里答应着,心里却在想:"黎民百姓生活如此困苦,我却不能为他们尽一点力……"

"李先生,好歹吃些儿吧。"

"哦,谢谢。"他口里答应着,心里却在想:"说什么济苍生,安社稷! 我竟连这一饭之恩也不能报答……"

"李先生,饭快凉了,我给你另舀些热的来。"

"哦,谢谢。"紧接着,他又摆了摆手说,"荀妈妈,你别费事了。此时此刻,即使是龙肝凤髓,我也难以下咽啊!……"

在这个农家的茅屋下,在这个不眠之夜里,李白构思成《宿五松山下荀媪家》一诗:

暮宿五松下,寂寥无所欢。田家秋作苦,邻女夜春寒。跪进雕胡饭,月光明素盘。令人惭漂母,三谢不能餐。

李白重游泾县,县上的故人也一个都不在了。到了桃花潭附近的汪家村,也是一片荒凉,几乎没有人烟。汪伦的田庄,踏歌的村民,都不知到哪里去了,就连桃花潭也干涸了,潭边的桃花也枯死了。

李白几乎走遍了旧游之地,只见满目疮痍,民不聊生。哪里有他落脚之地?何处是他终老之所?

天地再清,李白却面临绝境。

李白只好去找纪叟,这宣城中剩下的唯一的故人。他想从那小酒店里寻一点人间温暖;他想从纪叟所酿的"老春"里,寻一剂忘忧解愁的妙药。但是找了半天,只找到一间破败的老屋,关门闭户,势将倾圮,依稀是纪叟酒店。人呢?一打听,才知纪叟已于去年下世了。李白不禁老泪纵横,口占一绝:

三十 千秋之谜

纪叟黄泉里,还应酿老春。夜台无李白,沽酒与何人?

李白只好去找敬亭山,这曾经和他"相看两不厌"的伙伴。敬亭山倒是风景依旧,依旧是杜鹃处处,子规声声。但殷红的杜鹃花到了李白眼中却成了伤心之色;"不如归去,不如归去"到了李白耳中却成了断肠之声。杜鹃花和子规鸟引起了他强烈的思乡之情,他多想能够回到故乡去啊!但是故乡万里迢迢,自己又贫病交加,怎能回得去呢?此生此世恐怕是回不去了。他又口占一绝:

蜀国曾闻子规鸟,宣城又见杜鹃花。一叫一回肠一断,三春三月忆三巴。

李白只好又回到当涂。幸好李阳冰的门人故吏凑了一点钱送来,又替伯禽在某处盐场找了个糊口的差事,才使他们暂免冻馁之虞。

天地再清,李白却面临绝境。

一个白发纷披的老人在青山足下彷徨。

他在清澈的溪水中照见了自己的影子。他看了又看,竟然问道:"你是谁?你是李白么?为什么满头严霜?为什么发如秋草?"

忽然又笑道:"哈哈,你真成了'南山皓'了,你真成了帝王师了!"

他在路边青草中发现一棵野草偏是白色。拔起来一看,原来它头上长着一圈白色的茸毛。他问一个过路的牧童,牧童说它叫"白头翁"。他好生奇怪:"怎么青草里也有'白头翁'?……"他将它举在鬓边,问牧童道:"你看它像我么?"他忽然又一下将它掷在地上,恨恨地说:"连野草也要捉弄人!你长一头白毛干什么?这不明明是在讥诮我么?"

一个形容枯槁的老人在采石矶头狂歌。

笑矣乎,笑矣乎!君不见曲如钩,古人知尔封公侯。君不见直如弦,古人知尔死道边。……①

笑矣乎,笑矣乎!宁武子,朱买臣,叩角行歌背负薪。今日逢君君不识,岂得不如伴狂人?……②

悲来乎,悲来乎!主人有酒且莫斟,听我一曲悲来吟。悲来不吟还不笑,天下无人知我心。……

悲来乎,悲来乎!天虽长,地虽久,金玉满堂应不守。富

---

① 东汉时民谣:"直如弦,死道边;曲如钩,反封侯。"
② 宁武子,即宁戚,春秋时人。家贫,为人挽车,至齐,饭牛于车下,叩角而歌。桓公闻之,以为非常人,拜为上卿。朱买臣,汉武帝时人。家贫,为樵夫,尝担束薪,讴歌道中。武帝闻其贤,召以为中大夫,后为会稽太守。此段谓己虽有宁、朱之贤,而世人无有识者,焉得不为伴狂之人。

三十 千秋之谜

贵百年能几何?死生一度人皆有。孤猿坐啼坟上月,且须一尽杯中酒。……

一天夜里,长江上皓月当空,流光万里。清风徐来,水波不兴。时间已是午夜,渔火亦尽熄灭。万籁俱静,江声微微,好像连大江也进入了梦境。这时却有一叶小舟,在流光中荡漾,并传出阵阵歌声:

大鹏飞兮振八裔,中天摧兮力不济?余风激兮万世,游扶桑兮挂左袂①。后人得之传此,仲尼亡兮谁为出涕②。

歌声时而高昂,时而悲愤,时而低沉,时而幽咽,是在诉说一只大鹏的悲剧:它曾经冲天而起,震动八方,却从空中跌下来,折断了翅膀。是它的力量不行么?它激起的余风还能传之万世呢!是天地太狭小了啊,它的左袖挂着了扶桑。希望后世之人会得真意,把此事传扬。孔子曾经为出现在乱世的麒麟悲伤,谁来为它,这生不

---

① "扶桑"句:源出《楚辞》严忌《哀时命》:"左袪挂于扶桑"。然其意非如王逸所注:"言己德能宏广,……无所不覆。"李白此句,盖以"扶桑"隐喻朝廷;以"游扶桑"隐喻从政;以"挂左袂"隐喻获罪于时君。
② "仲尼"句:鲁哀公十四年,西狩获麟。孔子见之,涕泣沾襟,曰:"胡为来哉!胡为来哉!"子贡问之,孔子曰:"麟之至为明王,出非其时而见害,吾是以伤焉。"

303

逢时的大鹏,哭一场?

这就是李白的《临终歌》,他的绝命词。

李白究竟死于何年何月何日?难以确知。只知唐代宗广德二年(764)正月,朝廷下诏,命天下诸州推举堪任御史、谏官、刺史、县令的人才。李白受到推举,官拜左拾遗。但当喜报送到当涂时,李白已经不在人世。

李白究竟因病而死还是溺水而死?是失足落水还是自投于江?也难以确知。只知自唐宋以来的十余种碑志传序中,除两三种说是病死以外,其余多种均未言因何而死。其族叔李阳冰的《草堂集序》中只说"疾亟",而未言其死;另一族叔李华所作的墓志中又只说"赋临终歌而卒",而未言其病。细玩诸说,似有所讳。所讳何事?恐将是难知其详的千秋之谜。

尾　声

李白逝世后五十余年,唐宪宗元和年间,担任宣州、歙州、池州观察使的范传正来到当涂。他在当涂县令诸葛纵协助之下,费了不少时间和精力,才在野地荒草中找到了李白的坟墓;又费了三年时间和精力,才找到李白的两个孙女,伯禽的两个女儿。

她们年约三十左右,穿着补疤衣裳。衣裳虽补了疤,却洗得干干净净,捣得平平展展。一望而知,是两个勤劳的民女。她们来到郡庭之上,官吏面前,虽不免有些拘束,但却是不卑不亢。

"你们就是李太白的孙女么?"县令诸葛纵酷好李白诗歌,没有想到他所崇拜的诗人身后竟是如此萧条。他为了慎重起见,又亲自问了一遍。得到的是明确、肯定的回答,于是才请她们二人坐下。

接着,范传正便开口说道:"今天请二位来此,非为别事,只因令祖与先父有通家之好。我自幼习读太白先生诗文,十分仰慕。故而请二位来叙谈叙谈。"

两位民女一时不知从何谈起,只有等着问一句,答一句。

范传正问起李白的生平事迹,二女皆不详,只好改问她们的父亲伯禽现在何处,任何官职。

"先父也已去世二十多年了。没有当过官,只在一个县盐场里干过十来年差事。勉强成家,生下我等兄妹三人。哥哥出外谋生,不知去向,已经十二年没有音信了。"姐姐说罢,妹妹补充了一句:"恐怕早已不在人世了。"

范传正又关切地问道:"那你们靠什么生活呢?想必都有了婆家,丈夫以何为业?"

"我们都是平民百姓,自然就嫁给平民百姓了。我丈夫叫刘劝,她丈夫叫陈云,都是庄稼人。"姐姐回答。

诸葛纵便也关切地问道:"家庭景况如何?温饱无虞吧?"

"幸免于死罢了!"妹妹回答。

谈到这里,四个人都沉默了。只听见两姊妹啜泣之声,但她们很快就牵起衣角,擦去了眼泪。

范传正和诸葛纵安慰她们说:"你们有什么要求尽管提出来,我们当尽力而为。"

两姊妹拜谢已毕,只请求将她们祖父的坟墓迁葬县南的青

尾　声

山。这一来是先人的遗愿,二来旧墓也塌下去了,快被荒草淹没了。

范传正和诸葛纵慨然允诺,又问她们还有什么要求,两姊妹都说别无所求,再三询问,还是如此。

诸葛纵和范传正耳语了一阵,又转身向她们说道:"二位生活既是如此困难,何不改嫁士族?我们给你们两姊妹另选官宦人家吧。"满以为两姊妹又会拜谢,结果遭到断然拒绝。

姐姐说道:"二位大人既熟悉先祖诗文,何以忘却了他的名句:'安能摧眉折腰事权贵?使我不得开心颜!'"

妹妹不等姐姐说完,也开了口:"假若我等依仗官府威力,苟图富贵,遗弃糟糠及儿女,岂不辱没先人?这种话,我们不但不能从命,连听也不忍听到。"

说罢,姊妹二人便告辞而去。

"不愧是李太白的孙女,不愧是……"范传正等人感叹不已。

随后,他们便在当涂县东南十五里的青山足下,选了一块地方,为李白建了一座新墓。范传正亲自写了一通碑文,题为"唐左拾遗翰林学士李公新墓碑"。这通碑文使范传正也煞费苦心,一则是事迹不详,二则是有所忌讳,因此也使用曲笔,闪烁其词。但比五十年前,李华为李白写的人称"惜墨如金"的墓志,总算详细多了。而李华之"惜墨如金",实为有恐干犯时忌,亦可知矣。

青山李白墓,千余年来历尽沧桑。多次修葺,亦多次摧圮。到了民国年间,唐代碑碣早已靡有孑遗,宋代墓前增建的太白祠堂亦荡然无存,翻刻的范碑在露天地里受尽风雨侵蚀,一块"文武官员到此下马"的石碣被弃置田间,已不成其为标志。李白墓已成残破的荒冢一处。十年浩劫中,这座荒冢及其残碑断碣几乎被当作"四旧"一扫而光。消息传来,附近农民自动奋起,手执扁担、锄头,严阵以待,并扬言"李太白显灵,若有来犯者,狗命难逃"云云。竟然无人敢来侵犯,而使残墓得以幸存[1]。

二十世纪八十年代,随着改革开放之风,李白终老之地成了新兴的马鞍山市的一块金牌。马鞍山市在它所管辖的地区使李白的遗迹大放光彩。不仅采石矶的太白楼焕然一新,青山李白墓也大事修葺,并建成优美的园林了。

1987年11月,一大批海内外研究李白的专家学者,在采石矶太白楼举行了纪念会后,又来到青山李白墓。他们中既有年长一辈的耆英,又有年轻一辈的新秀。他们中既有中国专家,又有不远万里而来的海外学者。例如美国的艾龙先生、日本的松浦友久先

---

[1] 1980年4月,作者初访青山李白墓,承蒙当涂县委宣传部长兼文教局长吴家恒同志陪同,并在青山大队召开座谈会,会间,大队干部谷经潮等人发言中谈及此事。

尾 声

生,就是专门从事李白研究的人。松浦研究李白的专著已有数种,别开生面,颇有发明;艾龙的《李白诗》是已有的多种英译本中最好的一种。几十位专家学者来到这里,来为李白扫墓,以表达他们对伟大诗人的崇敬之情。

众人肃立墓前,行礼如仪以后,又列成长队,绕墓一周。墓园管理处早已准备了一筐净土,让每个人捧起一把,洒上枝叶扶疏的坟头。众人神情肃穆,若有所思,都沉浸在对李白生平的回忆中。众人凝神静听,似有所闻,都感到李白惊风雨、泣鬼神的诗歌激荡在心头。

突然,一幕"将进酒"在墓前出现了。美国学者艾龙从怀中掏出一瓶酒来,那金黄色的液体,那豪华型的装潢,一望而知是名贵的佳酿。显然是他特地从大洋彼岸带来的,专为他崇敬的李白带来的。大家顿时喜形于色,笑逐颜开,围上前来,来看李白的异代知己和异邦知己请他喝洋酒。只见艾龙又掏出工具刀,还掏出一只杯子(这只杯子比起李白当年所用的"金尊"、"玉碗"、"力士铛"恐怕小不了多少)。"准备得真周到啊!"大家不约而同发出赞叹。于是,这位"碧玉炯炯双目瞳,黄金拳拳两鬓红"的海外来客[①],从容地开了酒瓶,满满地斟了一杯,双手举过头顶,口中念念有词,然

---

① "碧玉炯炯"二句,出李诗《上云乐》,写当时所见西方人面貌。

后洒向坟头。如是三献。三献以后,瓶中的酒就所剩不多了。艾龙又倒了一杯让他周围的人各饮一口,自己则将瓶中余沥一饮而尽。墓园的空气更加活跃起来。有人在问:"太白先生,这酒比您当年最欣赏的兰陵美酒味道如何?"又有人在问:"这三杯可抵得长安街头的三百杯?"还有人在问:"这一下该消了您胸中的万古愁了吧?"……好像李白已从千年沉睡中醒来,来到他们中间,大开心颜,甚至仰天大笑道:"谁说我是绝嗣之家?我的后人遍天下!"①

这一幕异代同时的"将进酒"之后,众人兴犹未已,或去堂上走龙蛇之笔,或来园中赋七步之章。于是,阵阵笑语,声声吟哦,山上风来,江中波涌,以及宇宙万籁,都应和着伟大诗人豪迈的预言:

余风激兮万世!

余风激兮万世!

余风激兮万世!

……

---

① "绝嗣之家",语出范传正《李白新墓碑序》,意思是说,李白没有后人。绝嗣之家也就无人祭扫祖茔。

附录

古今地名对照简表

下列地名,为本书中李白行踪所至之处。左为唐代地名,右为今地名。地名排列大体以在本书中出现先后为次第。

长安(国都,西京)——陕西西安

绵州(巴西郡)——四川绵阳

昌明(绵州属县)——四川江油

龙州(江油郡)——四川平武

剑州(普安郡)——四川剑阁,剑门关在其北

梓州(梓潼郡)——四川三台

益州(蜀郡,成都府)——四川成都

渝州(巴郡、南平郡)——四川重庆

嘉州(犍为郡)——四川乐山,峨眉山在其西

夔州（云安郡）——四川奉节

巫山（夔州属县）——四川巫山

荆州（江陵郡）——湖北江陵

岳州（巴陵郡）——湖南岳阳，洞庭湖在其西南

鄂州（江夏郡）——湖北武昌

江州（浔阳郡）——江西九江，庐山在其南

当涂（宣州属县）——安徽当涂

金陵（古称，唐为润州江宁县）——南京

润州（丹阳郡）——江苏镇江

扬州（广陵郡）——江苏扬州

安州（安陆郡）——湖北安陆

襄州（襄阳郡）——湖北襄樊

邓州（南阳郡）——河南南阳

商州（上洛郡）——陕西商县

邠州（新平郡）——陕西彬市

坊州（中部郡）——陕西黄陵

宋州（睢阳郡）——河南商丘

汴州（陈留郡）——河南开封

洛阳（东京）——河南洛阳

颍阳（河南府属县）——河南颍阳，嵩山在其东

附 录

并州(太原府)——山西太原

代州(雁门郡)——山西代县,雁门关在其北

陈州(淮阳郡)——河南淮阳

徐州(彭城郡)——江苏徐州

泗州(临淮郡)——江苏盱眙

下邳(泗州属县)——江苏邳州市

楚州(淮阴郡)——江苏淮阴

安宜(楚州属县)——江苏宝应

杭州(余杭郡)——浙江杭州

兖州(鲁郡)——山东兖州

任城(兖州属县)——山东济宁

曲阜(同上)——山东曲阜

单父(同上)——山东单县

齐州(济南郡)——山东济南,泰山在其东南

青州(北海郡)——山东潍坊

苏州(吴郡)——江苏苏州

越州(会稽郡)——浙江绍兴

剡县(越州属县)——浙江嵊州市,天姥山在其南

台州(临海郡)——浙江临海,天台山在其北

幽州(范阳郡)——北京

宣州（宣城郡）——安徽宣城

南陵（宣州属县）——安徽南陵

泾县（同上）——安徽泾县

池州（池阳郡）——安徽贵池

青阳（池州属县）——安徽青阳

溧阳（宣州属县）——江苏溧阳

夜郎（古称，唐为黔中道珍州）——贵州北部

洪州（豫章郡）——江西南昌

湘阴（岳州属县）——湖南湘阴

附记：

① 李白一生行踪所至之处甚多，未能一一备载，仅以本书所及为限。

② 开元年间称"州"，天宝年间称"郡"，安史乱中两京收复后又改称"州"。州（郡）下辖数县至十数县不等。

③ 大部分今地名仅为唐代州（郡）治所在大体位置。